CLAUDIUS ~ MARCUS

Begegnung im Windmühlental

I0635450

Meinem Clan gewidmet
(wer immer sich dazugehörig fühlt)

CLAUDIUS ~ MARCUS

Begegnung im Windmühlental

Eine Anthologie

Sesch~netjer
c.m. lenski verlag
postfach 80 64
38621 Goslar

Bibliografische Information Der Deutschen Bibliothek:
Die Deutsche Bibliothek verzeichnet diese Publikation in der
Deutschen Nationalbibliografie; detaillierte bibliografische Daten
sind im Internet über http://dnb.ddb.de abrufbar.

©2006 Claudius-Marcus

Verlag: c.m.lenski verlag, Goslar

Herstellung: **Books on Demand** GmbH, Norderstedt

Covergestaltung, Satz und Layout: c.m.lenski verlag

Cover unter Verwendung des Selbstbildnis »Anfang vom Ende« von Wiebke-Katharina

ISBN   3-9811193-0-4

ISBN   978-3-9811193-0-5

Inhalt

EIN LETZTER GRUß

Science Fiktion?

(2001 / 2003)

Hallo - selbst das erste Wort nach über fünfundzwanzig Jahren will mir nicht gelingen. Ich war nie gut im Briefe schreiben, besonders der Anfang stellt mich stets vor die allergrößten Probleme. Außer bei Liebesbriefen, doch die habe ich schon eine Ewigkeit nicht mehr geschrieben und Dir noch nie. Und in den eben erwähnten fünfundzwanzig Jahren ist dies wohl der zehnte Brief den ich Dir schreibe und auch er wird vielleicht nicht beendet oder jedenfalls nie abgeschickt. Und doch wird er Dich erreichen, obwohl ich nicht weiß, wie Du heute heißt, noch wo Du jetzt lebst.

Das ~ dieses Zielgenaue Ankommen nicht adressierter Briefe, ist einer der Vorzüge wenn man sich als »Berühmtheit« titulieren darf. Zwar war ich nicht so häufig, oder penetrant in den Medien vertreten wie Franz Lübecke oder Pavel Klaus, die großen Vorsitzenden unserer Mission. Aber einige Bilder unter Zeitungsartikeln gibt es schon, meine Mutter hat sie alle sorgfältig eingeordnet, und dann sind da ja auch noch die beiden Fernsehauftritte. Einmal, als man die Crew vorstellte und dann zwei Jahre später, wenige Stunden vor dem Start. Na, und es gab ja schließlich noch das elendig lange Radiointerview. Das war das erste Mal, das ich längere Zeit in der Öffentlichkeit reden musste und wenn ich den Kollegen glauben schenken darf, war das auch gut so; niemand erträgt meine nasale nuschelige, sämtliche Konsonanten verschluckende Aussprache längere Zeit. Wenn ich meine Stimme auf Band höre, kann ich es auch nicht lange ertragen, nicht nur weil ich mich nicht selbst erkenne, sondern weil das verschnupfte Gemurmel einfach nicht auszuhalten ist. Wie auch immer, meine »Berühmtheit« reicht also aus, das man dafür sorgen wird, das Dich dieser Brief ~ nach einigen Streichungen vielleicht ~ erreicht. Sogar gegen den Willen meiner Frau.

In Erster Linie schreibe ich Dir ~ so grotesk das klingen mag ~ weil ich vor einigen Nächten von Dir geträumt habe. (Und hoffe, dass dies hiermit aufhört, es ist tatsächlich ein wenig lästig, es entstehen da Bilder und Gedanken die einfach nicht real sind, nie waren und werden können und es auch nicht sollen) Alle ein, zwei Jahre gelingt es mir völlig unbeabsichtigt und ungefragt, von Dir zu träumen. Selbst nach langem überlegen bleiben diese Träume unsinnig und bedeutungslos und doch verleiten sie mich zum Briefe schreiben. Vielleicht aus dem möglicherweise albernen Grund, dass ich denke, ihr alle aus meiner Kindheit und Jugendzeit hättet mich vergessen. Als sei ich der Einzige, der sich zu erinnern vermag.

Doch eigentlich ist das unwahrscheinlich, denn obwohl wir damals noch halbe Kinder waren, haben wir uns doch ernsthaft geliebt. Zumindest ich Dich. Vergisst man so etwas einfach? Ich frage dass in keinster Weise nachtragend oder von romantischen Gefühlen belastet. Ich denke nur, ich hoffe nur, das man einen Menschen, mit dem man einige Zeit eng verbunden war, im Gedächtnis behält. Und wir waren damals eng verbunden, aber das weißt du ja. Amüsanter Weise war meine Frau eifersüchtig auf Dich, obwohl ich sie erst ein halbes Jahrzehnt nach uns kennen lernte.

Na ja, wirklich amüsant war es nicht. Auf eine Nebenbuhlerin eifersüchtig zu sein, ist ja mehr als verständlich und sicher ein Trennungsgrund wenn das Buhlen Erfolg hat. Aber auf eine ferne Vorgängerin eifersüchtig zu sein, kann wohl nur mit jugendlicher Verliebtheit erklärt werden. Mit meiner Frau habe ich sogar Kinder und mit Dir war ich nie intim. Vielleicht waren wir zu jung damals, mit Sicherheit sogar. Aber zudem hätte ich mit uns warten wollen, so sicher war ich mir mit uns, das ich mir Jahre Zeit gelassen hätte ~ Jahre. Was sollte uns schon auseinander bringen? Das wir noch halbe Kinder waren mit unseren zwölf, dreizehn Jahren und uns entwickelten, auch oder gerade in verschiedene Richtungen, wollte ich nie berücksichtigen.

So war ich damals und bin es wohl auch heute noch: treu einem einmal geäußertem Gefühl, einem gegebenen Wort. Trotz hinreichend gegenteiliger Erfahrungen, rechne ich nie mit dem Schlimmsten. Und doch frage ich mich manchmal noch heute, ob Du damals nicht bewusst mit meinen Gefühlen gespielt hast. Apropos Gefühle; hier draußen fühlt man sich mit unter erstaunlich einsam. Natürlich ist die Entfernung zu meiner Familie nicht angenehm, aber wir wussten, auf was wir uns hier einließen. Es hat zu Haus heftige Streitereien und bittere Tränen gegeben, als meine Teilnahme nach Bertrams Tot feststand. Ach ja, Du kennst Bertram natürlich nicht; er war der leitende Umweltingenieur des Projektes und mein Mentor. Es war von Anfang an geplant, das er mitfliegt und ich dann die Kontrollstation in der Arktis leiten würde. Man hat den hohen Norden Grönlands gewählt nach dem sämtliche Alternativen ausgeschlossen werden konnten und alle die Meinung vertraten, das nirgends sonst auf Erden ein so feindseliges, ja mörderisches Klima herrscht, wie hier oben. Nur der Sand fehlt dort am Pol, der Sand, der manchmal feiner ist als Puder, so das er fast wie eine Flüssigkeit durch alle Dichtungen rieselt, oder härter als Stahlbeton die Achsen unserer Marswagen traktiert.

Diese Kontrollstation im Eis ist absolut identisch mit meiner hier. Angefangen bei den Silikaten für die Computerchips über die Dichtungsgummis bis zu den Getriebeölen, sogar die Tapetenfarben und Teppichfasern stammen aus dem gleichen Produktionsablauf. Was immer hier oben schief gehen würde, konnte auf der Erde imitiert und eine Lösung zugeführt werden. Es wäre ein angenehmes Arbeiten geworden und ich denke Heike lässt es sich richtig gut gehen, bei sich Zuhaus in Enschede. Solange hier alles Läuft ~ und es Läuft gut, ich versteh☐mein Handwerk ~ muss sie sich nicht einmal in der Nähe der Kontrolleinrichtung aufhalten. Ich hätte also endlich wieder Zeit gehabt für meine Frau und die Kinder. Doch dann kam die Nachricht von Bertrams Autounfall. Und es war von Anfang an klar, wer seinen Platz einnehmen musste. Ich erinnere mich noch gut an den Crashkursus in Umweltingenieuring und die Klausur, es war ja bloß eine Formsache, etwas, um die Bürokraten zu beruhigen.

Es gab da für mich nicht mehr viel zu lernen. Mein Gott, ich bin seit zehn Jahren Umwelttechniker und habe mit Bertram die meisten der hier eingesetzten Atmosphärengeneratoren selbst entwickelt. So weit erst mal für heute, in den nächsten Tagen wir sich sicher wieder Zeit finden, den Faden erneut aufzunehmen.

Hallo (~schreibt man so etwas bei einer Fortführung?) Sie mochte nichts davon hören, sie konnte, nein, sie wollte es nicht verstehen. Es hätte doch jemand anderes gehen können, schließlich gab es da noch Heike, oder Olaf, den wir frisch von der Uni verpflichtet hatten. Ja Heike wäre für meine Frau die richtige Wahl gewesen. Das Mädchen war ihr unsympathisch, sie war schlicht eifersüchtig. Sie hatte sie einmal nur gesehen, bei der Großen Party im kleinen Kreis. Als wir, zweieinhalb Jahre vor dem Start, die konkurrierenden Teams aus Japan und den USA geschlagen hatten. Unser Kontrollsystem war geradezu perfekt. Die übergründlichen deutschen, mit ihrer Spießig- und Sparsamkeit hatten es mal wieder geschafft. Das japanische System war zwar gefälliger und sogar von einem Laien bedienbar, aber das Übermaß an Spielzeugorientierter Technologie, dieser ständige Blick auf möglichen Umsatz im Kinderzimmer ~ dies ist der augenfälligste und unattraktivste Punkt in dem Japaner und Amerikaner Wesengleich sind ~ diese Verspieltheiten machten die gesamte Technik zu anfällig, zu Risikobehaftet für das große Projekt.

Und das amerikanische System war überladen von ihrer eingebildeten Vollkommenheit, von ihrer gottgleichen Größe, diesem amerikanischen Wahn ~ und ihrer bigotten Leichtigkeit.

Es ist tragisch und beschämend, das sie den Verlust ihrer experimentellen Station auf dem Mond und den Tod der drei Ingenieure als terroristischen Akt einer islamischen Nation darstellten. Doch außer sich selbst und den Blinden unter den Briten, konnten sie damals niemanden überzeugen. Es war eine Fehlfunktion die auch uns hätte unterlaufen können, weil wir damals noch die zur Katastrophe führenden Steuerelemente von demselben Hersteller bezogen.

Unsere Feier, der Gewinn der Ausschreibung das Umweltsystem der ersten Marsstation zu entwerfen, zu bauen und vor Ort zu betreuen, lag natürlich früher, vor dem Unfall auf dem Mond. Und da hatte meine Frau also Heike gesehen und war sofort gegen sie eingenommen. Heike ist gut fünfzehn Jahre jünger als meine Frau oder ich, durchtrainiert mit langen, wirklich langen blonden Haaren.

~ Wie Du damals, langes blondes Haar und begeistertes Mitglied im Turnverein. Noch erinnere ich mich, das ich nicht verstand, wie Du damals einen Sonntagnachmittag mit mir absagen konntest, um an einem Wettkampf teilzunehmen ~ hast Du damals, vor tausend Jahren, wenigstens gewonnen?

Ob sie attraktiv ist, mag ich nicht beurteilen. Für Olaf sicher, das liegt nun einmal im Auge des Betrachters. Aber sie hatte sich schnell in die komplexe Materie eingearbeitet, so dass sie bald schon nicht mehr ständig im Weg stand. Wenn sie nur öfter den Mund gehalten hätte; Heike spricht deutsch mit einem solch schauerlich niederländischen Akzent, dass wir für jeden Schluck Wasser, den sie nahm dankbar waren. Alles in allem blieb also nur ich übrig. Noch bevor das Gremium zusammentrat, um mich zu ernennen, wusste ich, gleich als ich den Anruf zu Bertrams Unfall erhielt, dass ich die Reise nun an seiner Statt machen würde.

Und erschreckend musste ich damals feststellen, dass sich zu dem anfangs ungläubigen Gefühls eines möglichen Verlustes, eine unverholende Freude mischte. Ein Platz wurde frei, eine Möglichkeit wurde mir da eröffnet, die bislang nicht in meine Pläne einbezogen war.

Wir hatten ein ausgesprochen freundschaftliches Verhältnis, Prof. Bertram Picard und ich. Uns verband nicht nur die berufliche Tätigkeit und die anregende Herausforderung dieser Marsstation, sondern auch unsere Vorliebe für schottischen Whisky und SF-Filme. Ich muss gestehen, dass er mir fehlt, auch wenn ich auf der Beerdigung keine Worte finden wollte. In gefühlsbetonten Situationen, wie der Liebe und dem Tot neige ich zum Zynismus: Da hält man dann lieber die Klappe.

Nun war ich also der Auserwählte, nicht das ich mich so fühlte, aber nach allem was die Kollegen so von sich gaben, betrachteten sie mich auf diese Weise. Und doch sträubte sich alles in mir dagegen.

Ich bin doch kein Astronaut, ich bin doch kein Held. Ich bin doch bloß ich; ein Mann Ende dreißig, der immer noch Angst im Dunkeln hat. Der so manche Nacht von entsetzlichen Alpträumen geweckt wird und der niemanden zum Händchenhalten hat. Sie fehlen mir, meine Leute. Die gelegentliche Videopost, die wir uns schicken, zeigt, wie schnell daheim doch die Zeit verrinnt. Es scheint mir als wäre es erst Gestern, dass ich meine Kinder zum Abschied in die Arme nahm und jetzt spart die Große schon auf eine Mofa.

Und meine Frau? Die Trennung auf Zeit scheint ihr gut zu tun, oder sie vertreibt sich die Nächte mit einem anderen. Vieles deutet darauf hin, auch wenn ich hier aus Erfahrung zum Schwarzsehen neige. Auch Du hast Dich damals von einem anderen Küssen lassen und Du konntest nicht verstehen, weshalb ich wegen einiger Küsse derart verletzt war. Du hast damit kokettiert, dass Dich auch andere begehrten. Ich hatte darin nie meine Zweifel, nur an Deiner Zuneigung habe ich gezweifelt, besonders in solchen Augenblicken. Ich werde wohl nie verstehen warum ihr immer wieder und wieder auskosten müsst, wie begehrlich ihr für andere seid, während ihr doch gebunden scheint.

~Was ist es das euch treibt von Mann zu Mann? Warum bedeutet euch die Liebe nichts, die Treue? Warum zählt nur das Neue, das unwirkliche Strohfeuer, das so schnell vergeht und euch nur beschämt? Und wer in Liebe und Treue ausharrt wird verlacht. Vielleicht urteile ich zu hart, jedenfalls wusste ich mir Dein Verhalten damals nicht anders zu erklären. Und erklären musste ich es mir, es schmerzte zu sehr, als das ich einfach hätte darüber hinwegsehen können.

Sicher gibt es für weibliche Untreue irgendwo einen primitiven Determinismus, ebenso mag es für den Mann einen genetischen »Zwang« geben, sich mit möglichst vielen Frauen zu paaren. Und sämtliche Verhüttungsmethoden fördern die Promiskuität und den Ehebruch. Offenbar gibt es kein Bewusstsein für Verhältnismäßigkeiten mehr. Nichts das uns sagt, was Liebe ist, was Treue bedeuten könnte und für meinen Teil bedeuten muss. Keine Reue mehr, kein Bedauern für die Verachtung des Partners, denn darauf läuft es schließlich hinaus; nur wenn ich meines Partners überdrüssig bin und seinen Schmerz verlache, kann ich ihn betrügen.

Es herrscht nur noch die Angst vor einer ungewollten Schwangerschaft. Doch da ich jenen Zwang des ständigen Begattens nicht kenne, kann es ihn, zumindest für den Mann, nicht geben, allen Sexualforschern zum Trotz. Wie das mit euch Frauen ist, vermag ich nicht zu beurteilen, ich für meinen Teil bin noch keiner wirklich treuen begegnet. Aber ich bin auch noch nicht so vielen begegnet, das ich die Hoffnung aufgeben möchte. Und womöglich leide ich unbewusst an einer masochistischen Ader, die mich zu solcher Art Frauen hinzieht.

Und doch bleibe ich ein zutiefst überzeugter Optimist. Ich weiß, dass die Welt böse und der Mensch schlecht ist, aber ich bin voll Hoffnung, dass der Mensch lernen kann.

Niemand kam zum Abschied damals aus meiner Familie. Ansonsten wimmelte der Platz vor dem Podium von Menschen. Es waren wirklich wichtige darunter, sämtliche Präsidenten, Premierminister und Kanzler Europas. Ich kam mir sehr deplaziert vor, besonders mit dem Mikrophon vor mir. Zum Glück stellte man mir nur wenige Fragen. Nur die Kollegen blickten ein wenig betreten drein, weil ihre Familien vollzählig erschienen waren. Da saßen sie dann alle, auf der eigens für sie aufgestellten Tribüne uns gegenüber. Sie hielten sich tapfer, selbst Rüdigers Frau, die damals so im sechsten Monat schwanger gewesen sein musste. Es wirkte alles recht beklemmend.

Aber vielleicht empfand nur ich die ganze Szenerie als trostlos. Es war doch nur ein vorübergehendes Lebewohl, ein Verabschieden zur Zukunft der Menschheit. Wir hier machen doch den ersten großen Schritt zur Eroberung des Raumes, mit dieser Miniaturkolonie auf dem Mars.

Und doch kam mir jener Morgen vor bald vier Jahren wie ein Begräbnis vor. Und begraben und vergessen fühle ich mich hier mitunter ~ und wie ich aus vertraulichen Gesprächen her raus hören kann, bin ich damit nicht allein. Wie gesagt, es gibt die Videoverbindung nach Hause, doch das Signal ist fast einen halben Tag unterwegs und wird von zu vielen mitgehört.

Da ich das, wie alle im Voraus wusste, habe ich mich mit Hunderten, nein das ist übertrieben, mit Duzenden Schreibblöcken eingedeckt. So kann ich nun, nur für meine Frau bestimmte Briefe schreiben. Natürlich gibt es hier keine Post, aber ich werde sie in meinen persönlichen Sachen wieder mit nach Hause nehmen. Da kann sie dann lesen, was ich ihr in den insgesamt vier Jahren nicht habe über Video sagen können oder mögen, sofern es sie dann noch interessiert.

Du glaubst ja gar nicht wie viele dieser Schreibhefte ich schon habe verleihen müssen. Selbst der sterile Lübecke hat das Briefesschreiben für sich entdeckt.

Ah ja, Briefe, auch Du hast mir mal einen geschrieben. Wahrscheinlich nur um Deine neue Schreibmaschine zu testen, irgendetwas Bedeutsames jedenfalls hatte nicht darin gestanden. Überhaupt; Briefe schreibt man nicht mit Maschine. Du fragst Dich vielleicht, weshalb wir überhaupt fast vier volle Jahre fort sind, schließlich ist die Station bereits seit Monaten bezugsfertig. Nun, wegen der unterschiedlichen Bahngeschwindigkeiten von Mars und Erde, müssen wir noch gut 190 Tage auf das nächste Startfenster warten. Und dennoch wird die Reise bald ein halbes Jahr in Anspruch nehmen.

Ich hoffe ja, dass sie den Lindner-Default-Antrieb bis zu meiner

Rückkehr fertig stellen. Dann wird dieser Flug zum Mars nur noch ein paar Wochen dauern und nicht mehr endlose Monate. Und wer weiß, vielleicht werde ich dann ab und an hier her zurückkehren ~ einer muss ja die zu Haus optimierten Systeme in die Umweltkontrolle einbauen. Dafür bin ich doch jetzt nach so vielen Jahren prädestiniert. Verweigern werden sie es mir sicher nicht. ~ Erst einmal nur bis hier, Morgen vielleicht finde ich wieder einige Momente zum schreiben.

Da bin ich wieder, ein paar Tage später als erwartet, aber das kannst Du beim lesen ja nicht bemerken. Doch vielleicht erklärt dieser Hinweis den einen oder anderen abrupten Themenwechsel.
Wir haben Sacharovski verloren, den kleinen Fjodor, er war der jüngste im Team. Vorgestern erst. Die Meldung muss wie ein Lauffeuer durch eure Medien gegangen sein.
Aber Du kennst den Jungen ja gar nicht. Wenn man so viele Zeilen schreibt, vergisst man schon einmal, wem man schreibt.
Er ist, nein war; seltsam wie schnell man sich an das Fehlen eines Freundes gewöhnen kann, gewöhnen muss. Er war Zeitweilig mein Assistent, weißt Du oder ich der seinige. Hauptsächlich jedoch war er Biologe und Doktor der Medizin.
Ja auch Weltraumhelden brauchen ab und an einen Arzt. Mit ihm haben wir Sektion D verloren, das wirft uns zurück, um Monate, nicht uns persönlich, aber das gesamte Projekt. In Sektion D liegen die unterirdischen Kammern und Röhrengänge, in den bald die ersten Familien siedeln sollten. Rüdiger und Sachari waren gerade dabei eine versiegelte Scheinschleuse in die Außenhaut zu fräßen.
Scheinschleusen dienen dazu, unmissverständlich klar zu machen in welcher Richtung der Fels einen Ausbau der Station in Zukunft erlaubt. Und magnetisch versiegelt bleiben sie so lange, bis sie sich nicht mehr in nackten Fels oder tödliche Marsatmosphäre öffnen.
Wir wissen noch nicht genau, was da passiert ist. Ich denke mal, der Fräskopf hat sich verkantet, jedenfalls war der Knall in der ganzen Station zu hören und ein Beben lief durch Boden und Wände, das Tassen und Werkzeuge zu Boden schepperten. Es ist ja nicht so, das wir hier endlose Gänge und Kuppeln hätten, alle radial von einer Nabe auslaufend. Die meisten Gebäudekomplexe sind natürlich rechteckig,

mit gewölbten Decken für den Druckausgleich und kamen als flach aneinander gepresste Elemente mit den Raumschiffen her. Die Station ähnelt weit mehr einem verschachtelten Hopidorf als einer futurlogischen Kolonie. Wir konnten ihn also beinahe sterben hören. Fjodors Anzug wurde da zerrissen und er quasi mit ihm. Rüdiger schaffte es immerhin noch zur rettenden Zwischenschleuse, er entkam mit Prellungen und Quetschungen, doch Fjodor Sacharovski dagegen war nicht mehr zu retten.

Er muss schon Tot gewesen sein, bevor der letzte Sauerstoff aus der Sektion gesogen wurden war. Wir haben ihn vorhin erst, vor wenigen Augenblicken, draußen neben Sektion D beerdigt, Pavel und ich.

Es war schrecklich ihn da so vorzufinden. Einen Abend zuvor erst haben wir noch zusammen Karten gespielt, nachdem wir vorher volle zwölf Runden in unserer kleinen Turnhalle geboxt hatten. Und nun lag er da, in den blutverkrusteten Resten des einstmals silbernen Anzuges, wie ein schlaffer, an den falschen Stellen ausgefüllter, aufgeblähter Sack. Ich konnte ihm nicht ins Gesicht sehen. Es war nur noch eine formlose breiige Masse und noch habe ich das furchtbare Reißen in den Ohren, als mir beim Anheben des Anzuges sein linkes Bein förmlich abriss.

Neben der nun korrekt sitzenden Schleuse prangt die Tafel mit Fjodors Namen und seinem tapferen Opfer für die Eroberung des Raumes. Ich hatte das ironisch gemeint, aber die Hohen Herren auf Erden wollten etwas pathetisches, schwülstiges, aber wir sind hier weder Amerikaner noch ist das hier Hollywood. Am liebsten wäre es ihnen sicher, wenn überhaupt kein Hinweis auf die Gefahren des Lebens irgendwo auf dem Mars zurückbleibt. Die Kolonisten sollen nicht demoralisiert werden. Aber Blauäugigkeit hat noch keinem geholfen. Nein wirklich nicht, wer vor der Wirklichkeit die Augen verschließt, den verschlingt sie gnadenlos. Habe ich es nicht selbst wieder und wieder erfahren müssen?

Einmal habe ich Dich besucht, es muss zwei, vielleicht drei Jahre nach meinen Fortgang aus Kiel gewesen sein. Ich glaube, ich wollte so etwas wie Rechenschaft von Dir, warum Du mich damals von heut' auf Morgen hast fallen lassen, nach dem wir fast zwei Jahre lang ein von vielen beneidetes Paar waren.

Das Du ein Blickfang warst, mit Deinen endlos langen strohblonden Haaren, hast Du genossen und für mich schmerzhaft ausgekostet. Dass auch ich Verehrerinnen hatte, berührte keinen von uns. Mich nicht, da es nie jemand anderen an meiner Seite geben konnte und Dich nicht, da Du dies wusstest. Das wird Dich wohl auch am Ende die Flucht ergreifen lassen haben, vor hundert Jahren, diese beständige Nähe.

Ich bin nicht Besitzergreifend, meine Liebe ist erschlagend, erstickend. Und doch schien keine von euch es wirklich zu spüren. Ich lasse der Frau an meiner Seite keine Luft zum Atmen, keinen Platz zum Leben.

Wer wird da nicht davon laufen, sei es ganz wie Du, oder in fremde, wechselnde Arme - wie meine Frau. Und immer noch glaube ich, dass ewig lodernde Feuer meiner Liebe reicht für beide Seiten.

Du siehst, ich habe nichts dazu gelernt. Doch wir kamen nicht dazu uns »auszusprechen«, oder was auch immer mir damals vorschwebte. Statt das wir wie alte Klassenkameraden uns gegenübersaßen, versuchtest Du mit mir zu kokettieren, als ob wir das nötig hätten, nach all der Zeit. Zwischen uns war da noch etwas, natürlich, wie hätten wir uns sonst Jahre zuvor in einander verlieben können? Aber es war nichts, dass sich durch flirten heraufbeschwören ließe.

Im Übrigen war ich damals schon in meine zukünftige Frau verliebt, ohne von solcher Zukunft zu ahnen, zu träumen oder sie zu fürchten. Ich war schon weit fort von uns, doch Du schienst immer noch dort zu verharren, wo wir uns getrennt hatten. ~ Wie förmlich das klingt, wie bilateral zufrieden. Von einer Trennung in beiderseitigem Einverständnis konnte ja gar keine Rede sein. Du wolltest einfach nichts mehr von mir hören. Keine Anrufe mehr, schon gar keine Besuche. Wie ist das nur, das es alle um mich her verstehen, konsequent zu sein und nur mir gelingt dies nie? Meine Inkonsequenzen hätten schon bald etwas lächerliches, meinte vor einer Ewigkeit, einmal mein Bruder.

Jedoch sah er sich am Ende gezwungen, die Nachhaltigkeit, mit der ich meine Unentschlossenheiten verfolgte, als erfolgreiche Hartnäckigkeit anzuerkennen. Und auch meine Frau glaubt mir immer mal wieder verhalten zu müssen, ich sei zu Sorglos. Sie wollte und will einfach nicht begreifen, dass mir materielle Dinge nichts bedeuten, dass ein Planen, ein finanzielles Vorsorgen, in meiner Gedankenwelt nicht vorkommt, nicht vorkommen kann.

Ich weiß noch, dass ich so verliebt in Dich war, dass ich, nur um in Deiner Nähe zu bleiben, die gleichen Wahlfächer belegte und Du musstest ausgerechnet Wirtschaftslehre wählen. Und das mir, der ich aus christlichem Hause stamme und dem somit nichts anderes übrig blieb, als idealistischer Sozialist zu werden: was kümmerte mich das unmoralische, unethische Betrugsystem der kapitalistischen Wirtschaft? Dem Korruption so inhärent ist, wie dem Mars der rote Sand. Ich hielt und halte in privater Naivität Börsenspekulanten und Manager für gemeingefährliche Verbrecher, die von heut auf morgen die Wirtschaft eines ganzen Volkes vernichten können. Man kann's ja nachlesen, die zwanziger Jahre des letzten Jahrhunderts. Solche Art Kapitalisten gehören nicht an die Macht, sondern an die Wand!

Aber lassen wir das. Ich streite mich über dieses Thema bereits ausgiebig mit Franz, jedoch nur aus Prinzip ~ er hält Aktienpakete, die mit unserem Projekt zu tun haben und ich halte die Risiken, insbesondere den Tot Sacharovskis dagegen. Doch ich fürchte, er wird am Ende Recht behalten; die Geschichte lehrt uns ja zum Überdruss, dass ungeachtet aller Menschenleben, alles einen Gewinn abwirft. Selbst, oder gerade Kriege und Seuchen.

Nun muss ich aber erst einmal schließen, Pavel möchte noch einen Umtrunk auf den kleinen Russen veranstalten und wir haben alle genug Grund, uns für einige Stunden den Verstand fort zutrinken.

In der Einleitung erwähnte ich, der Grund für diesen Brief, an dem ich nun schon seit Wochen sitze, sei der, dass ich von Dir träumte und das diese Träume nichts bedeuteten. Das ist so nicht ganz richtig, erst letzte Nacht begegneten wir uns wieder; wir trafen uns an einem unwirklichen Schilkseer Strand, der unvermittelt in das Hindenburgufer überging. Als hätte es das vergangene Vierteljahrhundert nicht gegeben, fielen wir uns in die Arme und gestanden uns unsere Liebe. Nur um Arm im Arm an den Ufern entlang schlendernd von unseren jeweiligen Familien zu berichten. Ein Traum gebar diesen Brief und dieser Brief gebar einen Traum, eins von beiden ist unwirklich. Und weckt in mir den unsinnigen Wunsch, Dich wieder zusehen.

Eben geht die Erde auf. Wie seltsam sich das anhört, immer noch nach so langer Zeit. Meistens scheint sie wie jeder x-beliebige Stern am Nachthimmel, blass und unwichtig. Doch ab und an stehen wir drei

~ Erde, Mars und Sonne so günstig, das die Heimat wie ein winziger blauer Diamant funkelt. Und dann brennt mir dieses Sternchen so in der Netzhaut, dass sich meine Augen mit Tränen füllen. Es wird wohl das Heimweh sein, die Sehnsucht nach meiner Frau und den Kindern natürlich. Doch am meisten fehlt mir hier das Meer. Es gibt hier eine beeindruckende Landschaft, ohne Zweifel und es herrscht weit weniger rot vor, als man im Allgemeinen annimmt oder erwarten würde. Die Cañons und Hügel laden zum klettern ein, wir sind in unserer kargen Freizeit alle Alpinisten geworden.

Nun das stimmt nicht ganz, die Alpen sind im Vergleich zu unseren Bergen und Cañons bloße Stolpersteine. Und besonders der Olympic Mound, dieser einundzwanzigtausend Meter hohe Vulkan, der an klaren Tagen über die Planetenkrümmung ragt, fasziniert bis auf den heutigen Tag. Und was immer wir auch in den vergangenen Jahren alles über den Mars erfahren und erforscht haben; nichts und niemand wird mir den Glauben rauben können, dass unter dieser fast perfekten Pyramide ein uraltes Bauwerk ruht. Und Du weißt ja: was man glaubt, muss man nicht beweisen. Vor 60 oder auch 80 tausend Jahren ist dieses Monstrum zum letzten Mal ausgebrochen und mit ihm Dutzende anderer Vulkane. Die Asche und Bimsschicht, die sich wirklich über den ganzen Planeten erstreckt, ist auch heute noch durchschnittlich zwanzig Meter hoch. Was mag sich darunter wohl alles verbergen? Verschüttet und vernichtet? Das der Mars alle hundertfünfzigtausend Jahre, auf Grund einer extremen Achskippung und damit verbundener Freisetzung des an den Polen gefrorenen Wassers, Lebensfähig wird, ist schon eine fantastische Erkenntnis. Stell Dir vor, als der Mars vor hunderttausend Jahren das letzte mal eine erdähnliche Biosphäre aufwies, haben die Marsianer, die ja eine viel schneller Evolution durchlaufen mussten ~ vielleicht waren ja die wesentlichen Erbinformationen irgendwo in Form von befruchteten Eizellen im Eis gespeichert und so konnten, als der Mars wieder lebensfreundlich wurde, große Schritte der Evolution übersprungen werden ~ ... jetzt hab ich den Faden verloren.

Jedenfalls ist es schon denkwürdig, dass gerade, als der Olympic Mound den Mars verwüstete, auf der Erde die ersten modernen Menschen auftraten. Vielleicht sind sie ja von hier geflohen? Nun ja, da geht wohl der SF-Fan mit mir durch.

Die Station wurde im südlichen Sinai Planum errichtet, da dies die geologisch stabilste Region ist, keine Erdbeben, keine Vulkane, nur Sandstürme und gewaltige Wanderdünen. Wenn auch keine so mächtigen wie sie über die elysische Tiefebene, dem Elysium Planitia wandern, dort werden sie bis zu vierhundert Meter hoch und oft Kilometer lang bzw. breit. ~ Wir sind da draußen einmal fast verschütt gegangen, Rüdiger und ich, doch dazu komme ich vielleicht später noch ~. Das sind natürlich alles Böhmische Dörfer für Dich und deshalb liegt diesem Schreiben auch eine Karte bei. Sie ist natürlich stark verkleinert und zeigt längst nicht alle Besonderheiten, aber sie erleichtert das Verständnis ein wenig.

Im Norden, einige Tage mit dem Marsmobil entfernt, liegt das großartige Valles Marineris, mit Gräben die Tausende Meter in die Tiefe abfallen und erinnern mich manchmal im Licht der fernen Sonne an die Steilküste Zuhaus.

Weißt Du's noch? Wir waren, mit einer handvoll Freunden, nach einem Schulausflug noch am Strand geblieben. Es war meine Idee gewesen und seltsamer Weise haben viele von euch oft das gemacht was ich vorschlug. Auf eine ganz ungewollte und verrückte und heute nicht mehr wiederholbare Art, war ich irgendwie der Motor, das Bindeglied einer »Clique« geworden. Durch mich kamen damals Elemente unserer Klasse zusammen, die sich sonst Spinnefeind waren.

Da waren die aufsässigen Roadies, von denen ich der furchtloseste und kräftigste war. Und ihnen ablehnend gegenüberstehend die Klassenbesten, mit ihrem Intellekt und ihrer Sprachgewandtheit, von denen ich der Rückradstärkste war. Was blieb mir, mit meinem damals übertriebenen Gerechtigkeitssinn anderes übrig, als zwischen allen Stühlen zu sitzen, nirgends wirklich dazu zugehören und euch aneinander näher zu bringen? Aus irgendeinem Grund, der mir heute gänzlich entfallen ist, überkam mich da am Strand ein heftiger Anfall von Eifersucht. Ich packte meine Sachen und ging.

Und ihr alle kamt sofort mit, als hättet ihr nur auf diesen Aufbruch gewartet. Auf dem Weg durch den Wald nahmst Du meine Hand und ich bedauerte schon den bisher schönen Nachmittag mit meinem heißen Blut verdorben zu haben. Im Grunde bedauere ich vieles, mit meiner unbedingten Liebe habe ich sicherlich unzähliges zerschlagen.

Glücklich wirst Du an meiner schweigsam schreienden Seite nicht gewesen sein, ebenso werde ich auch in meiner Ehe versagt haben oder noch versagen. Ich litt nie unter Bindungsängsten, wie so viele andere, ich leide aus Erfahrung unter Verlustängsten. Wie aus jenen Tagen in denen meine Familie Stück für Stück davon starb. Unfälle, Krankheit, Freitode, das musste ich alles erst kennen~ und akzeptieren lernen.

Und Du überfordert an meiner Seite. Ich sehe uns noch auf dem Bett liegen, ich stumm weinend und Du hilflos meine Hand haltend. Mein Bruder war erst einige Tage zuvor in den Tod gegangen. ~ Ein furchtbar pathetisches Bild, ich weiß, aber wie will man einen Freitod anders benennen?

So waren damals unsere Sonntagnachmittage, nicht weinend und händchenhaltend, diese Blöße gab ich mir nur einmal.

Wir lagen, züchtig angezogen, auf Deinem Bett und hielten uns zärtlich im Arm, ab und zu gab es einen Kuss, das war alles. Wie es mit uns begonnen hat, weiß ich nicht mehr, auch nicht wer wen gefragt hat, oder ob jene Frage überhaupt nötig war bei uns. Vieles zwischen uns lief schließlich nonverbal, wie das eben so sein soll zwischen Menschen, die zu einander gehören. Irgendwann bekam ich diesen Brief von Dir, in dem Du mich zu einem Sonntagnachmittag einludst.

Mehr gab es nicht zu sagen oder zu fragen, mehr war nicht nötig, für die folgenden zwei Jahre. Plötzlich war ich nicht mehr nur geduldet, jetzt gehörte ich zu etwas Besonderem, zu etwas Großem, zu uns.

So hatte ich auch empfunden als ich, Jahre später, meiner Frau näher kam. Nur ihr habt dieses Bewusstsein nicht geteilt, oder doch? Hättest Du sonst über zwei Jahre mit mir ausgehalten? Hätte die Liebe meines Lebens mich sonst geheiratet? Unterschätze ich euch, oder überschätze ich euch? Jedenfalls gelang es euch beiden nicht treu zu bleiben. Aber ich schweife ab und wiederhole mich.

Wir haben da also diese Cañons und im Westen werden sie von dem Labyrinth der Nacht, dem Noctis Labyrinthis begrenzt. Nun beschreibe ich Dir ganz dusselig die Nähere und Fernere Umgebung, nur um auf dieses Labyrinth zu kommen.

Wie Du Dir denken kannst, stammen die Namen aus alten Zeiten, als man den Mars noch mit dem Teleskop erforschte. Aber bei diesem Noctis Labyrinthis haben sie gar nicht mal so weit daneben gelegen. Die

Grabenwände fallen dort fast senkrecht viele hundert Meter in die Tiefe und oft stehen sie so eng beieinander, dass das Tageslicht niemals den Boden erreicht und sie sind so verzweigt, das man sich getrost darin verirren kann. Mir ist das sogar beinahe gelungen.

Man kommt vom westlich von hier gelegenen Syrius Planum beinah ebenerdig in die wirren Ausläufer des finstren Labyrinths, Nico; eigentlich Nicolaws Müller, unser quirliger, polnische Geologe und ich, hatten dorthin einen Ausflug gemacht. Ich weiß nicht mehr genau, was für eine Ausrede wir für Lübecke und das Stationstagebuch ausgetüftelt hatten, irgendetwas mit einmaligen Bodenproben, wie man sie eben nur in der ewigen Nacht des Labyrinthes finden mochte.

Nico durfte nicht allein gehen, niemand darf sich allein weiter als ein, zwei Meilen von der Station entfernen, und ich war ja immer schon für solch »ungehorsame« Extratouren zu haben. Aber ich glaube, zumindest Pavel wusste ganz genau, was wir wirklich im Sinn hatten, ihm konnte ich noch nie etwas vormachen.

Also sind wir da hinab gefahren, die Marsmobile sind keine besonders rasanten Fahrzeuge, aber man kommt doch recht zügig voran. Diese Kanäle überraschen einen immer wieder, an vielen Tagen scheinen sie aus rotem Fels gewachsen, doch dann schleichen sich dort vielfarbige Schlieren in die Klippen ein und bald schimmert er wie ein blasser Regenbogen. Am Anfang ist dieses Gewirr von nachtschwarzen Gängen noch harmlos und auch das Licht der so ungewöhnlich kleinen Sonne erreicht noch so manche Biegung, aber dann, wie abgeschnitten steht man plötzlich im Dunkeln und hinter einem verzweigen sich die Cañons, das man glaubt nicht mehr heraus zu finden.

Und kalt ist es dort. So eisig, dass das Summen der Wärmeaggregate zu einem lauten Brummen anschwillt und man trotz Funkverbindung fast schreien muss. Ohne GPS hätten wir uns sicher dort verirrt, aber selbst mit diesen kleinen Satelliten in der Umlaufbahn konnte man die Orientierung verlieren.

Der Sand und Staub, der überall Wege und Ritzen findet, ist mitunter so mit Metallen gesättigt, das er alle Radiosignale verschlingt. Und die Cañons sind reinste Staubfallen, der Staub sammelt sich in den Schluchten zu richtigen Seen, auf denen sich bei Sturm sogar Wellen bilden. Du darfst nun aber nicht denken, das es hier ständig Stürmt und

Staubig bis zur Erblindung ist, eher das Gegenteil herrscht vor.

Die Luft ist klar und der Himmel blau, ja blau und die Sicht so klar wie daheim im Hochgebirge. Nur morgens, wenn nach eisiger Nacht die ferne Sonne aufsteigt, geraten die dünnen Luftschichten so durcheinander, dass manchmal mächtige Sandstürme aufkommen. Kurz und heftig. Das Freihalten der Solaranlagen, Sendeantennen und dem Zugang zur Station ist eine reine Sisyphusarbeit. Doch richtig hinterhältig sind diese Staubseen, die meisten wandern mit den Dünen über die fernen Tiefebenen, doch ein paar einfallsreiche lagern vor der Station und, wie gesagt, in den Tiefen der Cañons.

An jenem Tag gerieten Nico und ich mitten in solch einen See hinein. Meistens sind sie nur knöcheltief und die Reifen lassen farbenprächtige Fontänen aufspritzen wenn man hindurch rollt. Doch manchmal füllt der Staub Senken und Krater aus, die können dann einige Meter tief werden und ausgerechnet in solch einen habe ich uns hinein gelenkt.

Sofort erstarb der Motor und mit ihm die Scheinwerfer, da saßen wir dann in schwärzester Nacht, ohne Antrieb und ohne Strom, denn die Batterien folgten ganz schnell dem erstickten Motor. Noch während wir unschlüssig und überrascht neben einander saßen, kroch die Kälte des Mars durch die Isolierung unserer Anzüge.

Ich sei ja wohl der größte Idiot auf Gottes Marsboden, der ihm je begegnet sei... so begannen dann auch Nicos Auslassungen über meine Umsichtige Fahrweise. Ich weiß nicht so recht, damals kam uns das irgendwie wie ein Spaß vor, ein harmloses kleines Abenteuer, doch nüchtern betrachtet, hätte es uns sehr leicht das Leben kosten können.

Ich war noch geistesgegenwärtig genug, um sofort die Bremse nieder zutreten, so das wir sehr schnell zum Stehen kamen, bevor das Fahrzeug so tief einsank, das wir nicht mehr hätten aussteigen können. Die Türen waren blockiert, der Staub hat die ärgerliche Angewohnheit, sich nach dem Aufwirbeln und Durchmischen wie Blitzbeton zu verdichten. So mussten wir die Plexiglaskuppel über uns zertrümmern, um das Marsmobil zu verlassen. Die nächste Schwierigkeit war nun, den Weg aus dem Labyrinth zu finden, denn das GPS war im Fahrzeug installiert und das tragbare Gerät lag im Magazin. Ich hatte mir, zumindest ein wenig, den Weg gemerkt, denn die Wände durchzogen stellenweise Erzadern, die mich an Gold denken ließen, an ihnen hofften wir uns zu orientieren.

Neben uns, nur wenige Schritte auseinander, schossen die Grabenwände Tausende von Metern in die Höhe, so eng standen sie, das sie sich schon bald über unseren Köpfen zu berühren, zu vereinigen schienen. Ja, sie fanden da zusammen um auf uns hinabzustürzen.

Ich mag nicht darüber Schreiben, man muss dazu zu sehr nach Worten suchen ~ jedenfalls neige ich seit diesem Vorfall im vergangenen Jahr zeitweise zur Klaustrophobie.

Nach Stunden und vielen Irrungen erreichten wir schließlich das Syria Planum wieder, erschöpft und nur durch die Anstrengungen des Marsches vor dem Erfrieren bewahrt. Wir kamen gerade noch rechtzeitig raus, um die Sonne untergehen zu sehen. Das Notzelt war die einzige Chance die kommende Nacht zu überstehen.

Jeder trägt eines bei sich, nicht größer als ein gefaltetes Badetuch, hinten auf dem Sauerstofftornister. Der einzige Zweck des Einmannzeltes, ist die Speicherung von Wärme und der Schutz vor Unwetter.

Dazu kommt noch ein Funkfeuer, ein Notsignal, das automatisch aktiviert wird, sobald das Zelt aufgestellt ist. Man zieht an einer Schnur und das Ding ist bezugsfertig. Von Abenteuer und Campingromantik war nun keine Spur mehr zu erkennen; während wir hier tagsüber Temperaturen zwischen 55°C und 75°C unter Null haben, fällt nachts das Thermometer gern mal auf bis zu 150°C Minus.

Nun wird es in jener Nacht längst nicht so eisig geworden sein, sonst könnte ich Dir dies hier nicht berichten, aber es reichte, dass ich mir einen Zeh abgefroren habe. Und Nico seine Ohrläppchen. Aber die Kälte war nicht einmal das Schlimmste, das war der Durst. Die Notpakete halten Dich gerade so am Leben, aber für Dein Wohlbefinden sorgen sie nicht, für die Beseitigung von Durst oder Hunger taugen sie nicht.

Doch der Sonnenaufgang entschädigte uns für alles. Die Spuren der Atmosphäre sind so dünn, dass es fast keine Dämmerung gibt, plötzlich erhellt sich der Horizont und die Sterne verblassen. Und schon, aus einem kurzlebigen Glühen heraus, erobert der kleine, grelle Klecks den Himmelsrand. Die Landschaft wird kupferdunkel, dann schmutzig rot und schließlich pastellfarben. Und darüber ~ das müsstest Du mal sehen ~ wölbt sich ein flacher blassblauer Himmel, mit weißen, ins violett spielenden Wolkenfetzen. Aber an jenem Morgen, vor über einem Jahr, stieg aus dem kilometertiefen Graben ein seltsam glitzernder Dampf auf. Wie ein Seufzen kam er hervor aus verborgenen Spalten und Höhlungen. Den Sensoren nach, war es Stickstoff in dem Wasserkristalle glitzerten, doch für das Auge war es das überwältigenste Schauspiel, das ich je verfolgen durfte. Ein Feuerwerk an Farben und Formen wie es nur bei dieser dünnen Luft und geringer Schwerkraft möglich war.

Was bietet sich da zum Vergleich an? Vielleicht das Rauschen und Grollen weiß brechender Gischt, doch ist dies zu farblos, aber die Winde aus dem Cañon klangen jenem Wellenrauschen und Brechen nicht unähnlich.

Ach ja, das Meer, ich sagte wohl schon das es mir hier fehlt?

Das grandiose Panorama der Hochebene von Sinai Planum, in der die Station ruht, schreit geradezu nach dem Anrennen des Meeres, nach brüllender Brandung und meterhoch schäumender Gischt. Und nach dem Geschrei der Möwen, dem Geruch der Algen und dem Flattern von Segeln im Wind, lachenden Kindern und Bikinischönheiten.

Das wir hier Leben gefunden haben, ist Dir sicher schon lange bekannt, schon vor unserem Start hatte man ja an den Polen Wassereis entdeckt und in den tieferen Bodenschichten einige versteinerte Bakterien, kaum kamen sie mit Tauwasser, bzw. unserer Laborluft in Berührung, erwachten sie zu neuem Leben. Es sind allesamt harmlose Bakterien, jedoch wird sich sicher einmal jemand finden, der hieraus eine biologische Waffe züchtet.

Irgendwo lauert immer eine perverse Regierung und ein durch und durch verdorbener Biologe. Auch die Wasserstoffbombe war ja nur eine Frage der Zeit, kaum gab es die Atombombe, würde sich schon ein krankhafter Misanthrop finden, der dieses Monster noch schrecklicher macht.

Und die dazu passenden Regierungen, die diesen Alptraum finanzieren. Du siehst, Politik ist auch heute noch immer nicht meine Sache, es gibt Dinge, besonders im Menschlichen Miteinander, bei der mir der Sinn für Feinheiten abgeht. Ich kann hier nur Verurteilen und Verdammen und das Schlimmste im Menschen erkennen, als Diplomat tauge ich wohl nicht.

Dieser erzählerische Ausflug, hin zu der Nachtwanderung, bringt mir wieder die Andeutung zu Bewusstsein, die ich weiter oben gemacht habe. Das Rüdiger und ich beinahe im Elysium Planitia umgekommen wären. Das Ereignis liegt schon über zwei Jahre zurück und ist somit viel älter, als der Wunsch Dir schreiben zu müssen.

Gut möglich, das ich deswegen noch nicht davon geschrieben habe, aber nun habe ich ja die Zeit und niemand kann mir ins Wort fallen. Alle acht Monate werden wir, von Zuhaus, mit Ersatzteilen, oder gar ganzen Maschinenteilen beliefert, zwar sind wir hier weitestgehend autark, aber dennoch gibt es Verschleißteile, deren Nachbau uns noch nicht möglich ist. Die Container werden mit einer Rakete zu uns geschossen und dann aus einem Orbit heraus, wie mit riesigen Luftballons gepolstert, zum Absturz gebracht. Der Landeplatz liegt gut fünfzig Kilometer östlich unserer Station und wir brauchen nicht ganz zwei Tage, um den Container heimzubringen. Vor zwei Jahren aber, gab es wohl eine Fehlfunktion und der Container ging weit draußen im Elysium Planitia nieder, dieser flachen Tiefebene, die so wunderbar für Stürme gewaltigsten Ausmaßes geeignet ist.

Es wandern dort Dünen mit mehren Stundenkilometern umher, die viele hundert Meter hoch werden können. Das Los entschied, dass Rüdiger und ich hinausfuhren, um den Container zu bergen. Ein Sturm kündigte sich an, ein heftiger und die Containerummantelung war nicht stabil genug, um den Kräften des Sandes standzuhalten. Es musste also schnell gehen.

Als wir, drei Tage nach unserem Aufbruch, endlich das Elysium erreichten, hatte der Sturm bereits den Horizont erobert. Der ganze Himmel war schwarz und funkelte rötlich und ein Tosen dröhnte uns in den Ohren, dass an ein Gespräch nicht zu denken war. Vor der Kulisse konnte einem angst und bange werden, nichts schien dem Sturm widerstehen zu können, er peitschte den Sand über die Dünnen, das sie wie Meereswellen über die Ebene drifteten, und jede Neue erschien uns gewaltiger als die vorherige. Noch bevor wir den Wagen zum stehen gebracht hatten, war Rüdiger gewendet. Meine Gesten, die besagen sollten, dass wir unbedingt den Container retten müssten, konnte oder wollte er nicht verstehen. Erst als ich Handgreiflich wurde und an seinen Ventilen hantierte, begriff er wohl, wie wichtig die Ladung diesmal war. Denn sie hatten Dichtungen geschickt, die ich unbedingt benötigte, denn sonst wäre die Lebenserhaltung irgendwann zusammen gebrochen.

Aber wie erklärt man einem in Lebensangst geratenen Bergbauingenieur die Notwendigkeit von Ventildichtungen für die Umweltgeneratoren, ohne das man reden kann? Indem man ihn zu Boden stößt und das Atemventil zudreht. Jedenfalls hat das bei Rüdiger funktioniert. Er war mir recht lange danach noch ein wenig böse, ich habe wohl ein bisschen zu lange gezögert, bevor ich seine Luftzufuhr wieder herstellte. Aber ich wollte sicher gehen, dass er mir zuhört. Irgendwie haben wir es geschafft, den Container aus dem Sturm zu ziehen und auf den Wagen zu laden, doch war es da leider schon zu spät, um noch rechtzeitig in Deckung zu gelangen. Eine Böe packte uns, eine Böe, wie ich noch nie zuvor eine erlebt habe, sie war schwarz, tief schwarz, als käme hier keine wild gewordene Tonne Staub und Sand, sondern eine mächtige Höllenpranke. Im Nu flogen wir durch die Luft, das Gestell des Wagens verformte sich auf eine Weise, die die Konstrukteure sicher nicht beabsichtig hatten. Es dauerte nur den Bruchteil einer Sekunde und Aluminium, Kunststoff und Sand begruben uns unter einer meterhohen Decke. Ich muss, noch im Fluge wohl, das Bewusstsein verloren haben, jedenfalls kann ich mich nur erinnern, dass mich jemand rüttelte und meinen Namen brüllte. Das Rütteln allerdings kam nicht von Rüdiger, der lag bewegungsunfähig zwischen dem Gestell des Wagens eingeklemmt, neben mir. Dennoch wurde ich heftig durchgeschüttelt, die Dünne, die uns aufgefangen und sogleich verschlungen hatte, wanderte mit dem Sturm und riss uns mit gewaltigen Stößen mit.

Ich wurde seekrank, zum ersten Mal in meinem Leben, wurde ich seekrank. Es gibt nichts schlimmeres, als sich in einem Raumanzug zu übergeben. Es war stockduster, das Rüdiger eingeklemmt war, musste ich ertasten, sehen konnte ich nichts, aber der Sturm heulte und brüllte noch immer über uns, jetzt mit seltsam gedämpfter und verzehrter Stimme. Endlich, nach Stunden, oder Tagen, ich weiß das wirklich nicht mehr, lies der Sturm nach. Das Rütteln und Schieben hatte aufgehört und auch das Kratzen des tödlich schnell rasenden Sandes hatte sich gelegt. Wir hatten riesiges Glück, weit aus mehr Glück als Verstand, da musste ich im nachhinein Lübecke recht geben, denn selbst wenn der Container den Sturm nicht überstanden hätte, wäre es uns sicher gelungen, wesentliche Teile seiner Ladung später zu bergen. Aber so diente der Container in erste Linie als Air back, denn er hatte sich wie eine Blase um das Cockpit gelegt und so den Staub am Einsickern gehindert. Sonst wären wir binnen Sekunden von der Gewalt des Sandes zermalmt wurden. Rüdiger aus dem Wrack zu befreien, erwies sich beinah als unmöglich und ich hätte sicher aufgeben, aufgeben müssen, wären nicht Nico und Fjodor als Such- und Rettungstrupp aufgebrochen, kaum das sich der Sturm gelegt hatte. Ja, wir wären beinahe dort in der Ebene des Elysiums gestorben, sehr passend eigentlich, wer stirbt denn schon im Paradies?

Vorhin gab es wieder Alarm, Umweltalarm. Wie das eben so ist, wenn man sich auf Maschinen verlässt. Ich habe gestern ein Schutzprogramm gestartet, schließlich sollen die Atmosphärengeneratoren eines Tages ohne mich auskommen. Aber ich überlasse das Erhaltungssystem nicht gern irgendwelchen Computern, sie versagen einfach zu schnell. Entweder geben sie Fehlalarm, wie vorhin, oder sie lassen einfach die Recyclebakterien eingehen. So bald die Behälter größer geworden sind, können sie fast ganz ohne Wartung auskommen, das natürliche Umweltsystem auf der Erde kommt ja auch allein zurecht. Ich gehöre wohl noch der falschen, der alten Generation an, jener die lieber Menschen als Maschinen vertraut ~ trotz aller Erfahrungen. Sogar die Kulturen sichte ich in Holgers Labor selbst, ohne den Computer. Diese Kulturen, bestehend aus Milliarden Bakterien und Algen, versorgen uns mit Luft und Nahrung. Die Picard-Lensk-Anlage ~ sie wurde tatsächlich ganz offiziell nach Bertram und mir benannt, arbeitet so effizient, das sich mit den Bakterien sogar Humus gewinnen lässt.

Die uns nachfolgenden »Siedler« werden dann womöglich sogar eine Kleintierhaltung einrichten können ~ frische Eier und echten Fisch auf dem Mars, da bekommt man richtig Appetit. In den nächsten Tagen werde ich auf einer Parzelle einen Freilandversuch starten. Wer weiß, vielleicht wird der Mars eines Tages sogar ohne Kuppelbauten bewohnbar. Was für ein Denkmal könnte ich mir da errichten, aber auch was für ein Grabmal, wenn es irgendwann fehlschlägt! Doch noch ist da gar nichts entschieden, als zur Zeit einzig legitimer Fachmann für diese besondere, ja einzigartige Technologie, habe ich das letzte Wort und noch bin ich skeptisch.

Eine Kleintierpopulation könnte einen so großen Eingriff in das künstliche Ökologische Gleichgewicht darstellen und das System zum Versagen bringen. Die kommenden Wochen vor dem Start, werde ich wohl hauptsächlich nutzen, um sämtliche diesbezügliche Szenarien durchzuspielen.

Apropos Start, die Treibstoffbehälter dafür kamen in zwei separaten, unbemannten Flügen, was beinahe in einer Katastrophe geendet hätte. Der erste Anflug ging schief, wir konnten zwar noch die Rakete abfangen und einen neuen Landeanflugsektor eingeben, aber dann brach da oben im Orbit alles zusammen und der Trockentreibstoff stürzte keine hundert Kilometer von uns entfernt ab. Die Erschütterung der Explosion war gewaltig und der Krater ist einfach riesig. Keine hundertstel Sekunde früher und die unfreiwillige Bombe hätte uns, samt Station ausgelöscht. Manchmal fragen wir uns, was dann geworden wäre, aus dem GROßEN TRAUM. Wir sind hier dermaßen isoliert, dass es uns schwer fällt, die herausragende Rolle, die wir nicht nur für die Wissenschaft, spielen zu begreifen. Die anderen glauben, es würde den Traum um Jahre zurück werfen, doch da überschätzen sie unsere persönliche Bedeutung. Der Verlust der Station wäre tragisch, aber mehr auch nicht. Schließlich gibt es die exakte, jederzeit transportable Kopie in Grönland und auch ein Team wird sich schneller, als irgendjemand vermuten will, finden lassen.

Wir sind alle, in jeder Beziehung und nicht nur hier oben, ersetzbar. Das Leben wird gnadenlos weiter gehen, besonders wenn es um solch prestigeträchtige Projekte, wie die Kolonisierung des Mars geht. Seit dem Unfall drehen sich die Gespräche nach dem unsinnigen, obligatorischen Wochenrapport nun um solche Dinge. Der alte Berufssoldat Lübecke nennt das tatsächlich so und es ist ihm ernst damit. Militärisch knapp und sachlich will er unsere Berichte von den Arbeitsabläufen der vergangenen Woche. Es ist, ebenso obligatorisch, eben der Tag, an dem ich schlampig angezogen, unrasiert und verspätet zum Dienst erscheine. Und es ist auch der Tag, an dem ich meine sonst nur private Redseligkeit auch bei der Arbeit vom Zügel lasse. Uns beiden ist all das bitterernst. Ihm der militärische Drill, mir der zivile Ungehorsam. Für die anderen ist es ein Spaß, der schon an lächerliche grenzt und diese Grenze vielleicht auch längst überschritten hat. Wir haben wohl alle irgendwo unsere Komplexe und unsere Kompensationszwänge ~ wenn ich die meinigen auch sympathischer finde. Jedenfalls kommt bei mir niemand persönlich zu

Schaden. Bei dem letzten Rapport, gestern erst, kam plötzlich das tiefe Signal herein. Jenes Signal, dass eine eingehende Videonachricht ankündigt. Aus Kosten- und Geheimhaltungsgründen korrespondieren wir nur per Funk mit zu Haus. Videobotschaften sind immer etwas Persönliches und selten verheißen sie angenehmes. Und als der Schirm hell wurde und aus dem Flimmern sich langsam das Gesicht meiner Frau aufbaute, da murmelte Lübecke plötzlich »raus« und als das keine Wirkung zeigte, brüllte er: »alle raus hier, aber dalli, alle!«.

Genau wie damals Dein Vater, das Bild hatte ich sofort wieder vor Augen. Als er mich heraus werfen wollte, als er Dir den Umgang mit mir verbieten wollte. Er konnte mich wohl nicht ertragen, Berufssoldat bis ins Private und ich in Jeans, Stiefelletten, langem Haar und Ohrringen, was für eine Zumutung. Und noch dazu mein Rückrad, diese Unverfrorenheit mit der mich nichts einzuschüchtern vermochte. ~Vielleicht liegt hier die Ursache für meine Aufmüpfigkeit, für meinen permanenten Widerspruch gegenüber Befehlsgebern und Empfängern, meine Ablehnung jedweder Autorität gegenüber.~ Genau daran musste ich denken, als Franz die anderen so lautstark hinauswarf. Doch da begann auch schon meine Frau zu sprechen. Sanft sprach sie, sanft und zärtlich, anders als in Natura. In den vergangenen vier Jahren habe ich ganze drei Videobotschaften erhalten; eine als man Bertram und mir den Nobelpreis für experimentelle Biologie nachwarf, eine weitere zum fünfunddreißigsten Geburtstag und als mein Vater plötzlich verstarb.

Und nun diese, die so ganz anders begann, außer dem Nobelpreis, hatte sie es übernommen mich zu informieren und stets begann sie mit »Schatz, Liebster, oder Papa«. Jetzt jedoch saß sie da, vor der Kamera, ihr Blick war Ernst, aber ich wusste, wenn sie mich sehen könnte, wenn sie jetzt vor mir säße, würde sie ein Lächeln nicht verhindern können, egal was sie mir zu sagen hätte.

»Hallo Claudius.« Kein Liebling, kein Liebster mehr. Wie eine Ohrfeige sprang mich mein Vorname an. Ich weiß nicht was mehr schmerzte, der eisige Klumpen in meinem Magen, oder die Klaue, die nach meinem Herzen griff. Und da spürte ich auch schon zwei schwere Hände auf meinen Schultern. Ausgerechnet Franz Lübecke, der Mann, mit dem ich zwar arbeiten konnte, aber nie ein Bier trinken würde, der Mann der in allem so ganz anders war als ich.

Dieser Mann nun stand hinter mir und wärmte mit seinen Pranken meine Schultern. Und während meine Frau, ruhig und gefasst von Scheidung sprach, von neuem Glück das sie, wieder einmal, glaubte gefunden zu haben, während meine Frau also mein Leben zerlegte, als wäre alles Nichts gewesen, wurden seine Hände immer leichter und zarter.

Mir schien, als wolle es nie enden, eine unheimliche Kette von Vorwürfen, eine schmerzhafte Anklage jagte die nächste. Versäumnisse, heraufbeschworene Unzufriedenheiten und das forttreibende, ja fortjagende Gefühl nicht geliebt zu werden, weil ich Esel ein typischer Mann bin. Kein Phantasiegebilde aus Filmen und Romanen, sondern einer aus Fleisch und Blut, mit Fehlern und Unzulänglichkeiten und ~ sofern man das heute noch sagen darf: Seele. Einer dem es immer wieder misslingt seine Gefühle zu äußern, ja der nicht einmal im alltäglichen Beisammensein Liebe oder Zuneigung erkennen lässt. So drückte sie sich aus und das Schlimmste ist, ich glaube, sie hatte irgendwie Recht.

Da saß ich denn da, zerschlagen und mit allem am Ende und starrte auf den, nun wieder erloschenen Monitor.

Geht das so einfach, löscht frau so nebenher einfach zwanzig Jahre aus?

Ich muss wohl laut gesprochen haben, denn Franz, immer noch hinter mir stehend und meine Schultern haltend, den ich, trotz dieser Berührung völlig vergessen hatte, bestätigte meine Gedanken. »Scheiße Claudius, das haben Sie nicht verdient, nicht nach all dem, was du hier geleistet hast.« Ganz beiläufig rutschten wir ins *Du*.

Doch er hatte auf seine Art Recht, aber was nutzte das schon. Ich habe, was auch immer, eben hier geleistet und nicht dort, Zuhaus bei ihr. Und nun, ganz plötzlich, ganz beiläufig, zwischen Aufstehen und Frühstück hatte ich kein Zuhause mehr.

Was ich empfunden habe, oder noch empfinde? Verzweiflung, Wut, Zorn und Trauer, die ganze Palette des Unglücks, ich hätte die Wände einschlagen mögen! Das erste Mal, seit ich weiß nicht wie vielen Jahren, habe ich da geweint, an seiner Schulter. Der Mann ist einen Kopf kleiner als ich, ein lächerliches Bild müssen wir abgeben haben. Und dann haben wir zwei Flaschen Whiskey geleert. So betrunken war ich schon eine Ewigkeit nicht gewesen.

Oh ja, wir haben hier Alkohol, es gibt hier vieles, dass der Entspannung dient, außer dem was man wirklich nötig hat.

Doch nun sitze ich hier und schreibe diese Zeilen. Ich weiß schon gar nicht mehr wozu. Hat es überhaupt noch einen Sinn, hat denn irgendetwas noch einen Sinn? Jetzt wo alle nur angedachten, oder schon eingeleiteten Zukunftspläne verträumte Hirngespinste sind? Wo ich doch in ein paar Wochen die AURORA besteigen werde, um ins Nichts zu fliegen?

Oder soll ich einfach hier bleiben, noch eine Saison dranhängen, um das Bevölkern der Station zu erleben, um junge Familien durch meine Gänge streichen zu sehen? Soll ich mir das wirklich antun?

Ich könnte ~ komisch, aber dieser Gedanke ist älter als er sein dürfte ~ ich könnte den Anzug überstreifen und diesen einen Spaziergang machen. Ein letztes Mal die ferne Erde über dem Cañon aufgehen sehen. Es wäre so einfach, ja so einfach, sie würden gar nicht wissen, wohin ich gehe, ich bin oft allein draußen. Nur Pavel, er würde mir beim Anlegen des Anzuges helfen müssen und er würde mir in die Augen blicken. Er wird meinen ausweichenden Blick einfangen, darin ist er wirklich gut und dann wird er ernst nicken und mir einen Klaps auf den Helm geben und er wird es wissen. Und es wird mehr sein als tausend Worte.

Aber das Meer, das wird mir fehlen, mit dem Rauschen, den Möwen, doch vielleicht rauscht in vielen hundert Metern Tiefe, am Grund des Cañons ja ein wilder Fluss, hervorbrechend aus einem unterirdischen Meer, gespeist aus den Polkappen, oder woher auch immer. Ja, so wird es sein ~ und mehr als tausend Worte.

In verblassender Erinnerung und Zuneigung
PS: Irgendwie habe ich das Bedürfnis,
mich bei Dir zu bedanken,
auch wenn mir schleierhaft ist, weshalb.
Gut möglich, das dieser Dank, trotz allem,
wohl ehr meiner Frau gilt?

KRAH

Surreales?

2002/2006

I

Früh färbte sich das Laub in jenem Jahr golden. Der Sommer war noch nicht zur Neige und der Herbst hatte noch nicht Einzug gehalten in jenem Landstrich im Norden, da zeigte sich an so manchen Bäumen das erste braungoldene Laub.

Nur wenige Wege liefen durch den Wald, der seit Jahren sich selbst überlasen war. Seit der junge Herr, zu dessen Gut das Gehölz und all die Ländereien, bis hinunter an den Kaiser-Wilhelm- Kanal gehörte, in den ersten Kriegswochen des Jahres 1914 gefallen war.

Das Gutgesinde und die Parzellenpächter lebten verstreut in kleinen, verträumten Siedlungen und jene, die für Land- und Waldarbeit geeignet waren, waren ebenso gut zum Soldaten geeignet. Aber die Städter, die man, sofern sie Frontuntauglich waren, auf die Höfe und Güter verteilt hatte, taugten nicht zum Forstwirtschaften.

So kam es, dass der Wald mehr und mehr verwilderte, verkam und sich selbst überlassen ganz allmählich wundersam wurde. Unheimlich und fremd. Da änderten plötzlich ausgetretene Wege ihre Richtung, dass man in die Irre lief, da standen plötzlich Eichen dort, wo vorher Ulmen im Winde rauschten und Tiere hielten Einzug, die man Jahre nicht gesehen hatte. Und irgendwann, so erzählte man sich, kamen die Zigeuner. Niemand wusste woher, zogen in der Dämmerung durch die Gutsauen, mieden die Dörfer und Weiher und fuhren schließlich, Wagen für Wagen auf holprigen, heimlichen Wegen in den Wald. Einige Tagelang hörte man sie tief drinnen, unerlaubt Holz schlagen, dumpf waren die Schläge und kein Echo erlaubten die dicht gedrängten Tannen.

Die herbeigerufenen Gendarmen verbrachten Stunden im Wald, ohne das der Holzschlag aufhören oder auch nur nachlassen wollte. Dann endlich kamen sie heraus, begleitet von einem lang aufgeschossenen finsteren Mann, der so dürr war, dass man ihn im schattigen Wald wohl für einen gebrechlichen Ast hätte halten können. Seine Haut war schmutzig fahl wie die sonnenentwöhnter Südländer und der Blick seiner schwarzen Augen war stechend und herausfordernd.

Nur wenige der im Dorfkrug versammelten vermochten diesem Blick zu begegnen ohne eine schlimme Ahnung, ein aufkommendes Unheil zu befürchten. Für die Gutsleute aus den verstreuten Siedlungen war der Besuch der Zigeuner und der Auftritt ihres Anführers schon ein mittelgroßes Ereignis und so waren die wenigen, die der Krieg noch nicht angefordert hatte, zum Dorfkrug gekommen, kaum das die Polizei den Wald betreten hatte.

Die Augen, des finstren Mannes, mit schwarzer Iris und bodenloser Pupille, blickten feurig in die Runde und mit seinen besonderen, verborgenen Gaben entdeckte er schnell die Gruppe der in der Festplatzeiche versteckten Jungen. Und sie duckten sich, als hätten sie einen unerwarteten Schlag ins Gesicht bekommen.

Unter ihnen hockte, verborgen zwischen wucherndem Geäst und versteckt hinter den Beinen der anderen Knaben, ein etwas ängstlicher und stiller Junge.

Roland war sein Name, der Sohn eines der Unterpächter vom Gut. Die Nachnamen mochte sich in jener Zeit niemand merken, es war nicht wichtig, wie man hieß, nur das, auf was man sich verstand. Er war eines der wenigen Einzelkinder unter den Einwohnern und hatte es daher schwer Anschluss zu finden. In diesen rückständigen Ländereien wurde man durch ältere Brüder oder junge Onkel in Cliquenkreise eingeführt, beides fehlte in Rolands Familie.

Seine ersten Freunde fand er in der Schule, doch nun, im dritten Kriegsjahr, fiel der Unterricht immer wieder wochenweise aus und diesen Sommer dauerten die Ferien schon bis in den September hinein. Das Haus, das Roland mit seinem Vater bewohnte, lag nicht weit vom großen Wald, ganz in der Nähe der fünf Seen, von denen nur einer als Badesee geeignet war. Die anderen vier Seen strotzen vor Unfreundlichkeiten und waren auch sonst von schlechtem Charakter. Der kleinste war morastig und blubberte fast unentwegt vor seltsamen, scharf riechenden Gasen. Der nächste zeigte sich das ganze Jahr über zugewuchert von scharfblättrigen Algen, die noch jede Hand und jeden Fuß bis zur Unbeweglichkeit festzuhalten verstanden. Jedes Jahr aufs Neue standen sie am Ufer und fischten mit langen Stangen die erdrosselten und ertrunkenen Enten aus dem widerspenstigen Algenbett.

Der dritte See in der Reihe, die wie eine Perlenkette in einem großzügigen Bogen aufgereiht dalag, war tiefschwarz und so eigensinnig, dass sich nicht einmal der Himmel, oder die Mittagssonne darin spiegeln wollte. Er war das Heim unzählbarer Egelkolonien und Brutstätte Myriaden von Mücken, man brauchte nur wenige Sekunden seine Hand einzutauchen und hatte an jedem Finger mindestens zwei Blutegel und ein Dutzend gefräßiger Larven. Nicht einmal die Tiere des Waldes kamen her zum Wassertrinken. Und wenn ein junger, unerfahrener Wasservogel hier niederging, so kam er, durch das zusätzliche Gewicht der Egel und Larven, nicht mehr aus dem Wasser, mochte er auch noch so eifrig mit den Flügeln schlagen. Der vierte See maß an den meisten Stellen nur Hüfttiefe und sein Grund war zu glitschig um darin zu gehen, er blieb ganz den Enten, Schwänen und Fischen überlassen. Doch dann, getrennt durch eine saftige Wiese und feinstem angewehten Sand, dem es gelungen war sich zu einem regelrechten kleinen Strand zu verbreitern, kam als krönender Abschluss der Perlenkette, der Große Badesee. Er bot genug Platz, um kleine Segelboote aufzunehmen und seine Ufer waren einfallsreich genug, dass sich viele verborgene Treffpunkte finden ließen.

Dies, dazu der Wald, der bis auf hundert Schritt sich den Seen näherte, und die Wiesen und Felder des Gutes war Rolands eigene kleine Welt. Und sie genügte ihm vollauf, ihre unsichtbaren Grenzen hatte er noch nie verlassen und er war sich gar nicht einmal so sicher, ob hinterm Kanal dieses Stadt Kiel lag, oder das viele Stunden Weg hinterm Wald, irgendwo Rendsburg lauerte. Da es kaum Kinder in seinem Alter gab, spielte er oft allein im Wald und an den Seen, und mit Ausnahme das alten, dunklen Teiles, kannte er das Gehölz bald so gut wie andere ihre Siedlungen. Er war einer der ersten gewesen, der die Ankunft der Zigeuner beobachtet hatte, wie er auch einer der wenigen war, dem die Veränderung des Waldes aufgefallen war. Die neuen Wege, das Fehlen altbekannter Bäume, das ausufernde Umsichgreifen uralter Eichen. Und den Einzug eines alten, lahmenden Wolfes, der sich wohl zum Sterben, von wer weiß woher eingefunden hatte. Weder die Zigeuner, noch den Wolf hatte er irgend jemanden verraten und so ärgerte es ihn, als man den unheimlichen Wortführer, den Roland auf seine kindliche Art als sein Eigentum betrachtete, fast wie einen Verbrecher mit

Polizeieskorte nun am Dorfkrug vorführte.

Immer wieder schaute der finstere Mann zu dem Baum hinauf und Roland schien, als suchen die unheimlich schwarzen Augen unter allen Jungen ausgerechnet ihn. Der Blick traf ihn wie ein Schlag, als wolle er Roland durchbohren und aufspießen. Aber auch die anderen Jungen fühlten sich bedroht, ausgezogen bis auf die Haut, ja bis auf die Knochen. Seinen Blicken preisgegeben, alle Träume, alle Wünsche, alle Ängste lagen vor ihm ausgebreitet und sie duckten sich hinter den plötzlich viel zu dünnen Ästen des Baumes.

Doch da wandte der unheimliche Mann sich ab und betrat, flankiert von den Beamten, den Dorfkrug. Die Handvoll Leute, die sich zu diesem Ereignis eingefunden hatte und durch ihr Schweigen und der offen zur Schau getragenen Abneigung zu einer bedrohlichen Masse angeschwollen war, verliefen sich allmählich. Man tauschte noch die eine oder andere Neuigkeit über den Kriegsverlauf aus, um den es offenbar recht gut stand, erwähnte vielleicht noch die Ungewissheit wie es mit dem Gut in Zukunft weitergehen mochte und trennte sich händeschüttelnd oder zurückhaltend den Hut lüpfend.

Jetzt, da der Platz frei wurde, sahen die Jungs den mit Edelhölzern und reichlich Chrom ausgestatteten Wagen und den vornehm Zigarrerauchenden Chauffeur daneben. Im Nu waren sie vom Baum gesprungen und bestaunten das Gefährt einer aufregenden Zukunft. Sie hatten noch nie ein derartiges Automobil gesehen, ohne Starterkurbel und mit rückklappbarem Verdeck. Selbst der Junge Herr war immer nur zu Pferd oder, häufiger, auf einem röhrenden und heftig scheppernden Motorrad unterwegs gewesen.

Sie brauchten den mürrischen, wortkargen und eigensinnigen Fahrer gar nicht nach dem Besitzer des Prachtstückes zu fragen, denn auf den Türen prangte das Wappen der Eltern des gefallenen Gutsherren. Der alte Herr also saß drinnen im Dorfkrug, um die Geschäfte seines Sohnes zu regeln und um über den vorläufigen Verbleib der Roma und Sinti, wie er die Zigeuner nennen wollte, zu entscheiden.

Solche Dinge stießen bei Roland auf taube Ohren und völligem Desinteresse und selbst das Auto vermochte ihn nur kurzzeitig zu begeistern, anders als die anderen Jungen. Ihn zog es wieder zu den Feldern und Knicks, zu den Seen und in den seltsam gewordenen Wald.

Da war er für sich allein, dort lies er seiner Phantasie, seinen Träumen, seinen Wünschen und Ängsten freien Lauf. Unbeobachtet und ungehört. Seinem Vater gefiel es nicht, wenn er sich derart absonderte und völlig abgekapselt in seinen Traumwelten spielte, für nichts und niemanden zu Erreichen. Aber er sagte nichts, er hielt seine, mit den Monaten wachsenden Bedenken, für sich und schluckte Sorgen und Trauer hinunter. Wenigstens der Junge hatte einen Ausweg, eine Fluchtmöglichkeit gefunden, die ihn hinfort trug von der schmerzenden Leere, die der Tod seiner Mutter hinterlassen hatte. Als seine Frau vor drei Jahren gestorben war, war auch für ihn die Welt zerbrochen, doch das Leben musste weitergehen. Vor allem musste er für Roland da sein, doch gerade jetzt, wo der Junge größer wurde, entfernte er sich unaufhaltsam, glitt ab in unwirkliche Traumlande, in die der Vater seinen Sohn nicht würde begleiten können.

II

Er schlich am Saum des Waldes entlang, wo er mit schnellen, gezielten Schlägen eines biegsamen Weidenastes Brennnesseln und ausgeglühten Löwenzahn köpfte. Da staubte es weiß auf, da trieben tausend eigensinniger Fallschirmspringer hinter feindliche Linien und ließen sich ermattet im hohen Gras nieder.

Dort wo der Wald sich Jahre nach der Rodung wieder an die Kanalböschung vorwagte, blühte ein ausgedehntes Feld mannshoher Sonnenblumen. Schon wollte er darauf zuhalten, um seinen Säbel an ihren fingerdicken Halmen auszuprobieren, da erinnerte er sich, dass seine Mutter diese mexicanischen Blumen in ihr Herz geschlossen hatte. Ihnen die Köpfe abzuschlagen würde sie ihm nie verzeihen. Also wandte er sich ab und betrat den Wald an einer Stelle, die ihm in den ersten Momenten fremd erschien, bis er durch Gestrüpp und hartnäckiges Unterholz auf einen der alten Wege stieß und sich nach kurzem Zögern doch noch zurechtfand.

Er war viele Kilometer am Rand des Waldes entlang gelaufen und hatte sich gar dem Kanal, der Grenze seines Reiches genähert, bevor er in den Wald drang. Nun befand er sich in einem Bereich, den er nur selten auf seinen Streifzügen durchwanderte und der ihm ein wenig seltsam erschien. Besonders, seit das Gehölz begonnen hatte seine eigenen Wege anzulegen. Aber er wusste, dass er den Wolf genau hier in diesem Teil des Gehölzes zum ersten Mal gesehen hatte und auch wenn er, wie alle, nichts genaues über den grauen Jäger wusste, wollte er dieses Stück Wald so schnell wie möglich verlassen.

Die alten, wie auch die neuen Wege waren alles andere als Gerade, wollte Roland also in kürzester Zeit das vorgebliche Revier des Wolfes verlassen, so musste er den morastigen, dunklen Teil durchqueren. Das finstre Herz des Waldes mit wilden Weiden und schwarzen bösen Tannen. Obwohl er sich davor fürchtete, war dies auch eine Herausforderung, deren Reiz er nicht widerstehen konnte. Also verließ er den Pfad und drang durch die lichteren Laubbestände in die älteren, wilderen Bereiche vor. Früh schon begann der Boden stellenweise morastig oder zumindest schlüpfrig und rutschig zu werden.

Immer mehr Bäume zeigten nun auf ihrer Unbesonnten Nordseite großflächige Moosflechten und ganze Pilzkolonien sprossen aus dem vor Nässe schwarz verfärbten Boden. Einmal stieß er noch auf einen Pfad über den früher Baumstämme von riesenhaften Holsteinern gezogen wurden, ihm folgte Roland eine gute Weile, da auf der Seite zum Zentrum ausgedehnte Brennnesselbüsche wucherten.

Der Weg grub sich ganz allmählich in den Boden, bis er schließlich einen Hohlweg bildete mit steil aufragenden, sich bald nach innen neigenden graslosen Wänden, die scheinbar nur von Wurzelgeflechten am Einsturz gehindert wurden. Roland könnte nun dem Hohlweg folgen und nach Stunden den Wald verlassen, wobei er an dem vermuteten Zigeunerlager vorbei musste. Vor Einbruch der Dunkelheit käme er nicht nach Hause und das war nun wirklich ein größeres Risiko als der alte Teil des Waldes.

Er hatte überhaupt keine Vorstellung von der Reviergröße eines Wolfes, aber er konnte sich gut ausmalen, dass ein lahmendes Tier genau hier am Hohlweg die besten Chancen für einen Überraschungsangriff hätte. Sich an herausragenden Baumwurzeln festklammernd eroberte er eilig die überhängende Wand und nahm den direkten Weg wieder auf. Hier standen die Bäume dichter und dieses Gedränge lies sie schlank und eilig in den Himmel streben, wo sie so heftig Äste und Blätter sprießen ließen, dass es im alten Teil stets dämmrig war. Selbst im

Winter, wenn die Bäume kahl wurden, wollte das in sich verschlungene, verknotete Geäst kein vernünftiges Licht durchlassen.

Nun kam er in ihm nur dürftig vertraute Bereiche, hier wuselte und wimmelte es im Zwielicht vor Kobolden und Zwergen, das jedes Rascheln eines Vogels, jedes Huschen einer Waldmaus ihm eisige Schauer der Angst den Rücken hinab jagte. Aber, so sagte er sich, wo es Kobolde und Zwerge gab, muss es auch Feen und Elfen geben, so das seine Furcht gar nicht so übermächtig zu sein brauchte. Doch irgendwie war es hier zu düster und feucht für Feen oder Elfen, zudem hatte er schon früh erfahren müssen, dass das Böse viel leichtfüßiger an einen herantrat, als etwas Gutes dies je vermocht hätte.

Die Dämmerung nahm zu und ehe er sich versah, war er in den Tannen verschwunden. Vor Schreck stockte ihm der Atem, nur noch zwei, höchstens drei Schritte und er würde den Rückweg, den Rand der finsteren Schonung nicht wieder finden. Roland wusste ja, dass der Wald ein schwarzes, vor Nadeln stechendes und nach klebrig süßem Harz duftendes Herz hatte, aber noch war er diesem Schrecken stets ausgewichen.

Auch als er noch kleiner war und die Männer aus den Siedlungen kamen um winters Weihnachtsbäume zu schlagen, war er immer außerhalb bei den Schlitten geblieben. Freiwillig wäre er nie hineingegangen und jetzt musste er durch das schwarze Herz hindurch, das für ihn die Heimstätte allen Bösen darstellte. Auf einmal war ihm sein erprobter Säbel zu klein und zu schmächtig und eilig suchte er sich einen dicken und dennoch handlichen Ast, der sich als Knüppel oder gar Kriegskeule anbot.

So aus- und aufgerüstet drang er in die finstersten Bereiche des Waldes vor. »Du gehst nicht in den Wald, auf keinen Fall gehst du vor dem nächsten Frühjahr in den Wald.« Das hatte sein Vater gesagt, wieder und wieder, jeden Tag aufs neue, seit die Nachricht, das die Zigeuner dort überwintern durften, ihre Runde im Gut gemacht hatte. Man kannte keine Zigeuner persönlich, aber man traute keinem Fremden und da der Winter noch lange auf sich warten lassen wollte, mochte man ihnen den Wald noch lange nicht überlassen.

Mit solchen Gedanken vertrieb Roland die Spukgestallten zwischen den Fichten und Tannen. Zum ersten Mal freute er sich darüber noch ein

Junge zu sein und nicht wie die anderen von heut auf morgen in die Länge zu schießen. Knapp oberhalb seines Kopfes ragten die Äste von Baum zu Baum und bildeten mehr als einmal eine blauschwarze Mauer undurchdringlich ineinander verschlungener Fangarme, die noch jeden aufgehalten haben, der sich gewaltsam hindurch zu zwängen versuchte.

Es gab auf der anderen Seite der Schonung einen langen, tropfenförmigen Weiher und dahinter eine kleine Lichtung, dort hatte man früher das Wild gefüttert, diese Lichtung war also dem fahrenden Volk für die Dauer eines Winters zugewiesen wurden.

Als Gegenleistung sollten sie sich um den Wald kümmern, den einen oder anderen kränkelnden Baum fällen, die Wege begehbar und das Gehölz sauber halten. Er würde also ziemlich nah an ihrem Lager vorbei müssen, es sei denn er hielt sich rechtzeitig etwas mehr nach rechts und würde so den Weiher und die Lichtung umgehen. Doch die Stämme, manche nur beindick, ließen ein Ausweichen zu den Seiten hin nicht zu. Ihm war, als würden die Tannen, Fichten und Zwerglärchen ihn immer tiefer und tiefer ins Waldesinnere führen. Fort von der Lichtung, fort von den Siedlungen, fort vom Leben.

Still und stiller wurde es, nichts huschte über den mit alten, braun verkrümmten Nadeln ausgelegten Boden, kein Vogel zwitscherte in den unsichtbaren Kronen, es war, als wäre er vollkommen allein und verlassen. Doch da hörte er ein forderndes Krächzen, ein lautes winterliches »Krah, Krah« und erinnerte sich wieder an den kleinen Schwarm Krähen, die, so wollte ihm nun scheinen, zusammen mit den Zigeunern, oder doch nur unwesentlich früher über den Feldern, nahe am Wald erschienen waren. Sie hatten sich irgendwo niedergelassen und tauchten immer nur vereinzelt auf, zeigten sich nie in den Feldern und schienen auch sonst nirgends Futter zu stehlen. Vielleicht aßen sie ja gar nichts oder ernährten sich von umherstreunenden Jungen.

Und nun war einer dieser schwarzen, unheimlich und geheimnisvoll zugleich krächzenden Vögel über ihm. Ob er ihn begleiten oder gar führen wollte? Noch ein oder zwei Mal hörte er ihn unsichtbar über die Wipfel gleitend sein einsames »Krah, Krah« ausstoßen, dann herrschte wieder tiefste Ruhe um ihn. Die letzten Meter kam Roland nur noch zögerlich voran, die Bäume standen dicht und dichter und Nadeln steckten ihm pickend in den Kleidern, an denen sich bereits klebrige Harzflecke zeigten, die ihm sicher eine Tracht Prügel wegen Ungehorsam einbringen mochten. Und endlich durchbrach er die Wand dunkler Tannen und stand überraschend vor der gespenstischen Wurzel eines riesigen, vor Urzeiten von Herbststürmen gefällten Baumes. Das schwarze, von Wurzelsträngen umklammerte Erdenrund überragte ihn um ein vielfaches.

Das trichterförmige Loch, das die Wurzel im Waldboden hinterlassen hatte war von brackigem, blubberndem und stinkendem Wasser gefüllt, so dass der Wurzelberg wie eine unheimliche Insel aus dem Meer ragte. Die Wand zeigte sich übersät mit Löchern, Kuhlen und Gängen, dass ganze Armeen von Kobolden darin Unterschlupf finden mochten.

Zu gern hätte er diesen Riesen bezwungen, die Festigkeit der Wurzeln geprüft und sich in Siegerpose auf den oberen Rand gesetzt, doch wusste er nicht, wie er das schlammige Wasser trockenen Fußes überqueren sollte. Und da schrie ihn etwas an, dass er nach hinten auf den Boden fiel. Hoch oben auf dem Kamm des Wurzelrundes saß eine große Krähe und krächzte ihn fast höhnisch an, dazu breitete sie die Flügel aus und machte sich groß und größer, bis Roland es mit der Angst bekam. Aber da prasselte auch schon ein Schauer von Erdklumpen und Tannenzapfen auf das Tier nieder, das es erschrocken und ärgerlich schimpfend das Weite suchte. »Verschwinde Krah Krah, geh jemand anderen erschrecken. Los, fort mit dir, Krah!«

III

Roland wusste auch jetzt, da er im Lager saß und herrlich duftenden Tee schlürfte, nicht so ganz wer ihm mehr Furcht einflößte. Der plötzlich neben der Wurzel aufgetauchte, aschfahle und finstere Wortführer der Zigeuner, oder die Krähe, die über den Bäumen ihrem Ärger Luft machte und dabei von ihren Artgenossen lautstark unterstützt wurde.

Der dürre, zerbrechliche Mann hatte ihn einfach hochgehoben, durch den brackigen Wurzelsee getragen und auf den immer noch nicht ganz abgestorbenen Riesen abgesetzt. Es war eine mächtige Lärche mit bald zwei Meter messendem Durchmesser. Vor ihrem Fall muss sie gewaltig im Wind gerauscht und nicht nur den Wald, sondern das ganze Umland beherrscht haben.

Das also war das Herz des Waldes vor dem er sich stets gefürchtet hatte und das nun einen neuen, aufregenden Spielplatz bot. Gemeinsam waren sie über den Stamm gelaufen und Roland war erstaunt gewesen, wie geschickt der Mann an den aufragenden Ästen vorbei gesprungen war. Einige hatte er mit ausgestrecktem Arm gepackt und sich fröhlich lachend an ihnen entlang geschwungen. Nie zuvor war ihm ein Erwachsener begegnet, der mit soviel Freude einem Jungen hinter her kletterte. Wenn er lachte, verschwand sofort sein finsteres, ja böses Gesicht und er sah aus wie ein frecher Lausejunge, mit vielen Zahnlücken und strahlenden Augen. Doch dieser Ausbruch kindlicher Freude und Freundlichkeit hielt nicht lange an und nur wenn sie ganz unter sich waren, zeigte sich jenes Lachen. Und so saßen sie sich nun ein wenig mürrisch, und was Roland anging, auch ein wenig ängstlich, gegenüber und nippten an dem heißen Tee.

Im Lager der Zigeuner, das aus im Kreis aufgestellten Wagen und einigen mit Planen abgedeckten Vorzelten bestand, herrschte eine fast drückend zu nennende Ruhe. Roland sah keine Kinder umher tollen und nur wenige Erwachsene, für seine Größe war das Lager zu leer. Die Frauen waren oft schön anzusehen und die Männer trugen farbenprächtige Trachten und lange, gefährlich im Licht glitzernde Messer. Nicht das er Angst vor ihnen gehabt hätte, aber er fühlte sich unter ihren Blicken genauso unwohl, wie sich einer der ihren unter Rolands Leuten fühlen würde. Während er sie beobachtete, fiel ihm auf, dass sie alle anders aussahen, als ihr Anführer. Ihre Haut hatte ein lebhaftes Braun und der Ausdruck ihrer Augen war auch bei unfreundlichen Gesichtern nie stechend oder böse. Und die vielen Fältchen in ihren Augenwinkeln ließen vermuten, dass sie gern und häufig lachten. Auch war niemand sonst so beängstigend ausgezehrt wie sein Gegenüber, sondern wohlgenährt. Sie glichen mehr den Zirkusartisten, die Roland im Vorjahr auf dem Jahrmarkt gesehen hatte, als umherstreunenden Tagedieben.

Und dann sah er das Mädchen. Schon seit einigen Minuten fühlte er sich beobachtet, aber nicht von denen im Wagenrund herum stehenden, sondern aus einem der Vorzelte heraus. Dort hockte ein Mädchen mit langen, schwarzblauen Locken und großen Rehaugen. Sie mochte vielleicht zwei Jahre älter sein als er und war, soweit er das zu erkennen glaubte, mitten in der Verwandlung zur Frau. Sie schenkte ihm ein scheues Lächeln und zog sich ins Zelt zurück. Doch da hatte Roland schon beschlossen, froh über die Ankunft der Zigeuner zu sein und er hoffte, der kommende Winter würde ewig dauern.

»Lass dich nicht betören.«

Den finsteren Mann hatte er über die Schönheit des Mädchens und ihrem zauberhaften Lächeln ganz vergessen. Umso mehr erschreckte ihn nun die Stimme des Alten, sie war leise, fast flüsternd und durch irgendeine Krankheit rau bis krächzend geworden.

Sie passte so ganz und gar zu seiner bedrohlichen Erscheinung.

Anders hätte sie gar nicht sein dürfen.

»Betören?«

»Oh ja. Wo immer wir hinkommen suchen sie Verbündete, Freunde unter den Einheimischen. Ob jung, wie du oder alt, wie der Vater eures Gutsherren.«

Roland verstand ihn nicht, warum sollten die Zigeuner so etwas tun, auch wollte ihm nicht in den Sinn gelangen, weshalb ausgerechnet ihr Anführer so etwas von sich gab. Mehrmals sah er, über die Tasse hinweg zu ihm auf. Neben seinen schwarzen Augen und dem wirren, schwarzen Harr, hatte der Mann nichts Zigeunerhaftes an sich. Seine Haut war aschfahl, obwohl der Sommer noch jeden hat braun werden lassen, der nicht Tagein Tagaus in seiner Stube hockte und seine Nase war lang, mit starkem Höcker. Seine Wagen waren hohl und glatt, nirgends zeigte sich eine Spur von Bartstoppeln und die Lippen, des in bösem Zug erstarrten Mundes, waren nur harrfeine, blutleere Linien.

»Du bist gar kein Zigeuner stimmt's?«

»Oh ja, du hast gute Augen und einen wachen Verstand. Ich bin weder Sinti noch Roma, ich bin Perser. Und sicher möchtest du jetzt wissen, was ich bei diesen Leuten mache?«

In erster Linie wollte Roland wissen, was ein Perser ist. Nicht das er in Geographie schlecht wäre, aber dort erfuhren sie nur etwas über die Länder gleich hinter den Frontverläufen. Er kannte die Campagne und die Ardennen sowieso, er wusste den Verlauf der Maginolinie und glaubte auch ihre Schwächen zu finden. Auch kannte er sich bestens in den Baltischen Ländern aus und wusste sie unermessliche Weite Russland einzuschätzen. Doch all das lag so fern, so weit hinter fremden Horizonten, dass es vielleicht ja auch gar nicht wirklich existierte. Und sicher gab es irgendwo ein Land wo Perser leben, doch für ihn gehörte das alles dem märchenhaften Reich der Osmanen an.

Der fremde, unheimliche Mann musste also damals sein Land verlassen. Er war Priester einer alten Religion, die plötzlich von den Türken nicht länger geduldet wurde. Alle mussten zum Islam übertreten und die alten Priester sperrte man ein. Auf dem Wege zum Gefängnis habe er fliehen können.

Auf seiner Flucht, so erzählte er, wurde er irgendwann von fahrendem Volk, von Zigeunern aufgelesen. Sie beherbergten ihn und reichten ihn an den Grenzen an andere Sippen weiter. Bis er nach vielen Jahren, im fernen Ostpreußen, auf diesen Clan stieß und beschloss, bei ihnen zu bleiben.

»Ihr Deutschen seid zwar misstrauisch, dafür aber gastfreundlicher als all die anderen Völker, von hier bis zum Sonnenaufgang. Darum bleibe ich, auch wenn ich dieser Sippe hier wohl allmählich lästig falle.«

Und wieder kam das freche Lachen eines fröhlichen Kindes zum Vorschein. »Aber wieso bist du denn ihr Anführer?«

»Anführer? Sagt man das bei euch? Nein ich bin kein Anführer. Dort in dem grellbunten Zelt hockt die Hexe, die Wahrsagerin, die hier das Sagen hat. Ich bin nur ihr Dolmetscher, ich beherrsche eure Sprache und die ihre. Und es kommt immer auch darauf an, was und wie man übersetzt, so hat man auch sein Quäntchen Einfluss, verstehst du? Aber sie waren immer gut zu mir, warum also sollte ich ihnen Böses wollen? Möchtest du noch Tee?«

Dieser plötzliche Wechsel riss Roland aus seinen Träumen.

Es war nicht so, dass er nicht aufmerksam zugehört hätte, doch neigte er immer dazu, den Erzählungen zu folgen. Noch war er im Geiste auf der atemlosen Flucht vor den Häschern des Priesters. Lag erschöpft im Gebüsch, versteckte sich hinter Steinen und rollte, verborgen unter Decken im Zigeunerwagen durch wilde, fremde Länder.

Mit Tee hatte das nun wirklich nichts zu tun. Nein, er wollte nicht, er musste jetzt auch los, der Nachmittag war schon fortgeschritten und er hatte pünktlich zu Hause zu erscheinen. Der dürre, elendlang aufgeschossen Mann begleitete ihn noch, bis sie die Wagenburg verlassen hatten und legte Roland zum Abschied eine unerwartet schwere Hand, deren Wärme sich binnen Sekunden wie Feuer durch seine Kleider zu brennen schien, auf die Schulter.

»Bis bald, mein Sohn.« Plötzlich lag viel Wärme in der rauen, krächzenden Stimme, dann war der Priester ~ wie Roland ihn nun immer öfter bei sich nannte ~ verschwunden.

Die Wege, die er nun zu gehen hatte, kannte er gut, weit hatte er von der Lichtung zum Waldrand nicht mehr zu laufen. Er war noch gar nicht lange Unterwegs, da fühlte er sich verfolgt und beobachtet.

Seine Bewegungen wurden steifer und ungelenker und ein heißer Fleck eroberte seinen Rücken. Der nächst größere Baum, die nächste Wegbiegung musste als Versteck dienen, dort würde er warten und den Verfolger nun seinerseits beobachten. Doch auch nach Minuten, die er hinter einem Stamm verborgen lauerte, wollte einfach niemand vorbeikommen, niemand schlich geduckt, mit blanken Messer und Mordgier in den Augen den Weg entlang. Schließlich trat Roland aus seinem Versteck hervor und fand sich überraschend dem Mädchen aus dem Vorzelt gegenüber.

»Komm bald wieder, ja?« Noch bevor er etwas erwidern konnte, hatte sie sich abgewandt und war zwischen den Bäumen verschwunden. Der Spätsommer versprach wundervoll und aufregend zu werden, ganz bestimmt.

IV

Die kommende Woche drohte lang zu werden. Die Schule sollte wieder beginnen und Roland sah schon seine Abenteuer auf kurze Nachmittage beschränkt, die so heiß werden konnten, dass man nur im See planschend überleben mochte.

In den Siedlungen um den Gutshof herum hatten sich überraschende Änderungen ergeben und ein Bad im See war nicht länger so einfach möglich. Da viele Väter im Krieg waren, mussten nun die Jungen auf die Felder um das Gut zu bewirtschaften. Und die Frauen trafen sich immer öfter in einem alten Speicher und nähten Tornister oder strickten Socken. Auch in der Schule hatten sich die Dinge geändert, es wurde weniger gelesen und gerechnet, dafür holte der alte Lehrer; den jungen Herrn

Tregel hatte man letztes Jahr eingezogen, die Landkarte hervor und ließ die Kinder Krieg spielen. Die Woche endete damit, dass sie einen Aufsatz zu verfassen hatten, mit dem Titel: *Warum das Reich den Sieg erringen wird.*

Roland hatte nicht die geringste Vorstellung wie und wozu das Reich, oder sonst jemand, den Sieg davontragen sollte. Für ihn war die Hauptsache, dass es endlich aufhörte und alles wieder so werden konnte, wie in den Jahren zuvor. Doch er glaubte genug von der *Großen Welt* zu verstehen, dass dies nur durch einen Sieg möglich war und dann wäre es für alle besser, wenn Deutschland den Krieg für sich entschied.

Aber der Aufsatz wollte ihm doch nicht gelingen und sein Vater hatte, wie seit Wochen, keine Zeit für ihn. Seine Mutter hätte ihm sagen können, warum solch ein Sieg unausweichlich war, wie sie ihm auch hätte sagen können, warum ein Krieg immer etwas böses war, dass am Ende alles schlimmer statt besser machen würde.

Aber seine Mutter war tot, gestorben an einem eingetretenen Nagel, Sepsis, dieses Wort konnte er damals aufschnappen und hatte es nicht vergessen, auch wenn er erst Jahre später die Bedeutung lernte. Blutvergiftung und das von einem kleinen Stück rostigen Eisens.

Und so, dass glaubte er, könnten die Deutschen Truppen jede Schlacht gewinnen, wenn sie statt mit Blei, mit verrosteten Nägeln schössen, da wäre doch jeder Treffer tödlich, ob am Arm oder Bein. Wusste das denn niemand, sollte er es in seinem Aufsatz erwähnen, oder ging ihn all das nichts an?

Er wusste nichts über den Krieg, außer den unglaubwürdigen Geschichten, welche die großen Jungen auf dem Pausenhof sich erzählten und er kannte natürlich auch die Stärken und Bruttoregistertonen sämtlicher, in Kiel und Lübeck beheimateter Schiffe. Doch da hörte sein Wissen über das Geschehen draußen in der Welt auch schon auf. Seine Welt, nun auf gelegentliche Nachmittage beschränkt, war da um ein Vielfaches interessanter. Es gab nicht nur die Seen und den Wald, sondern weiter im Norden gelegen, zogen sich alte Kanäle, von der Eider kommend, durch ausgedehnte Felder, sie bildeten ein aufregend wirres Labyrinth, dass sich mit dem Floß jeden Tag aufs Neue erobern lies. Obwohl Roland gern dort spielte und reißende Flüsse überquerte, um aus grausamer Riesenhand die Königstochter zu befreien, oder mit mürrischen Trägern fremde Länder erforschte und unschätzbare

Reichtümer Heimbrachte, so zog es ihn doch in diesen Tagen immer wieder zum Wald. Und wenn er Erfrischung suchte, begab er sich an die Stellen des Sees, die sich in sanftem Schwung bis an den Saum der Bäume wagten. Doch nirgends fand er das zauberhafte Mädchen, sie schien nicht schwimmen zu gehen und wollte sich auch sonst nicht außerhalb des Waldes zeigen. Wenn er sie wieder sehen wollte, musste er die Lichtung aufsuchen, doch traute er sich das nun immer weniger, da nicht nur sein Vater, sondern auch die Lehrer mehr und mehr Schreckliches über Zigeuner zu erzählen wussten.

Je länger die Fremden im Wald hausten und sich von allem Fern hielten, umso farbiger und grauenvoller wurde das Wissen, dass die Dörfler sich mit zuteilen hatten. Das sie stehlen wie die Raben und lügen, bis sich die Balken bogen, war selbst Roland geläufig.

Doch das sie Kinder raubten und sie zum Betteln zwangen, war ihm neu. Und besonders erschrocken war er über den Spruch ihres Lehrers, der da Behauptete, die Zigeuner würden neugierige Jungen mit ihren Messern aufschlitzen und das rohe Fleisch verzehren. Ihr Lehrer würde sicher niemals Lügen und sein Vater noch weniger, dennoch konnte er sich nichts von alldem bei dieser Gruppe, in seinem Wald, vorstellen.

Schließlich war er soweit, dass er sich Gewissheit verschaffen musste, das er einfach wissen musste, ob etwas dran war, an all diesen grausamen Geschichten. Und das konnte er nur im Wald, doch dazu musste er sich an ihr Lager anschleichen, heimlich und am besten nachts.

Die Nacht, die er sich für sein Abenteuer aussuchte, war sein Vater nicht im Haus. Er hatte ihn nicht fortgehen hören, in letzter Zeit war er mitunter so in Tagträumen versunken, dass er alles um sich her vergaß und oft wie taub dasaß. Vermutlich war sein Papa in den Dorfkrug gefahren, mit dem Rad brauchte man dafür keine viertel Stunde.

Manchmal fragte Roland sich, wie winzig seine Welt eigentlich war, dass man sie in einigen Stunden nur mit dem Fahrrad kreuz und quer durchstreifen und alle Geheimnisse entdecken konnte. Aber er wusste auch, dass es Reiche darin gab, die man auch nach Tagen nicht erforschen konnte, so groß und versteckt waren sie.

Er war nach dem Abendessen, dass heute nur aus Kartoffelsuppe bestand, gleich zu Bett gegangen, natürlich angezogen und mit dem Zudeck bis unters Kinn.

Draußen war es dunkel, der Mond hinter tiefliegenden, Hochaufgetürmten und klobig schäumenden Wolken verborgen, nur blasses Sternenlicht und Vertrautheit ließen ihn den Weg finden. Natürlich durfte er nicht auf direktem Wege gehen, zum einen hätte man seine Annäherung leicht entdeckt, zum anderen kam so das Abenteuerliche seines nächtlichen Ausfluges zu kurz. Also strich er, ein Schatten unter Schatten, am Waldesrand entlang, bis er sich einige hundert Meter fern des Weges wähnte und trotz aller Vorsicht, immer noch recht geräuschvoll durchs Unterholz brach. Nur langsam kam er voran, nichts wäre schlimmer als seinem Vater mit schmutzigen und womöglich zerrissenen Kleidern zu begegnen, wenn sie durch irgendeinen dummen Zufall zugleich Daheim eintrafen. Noch nie war Roland nachts im Gehölz gewesen, oder sonst vom Haus weiter fort gegangen, als bis zum umgestürzten Zaun des kleinen Gemüsegartens, wenn sein Vater ihm die Sterne zu erklären versuchte.

Die Dunkelheit machte alle Bäume grau und es konnten ebenso verdreckte, verkrustete Riesenbeine sein, wie schuppige Trollbäuche, oder aus dem Erdreich aufragende Schlote von tief unter der Erde liegenden Zwergenschmieden. Sich so die Zeit vertreibend und sich selbst Angst machend, näherte er sich der Lichtung, die ihren verborgenen Platz durch den Schein viele Petroleumlampen und einiger Fackeln verriet, die gemeinsam eine rätselhafte Szene beleuchteten.

Da standen sich zwei Gruppen gegenüber, die sich mit Blicken befragten, die den Mut, die Entschlossenheit des jeweils anderen abzuschätzen versuchten. Sie bildeten zwei flache Bögen, die sich, wenn es diese unsichtbare, undurchdringliche Barriere zwischen ihnen nicht gegeben hätte, zu einer platten Ellipse vereinigen würden.

Da standen grimmig dreinblickende Zigeuner, vermutlich alle erwachsenen Männer der Sippe, sie wurden von den einseitig abgedeckten Laternen geblendet, so das ihre verkniffenen Gesichter gar nicht von mühsam unterdrücktem Zorn stammen mochten. Ihnen gegenüber standen Männer aus den Siedlungen und Roland erkannte mit Schrecken seinen Vater unter ihnen. Und den Lehrer, sowie einen der Polizisten und überhaupt viel bekannte Gesichter.

Sie sagten etwas, dort auf der Lichtung, es ging hin und her, mal laut, mal leise, doch die Bäume und die Dunkelheit verschluckten viele Worte und manchmal ganze Sätze, so das er dem Streit nicht folgen konnte. Immerhin vermochte er raus zu hören, dass man den Fremden ab sofort das Verlassen des Waldes verbat und das sich ihre Weiber nie wieder am See zeigen durften, ob bekleidet oder unbekleidet. Dann wandte sich die Gruppe aus den Siedlungen ab und Schritt, mit festem Tritt ihren eigenen Zorn und Furcht in den Boden stampfend davon.

Doch einige blieben zurück, zögerten in ihrem Davonschreiten um heimliche Blicke hinter die Vorhänge zu werfen, von wo ihnen unter anderem auch Frauengesichter fragend nachschauten. Den einen oder anderen glaubte Roland sogar flüchtig zwinkern zu sehen, doch hielt er sich nicht damit auf, die Gruppe länger zu beobachten, sondern machte sich eilig auf den Heimweg, da er unter keinen Umständen in dieser Nacht nach seinem Vater ankommen durfte, wo so viel Zorn in allen angestaut war.

Er musste unbedingt in Erfahrung bringen, was diese seltsame und beängstigende Szene im Wagenrund zu bedeuten hatte, doch seinen Papa konnte er nicht fragen, ohne sich und seinen schrecklich verbotenen Ausflug zu verraten. Es blieb ihm nur noch den nächsten Nachmittag abzuwarten und den Priester aufzusuchen. Er glaubte nicht mehr daran, in dieser Nacht noch ein Auge zu zubekommen, doch dann hatte ihn die Erschöpfung der Aufregung auch schon in einen tiefen Schlaf sinken lassen.

V

Der dürre Mann schien ihn erwartet zu haben, er war noch nicht einmal in der Nähe das Waldes, da entdeckte Roland den finsteren Priester auf dem Pfad, außerhalb der ihm erlaubten Baumgrenze.

Es war helllichter Tag und der Mann musste sicher von dem einen oder andern Feldarbeiter entdeckt werden. Roland mochte sich gar nicht ausmalen, was für ein Spektakel das heraufbeschwören konnte. Er kannte seinen Vater und die meisten anderen Männer der letzten Nacht gut genug, um ihre bedrohliche Beharrlichkeit und ihr gefährlich stures Festhalten an einmal gefällte Sprüche einzuschätzen.

Schnell winkte er dem Priester, um ihn auf sein gefahrvolles Verhalten aufmerksam zu machen, doch dieser hob nur unbekümmert den Arm und winkte seinerseits fröhlich zurück. Roland beeilte sich, die letzen hundert

Meter zu überbrücken und wurde erstaunlich herzlich empfangen.

»Mensch Junge, du hast dich aber rar gemacht in letzter Zeit, ich dachte schon, du würdest meiner Einladung zum Tee gar nicht mehr folgen.«

»Du darfst hier nicht bleiben, wenn dich jemand sieht, ist der Teufel los. Komm, lass uns in den Wald gehen.«

»Du bist doch schon jemand und den Teufel fürchte ich nicht.«

»Ich meine einen der Großen, einen der Männer von letzter Nacht.«

Jetzt war es raus, nun hatte er sich verplappert, hatte sich selbst in seinem Eifer verraten, seines größten Geheimnisses beraubt.

Der unheimliche Mann neigte seinen Kopf ein wenig zur Seite und betrachtete den Jungen aufmerksam. Wieder, wie vor einigen Wochen im Baum vor dem Dorfkrug, fühlte Roland sich ausgezogen, nackt bis auf die Knochen. Er glaubte die Blicke zu spüren, wie sie seine Kleidung durchdrangen, sich durch die Haut bohrten und seine Seele in eisigem Wind frösteln ließen.

Doch so schnell dieses beängstigende Gefühl des Ausgeliefertseins kam, verflog es wieder, als der Priester den Blick abwandte.

»Letzte Nacht also, ja.« Der Zigeuner, der keiner war, schaute sich nochmals um und Roland wollte meinen, dass er bei seiner erstaunlichen Länge wohl bis ans Ende der Welt, oder doch bis zu den Dörfern hinter den Feldern sehen konnte, dann zog er den Jungen am Ärmel in den Schatten der Bäume. Wieder gab es Tee und dazu ein wenig Gebäck. Es waren flache, kleine Kekse die fast genau wie der Tee schmeckten. Er kannte keine der Kräuter und Aromen für die Zubereitung, aber was der dürre Mann Zimt nannte, schmeckte ihm ausgezeichnet.

Sobald er von den Keksen gegessen hatte, wurden alle Farben voller und der Wind bekam einen sehnsuchtsvollen Klang, selbst die Stimme des Priesters war nun weniger rau und ihm war, als könne er jederzeit davonfliegen. Unter seltsam wachen Augen seines Gegenüber, die jeden Bissen, jeden Schluck verfolgten, hatte Roland bald zwei Tassen getrunken und griff nun nach dem vierten Keks, als der Mann ihn daran hinderte.

»Nicht so viel auf einmal, mein Junge. Du magst sonst dein Abendessen nicht und dein Vater wird misstrauisch.«

Statt ihn nach dem vergangenen Abend zu fragen, dessen Geheimnis Roland ja schon preisgegeben hatte, erzählte der Priester von den

Ländern, durch die er auf seiner Flucht gekommen war. Und dem Jungen schien, als begleite er ihn. Er erhob sich in die Lüfte und sah unter sich die fremden Länder im Sonnenschein liegen, er verlor den Faden der Erzählung, die Worte erreichten sein Ohr nur noch Bruchstückhaft und in fremder, unverständlicher Sprache. Schließlich war da nur noch ein unwirkliches Brummen, das seinen Flug ein weinig störte. In seiner Nähe waren noch andere wie er, sie flogen gemeinsam und alle waren schwarz gekleidet. Dann saß er auf einem Baumstumpf und starte in die brennenden Augen des Priesters, der ihn gebannt beobachtete.

»Du kannst nicht so einfach davonfliegen wie eine dumme Krähe und es ist unhöflich, einem alten, Weitgereisten Mann nicht zuzuhören.«

Er fühlte sich bei etwas verbotenem ertappt und suchte von sich abzulenken, in dem er Fragen zu einzelnen, nur dumpf erinnerten Punkten aus der Erzählung hervorkramte.

Doch dem Mann schien offenbar die Lust an Berichten über seine exotische Flucht vergangen zu sein, stattdessen wollte er nun von Roland wissen, was er mit seiner Bemerkung über die vergangene Nacht andeuten wollte. Schließlich sei er selbst nicht dabei gewesen und hätte gern einen Bericht aus Erster Hand. Jetzt erst, da er es hörte, fiel Roland ein, dass er den Priester letzte Nacht nicht gesehen hatte und während er das wenige, dass er glaubte verstanden zu haben, zögerlich mitteilte, fragte er sich unentwegt, wie sich die Männer ohne Übersetzter hatten verständigen können. Und wo solch ein finsterer Mann sich nachts rumtreiben mochte, verborgen in der Dunkelheit mit seinem schwarzen Mantel.

Als er erzählte, wie sie die Männer schweigend bedrohten und belauerten, kehrte das seltene Lächeln in die Züge seines, von eigener Länge gebeugten Gegenübers zurück.

»Siehst du wie sie Verbündete suchen? Wie ich es dir gesagt habe.«

»Verbündete? Es sah mir aber ehr wie ein Treffen von Feinden aus.«

Aber genau so müsse es sein, nur auf diese Weise könnten alle ihr Gesicht wahren. Nur in einer Atmosphäre von Ablehnung und Misstrauen könne man wahre Freunde finden. Und für ein fahrendes und stets unwillkommenes Volk, wie die Zigeuner seien gerade die heimlichen Freundschaften und Liebschaften wertvoll.

»Ein paar Burschen aus euren Dörfern hier am Wald und sicher der eine oder andere Familienvater, wird an den Töchtern der Roma und Sinti gefallen gefunden haben. Sie werden sich irgendwo am See getroffen haben und die Mädchen hier zeigen sich gern. Es wird alles gut gegangen sein, nicht nur einmal. Doch dann muss es Überhand genommen haben, oder eine der Ehefrauen kam dahinter. Also muss man im heiligen Zorn der Keuschheit und der Familienehre vorstellig werden. Glaube mir, kleiner Träumer, morgen schon treffen sie sich wieder. So findet man Verbündete.« Roland konnte den Erklärungen nicht wirklich folgen und besonders konnte er nicht glauben, dass vielleicht sogar sein Vater zu diesen Burschen und Ehemännern gehörte, die sich mit den Zigeunermädchen trafen. »Bekümmere dich nicht mit Dingen, die dich noch nichts angehen. Sage mir lieber, was du mitten in der Nacht am Lager zu suchen hattest.«

Aber darüber mochte er nichts sagen, er schämte sich solch Schauergeschichten fast aufgesessen zu sein. Wenn sich die Mädchen, wie der dürre Mann sagte, aus freien Stücken mit den jungen Kerlen aus dem Gutsgesinde einließen, dann hatten sie es nicht nötig zu stehlen, oder kleine Jungen zu essen, egal was der Lehrer sagen mochte.

Während ihrer Unterhaltung wurden sie aufmerksam von zwei Männern auf der anderen Seite des Wagenrundes beobachtet. Sie waren nicht bedrohlich, eher wirkten sie, in der trägen und lässigen Haltung mit der sie an einem Planwagen lehnten, gemütlich und schläfrig. Sie nickten Roland sogar freundlich zu, ließen die beiden aber nicht einen Augenblick aus den Augen.

»Lass dich von ihrer Langenweile nicht ängstigen. Komm, trink noch eine Tasse Tee mit mir, nasch noch einen Keks und erzähle mir von dir. Erzähl mir von dir. Aber vielleicht sollten wir uns einmal vorstellen, bisher sind wir ja immer drum herum gekommen. Ich bin Ashtisphan und du?«

»Ro...«, plötzlich mochte er seinen Namen nicht nennen, ihm wurde heiß und kalt und eine klamme Furcht nahm von ihm besitzt. Wie die Männer ihn, so hatte er sie nicht mehr aus den Augen gelassen und nun, als der Priester nach seinem Namen fragte, schüttelte einer von ihnen den Kopf, dabei waren sie viel zu weit fort, um dem Flüstern des Mannes folgen zu können.

»Ro.. und weiter? Na komm, das schickt sich nicht. Wenn dein

Gegenüber sich vorstellt, musst du auch deinen Namen nennen.«

»Ro.. Roland.«

Der fremde Zigeuner schloss in einer Geste des Mitleides die Augen und wandte sich ab, so als hätten ihn der düstere Mann und der Junge nie interessiert. »Roland, na also, tat doch gar nicht weh. Also Roland, nun erzähl mir von dir. Erzähl mir von dir.«

VI

Den nächsten Tag lag er wie krank danieder, nicht einmal zur Schule konnte er gehen. Er quälte sich mit Magenkrämpfen und schrecklicher Übelkeit. Sein Vater fuhr ins Nachbardorf um in der Apotheke irgendein Pulver für ihn zu holen, doch Roland mochte nichts einnehmen.

Der Vater sah zu ihm hinab. Der Junge mochte diesen Blick nicht zu deuten, es lag Sorge in ihm, aber er glaubte auch ein wenig Zorn darin zu sehen. Auf was, oder wen er zornig sein konnte, wollte er lieber nicht erfragen. Lange Augenblicke saß sein Vater auf der harten Bettkante und betrachtete den Jungen suchend und skeptisch, strich ihm mit flacher Hand diesen fürchterlichen Seitenscheitel, den seine Mutter ihm jeden Sonntag glaubte kämmen zu müssen und zerzauste ihn wieder. Das ist nix für einen großen Jungen, sagte diese Geste.

»Ach Roland, was soll ich denn mit dir machen? Ich kann weder Mutter zum Leben erwecken, noch dich weder jung noch alt machen. Ich kann die Zeit weder anhalten, noch vorlaufen lassen. Nichts was die kommenden Jahre bringen wollen, kann ich dir abnehmen. Ich kann nur hier und da versuchen Schaden von dir abzuwenden, zum Beispiel in dem ich dir den Umgang mit diesem Volk in unserem Wald verbiete. Aber du hörst ja nicht. Ich weiß, dass du im Wald warst, wieder und wieder, trotz meines Verbotes. Schau nicht so ängstlich Junge, ich werde dich dafür nicht bestrafen. Gestraft bist du ja schon genug. Aber es würde mich freuen, wenn du mir hin und wieder von deinen Abenteuern erzählen möchtest.«

So weit Roland sich zurückerinnern konnte, war das die längste Ansprache die sein Vater je gehalten hatte und er fühlte sich lange außerstande sie einzuordnen. War dies nun eine etwas eigenartige Standpauke seines Ungehorsams wegen, oder wollte sein Vater sich für seine eigene Abwesenheit entschuldigen.

Schließlich entschied sich Roland dafür, das Sammelsurium an Vorwürfen und sorgenvollen Worten für eine väterliche Liebeserklärung zu halten. Dies umso mehr, als sich sein Vater auch Tage später nicht zu einer Bestrafung hinreißen lies. Früher wäre das gänzlich anders erledigt worden, sein Vater hätte die Hosenträger abgestreift und Roland etliche beißende Striemen damit verpasst. Aber damals lebte seine Mutter noch, seit ihrem Tode hat es keine Schläge mehr gegeben. Hilfe für seinen Schulaufsatz hatte er sicher nicht gemeint, als er ihm seinen Beistand in Aussicht stellte. Allmählich kam Roland mit den Dingen außerhalb seiner eigenen Welt in Konflikt. Alles was fern des Waldes und außer Sichtweite der Seen von Wichtigkeit für ihn sein sollte, erschien ihm immer mehr als unüberwindliche Hindernisse, als furchtbare Bedrohung, die schon längst die Plätze seiner Ängste eingenommen hatten, die zuvor von dem dunklen Herz des Waldes und dem finsteren Priester besetzt waren.

Doch glaubte er nicht, das er der Schule würde entkommen können, oder dem, was sein Vater fast beschwörend, als Leben bezeichnete. Den einzigen Rat den sein Papa ihm für den unseligen Aufsatz geben mochte war, die Stärken der Kriegsmarine und der Truppen zu notieren.

»Und Gottvertrauen, das wird es sein. Gott ist mit dem Kaiser, mein Junge. Das wird den Sieg bringen.«

»Aber ist Gott denn nicht mit allen Menschen?«

»Da siehst du einmal, dass zu viel Wissen auch gefährlich sein kann.«

»Dann brauche ich also heute nicht zur Schule?«

»Wieso?«

»Damit ich nicht aus versehen zu viel lerne, zu viel Wissen sammle?«

»Na, deinem Kopf, auf jeden Fall, geht es ausgezeichnet.«

Natürlich musste er sich auf den Weg zur Dorfschule machen und erfuhr dort zu seiner großen Erleichterung, das die Rückgabe der Aufsatzhefte um eine ganze Woche verschoben wurden war. Ein Aufatmen ging durch den Klassenraum, von ein oder zwei Musterschülern abgesehen, hatte noch kaum einer der Jungen und Mädchen auch nur einen Anfang gefunden. Roland war also nicht der einzige, dem zu diesem pädagogisch wertvollen Thema nichts einfallen wollte.

Natürlich gab es die Möglichkeit einen der stets adrett gekleideten Lieblingsschüler zu fragen, doch kam so etwas für ihn nicht in Frage.

Zudem war es unwahrscheinlich von diesen oberschlauen auch nur eines Blickes gewürdigt zu werden. Der Priester Ashtispehn oder Ashtisphan, der wusste bestimmt, warum das Reich den Krieg gewinnen wird, der Mann war doch weit gereist und sprach mehrere Sprachen.

Einfach die Schulhefte unter den Arm klemmen, um schnurstracks den Wald zu betreten, war in seiner Auffälligkeit zu verräterisch, so legte er verschiedene Hefte in seinen Badesack und ging schwimmen. Am See traf er einige Jungen aus der Schule, den Sohn des Apothekers, die Zwillinge des Schuhmachers und den Kugelrunden Jungen des Frisörs. Sie waren alles andere als Freunde von Roland und ihren gut gezielten Steinwürfen vermochte er nicht zu entgehen. Aber immerhin gelang es ihm, seinen Badesack und damit seine Schulhefte, vor einer Bekanntschaft mit dem See zu bewahren.

Es lagen noch andere Jungen und Mädchen aus der Schule im warmen Sand, die sich herzhaft über seine missglückten Versuche, dem Steinhagel zu entkommen, amüsierten.

»Du sollst dir Freunde im Hier und Jetzt suchen, in deiner Schule.«

Sein Vater hatte ja keine Ahnung. Roland folgte dem gewundenen, die eigenartigsten Haken schlagenden Ufer, bis er sich, außer Sicht des eigentlichen Badestrandes, nahe am Waldrand einen Platz suchte.

Und da sah er sie wieder, endlich, nach Wochen, die ihm wie Monate erschienen, traf er das rehäugige Mädchen mit dem hüftlangen blauschwarzen Haar wieder. Sie saß im Sand, auf den Ellenbogen gestützt, mit den Füßen im Wasser platschend und blickte ihm mit einer ihn befremdenden Zartheit entgegen.

Sie trug ein blaues Kleid, dessen Stoff sich durch das Wasser so eng an den Körper legte und sich an geheimnisvollen, aufregenden Stellen spannte, das es, wenn schon nicht ihr, so doch auf jedem Fall ihm, den Atem raubte. Plötzlich fühlte er ein heißes Brennen im Magen und sein Herz pochte so laut und hart in seinem Hals, dass es im ganzen Gut zu hören sein musste. Er empfand eine aufsteigende Schwäche in den Knien, die ihn schließlich zittrig in den Sand sinken lies. Was ist das? War er etwa verliebt?

Er beschloss, dass es genau das war und es war ein herrliches Gefühl.

»Hallo, ich freu mich auch dich zu sehen.«

Ihre Stimme schien ihm wie tausend Glocken und ein ganzer Engelschor.

»Geht es dir nicht gut?«

Sie hatte den Kopf zur Seite geneigt und blickte ihn durch halbgeschlossene Lieder an. Er hätte nie geglaubt, dass Wimpern so lang sein konnten.

»Im Gegenteil, ganz im Gegenteil.«

»Schön, dann lass uns schwimmen gehen.«

Es wurde der schönste Nachmittag seines Lebens, sie schwammen, lagen im warmen Sand, schwammen wieder und hockten, erst Hand in Hand und schließlich, etwas umständlich und unbequem, den Arm um den anderen drapiert, auf einem Baumstumpf. Er wünschte, dieser Tag möge niemals zu Ende gehen. Hin und wieder legte sie ihren Kopf mit dem schweren nassen Haar auf seine Schulter und umfasste ihn mit beiden Armen.

»Ich hab dich sehr gern Roland.« hauchte sie mit rauchiger Stimme.

»Ich dich auch ...«

»Jasmina, du musst doch meinen Namen wissen, wenn du so etwas sagen möchtest.«

»Ich hab dich auch sehr gern Jasmina.«

»Das weis ich, ich kann dein Herz wie wild schlagen hören.«

Und wieder schwammen sie und alles war vergessen. Seine Hefte lagen unbeachtet im Sand und der Aufsatz war ihm gänzlich entfallen. Nichts war mehr von Bedeutung, außer Jasmina und dieser Nachmittag, der sich langsam zur Dämmerung neigte.

Es war ungefähr zu der Stunde, da die Sonne die Wipfel der Bäume streifte und ihr Badeplatz in kühlen Schatten versank, als sich Vögel auf den Ästen der näher stehenden Bäume niederließen. Vielleicht waren sie auch schon länger da und nur Roland bemerkte sie erst jetzt. Ein plötzliches, explosiv hervorgestoßenes Krächzen lies beide erschrocken zusammenfahren.

Noch bevor dieser unirdische Laut verklungen war, fielen die anderen Krähen in den Chor des Missklanges ein. Fast schien es den beiden, man wolle sie vertreiben, doch als Roland eine handvoll Steinchen ungezielt, wie eine Fächersalve in die Bäume schleuderte, kehrte unerwartet Ruhe ein. Ob sie seine Freunde seien, fragte Jasmina und er musste sie so verdutzt angesehen haben, dass sie loslachte.

»Sie sind oft in deiner Nähe.« Er sei wohl nur oft in der Nähe ihres

Reviers und dessen Ausdehnung kenne doch sicher niemand.

»Der Wald ist ihr Revier, der ganze Wald, nur unsere Lichtung nicht.«

Die Krähen schienen zu spüren, das über sie gesprochen wurde, denn sie begannen ein neues, ohrenbetäubendes Konzert, dass so lange anhielt, das sie sich wortlos, aber nicht ohne einen Kuss, an den Roland noch Tage denken musste, verabschiedeten.

VII

Die Schule, warum konnte er das nicht ein für alle Mal einfach hinter sich lassen, ablegen wie eine zerschlissene Hose, oder abstreifen und vergessen, wie die Schlange ihre Haut, die er erst vor kurzem gefunden hatte? Ihre Klasse war erst geschrumpft und dann angeschwollen, als mehrere Jahrgänge, aus Lehrer- und Zeitmangel zusammengelegt wurden. So saß er nun auf der harten, von rutschenden Hosen glanzpolierten Bank und starrte trostlos auf die von Kritzeleien und tiefen Kerben übersäte Pultplatte vor sich. Der alte Lehrer, dessen Name sich einfach nicht in Roland festsetzen wollte, stolzierte mit wachsender Ungeduld und im Takt mit seinen hallenden Schritten gegen die Stiefelschächte schlagenden Rohrstock, an der ausgebreiteten Weltkarte auf und ab. Mit jedem Schritt und jedem Schlag des Rohrstockes, schien seine Unruhe und sein Zorn zu wachsen. Schließlich, als er spürte, dass ihm die Aufmerksamkeit der Klasse entglitt, fauchte er, mühsam beherrscht drauflos: »Wie kann es sein, dass nur eine Handvoll von euch den Aufsatz zustande bringen konnte? Wir haben doch Tage, ja Wochenlang von nichts anderem gesprochen, als von der Herrlichkeit der deutschen Armee und dem Genie der kaiserlichen Generalität. Wie kommt es da, dass euch zu dem Aufsatz nichts, aber auch rein gar nichts, einfallen will?« Der Mann, der 1870/71 Offiziersanwärter hatte sein wollen, lies noch eine Schimpf- und Schandrede über die ungebildeten Hinterwäldler und primitiven Bauernlümmel vom Stapel, ehe er, gar nicht mal so zufällig, Roland nach vorn befahl, um ihn zu seinem offenkundigen Versagen zu befragen. Roland brauchte gar nicht stammelnd nach Worten zu suchen, denn jede Frage des Lehrers war von einem brennenden Schlag mit dem Rohrstock gegen seine nackten Waden oder Finger begleitet.

Roland biss die Zähne zusammen und hielt still. Noch vor wenigen

Wochen hätte er geheult und gejammert, bis die Wut des Alten sich entladen hätte, doch seit den Umarmungen und dem Kuss von Jasmina war er ein anderer. Sie nicht zu sehen, den Duft ihres Haares nicht atmen zu können, verursachte ihm mehr Schmerzen, als alle Hiebe zusammen. Und dann dachte er sich einfach hinweg, fort aus der Schule, weg aus den Dörfern. Das konnte er immer schon gut, doch seit er von den Plätzchen des Priesters gegessen hatte, gelang ihm dieses Davoneilen, dieses Hinwegschweben viel leichter, fast auf Anhieb.

Er glitt über den Wipfeln des Waldes, zog weite, elegante Schleifen in der Luft, strich über die Weiher, folgte dem Kanal zur Schleuse hinauf und Krächzte aus vollem Hals.

»Was ist mit dir, du Nichtsnutz?« Eine Gruppe Schüler stand im Halbkreis um den, auf dem Boden knienden Lehrer gruppiert und starrte neugierig, aber auch belustigt auf Roland hinab.

Er war bleich und kalter Schweiß bedeckte sein Gesicht, was vorgefallen sein mochte, wusste er nicht zu sagen, aber er verspürte einen großen Hunger. Man schickte ihn Heim und der Lehrer brachte sogar fast etwas ähnliches wie eine Entschuldigung zustande, in dem er seinen Rohrstock, der sonst immer drohend in seiner Hand auf und ab hüpfte, hinter seinem schmalschultrigen Rücken verbarg.

Natürlich begab sich Roland nicht nach Hause, er schnappte sich seinen Schultornister und spazierte zu den Seen, in der Hoffnung Jasmina zu treffen. Doch das Badewetter gehörte, zumindest in diesem Jahr, wohl doch der Vergangenheit an.

Die Felder waren zumeist abgeerntet und ihr kahler Boden lies sich von der Oktobersonne hartbacken. Der ungewöhnlich lange Sommer und der viel zu milde Herbst hatte nicht allen Feldfrüchten gut getan und Roland mutmaßte, dass die Speisekarte diesen Winter noch karger ausfallen mochte als sonst. Aber das machte ihm herzlich wenig Sorgen, er war noch nie ein guter Esser, oder jemand der gern Abwechselnd auf dem Teller entdecken musste. Das Essen war ihm, wie so vieles, einerlei. Seit dem Krähenkonzert am See, hatte er es sich zur Angewohnheit, ja Aufgabe gemacht, seine Umgebung besser im Auge zu behalten. Immer wieder blieb er stehen und suchte den Himmel über den Feldern und dem Wald ab. Und obwohl er mehrmals ein leises *Krah* vernahm, das der Wind von sonst wo herüber geweht haben mochte, sah er nicht einen einzigen

Vogel. Und erst jetzt, wo er nach den Raben Ausschau hielt, kam ihm zu Bewusstsein, dass seit der Ankunft des kleinen Schwarmes alle anderen Vögel verschwunden schienen. Davor hatte es genug Gabelweihen, Bussarde und Falken gegeben, die auf Mäuse- und Hasenjagd über die Felder strichen. Und Singvögel huschten durch jeden Busch und jede Hecke. Aber nun zeigten sich keine Greifvögel mehr in der Nähe des Waldes und auch die kleinen Piepmätze verhielten sich still und sangen nur noch vereinzelnd und mit leiser, zurückhaltender Stimme. Fürchteten die Tiere den Wolf, oder doch eher die Krähen, sollte er sie dann auch fürchten? Aber er war ja kein Singvogel oder Bussard.

Es gab wieder einen neuen Weg im Gehölz, oder doch beinahe. Statt auf viele Schritte schnurgerade durch die Bäume zu ziehen, machte der ausgetretene Pfad nun verschiedene Biegungen und Kurven, um aus der Reihe hervorpreschende Bäume und Sträucher. Es war ihm vollkommen unverständlich, wie so etwas möglich sein konnte und welchen Zweck der Wald damit verfolgen mochte. Doch da er nichts gegen diese eigentümliche Wandelbarkeit tun konnte, nahm er sie hin und folgte dem neuen Weg, der mit seinen unerwarteten Mäandern alles aufregend neu und fremd gestaltete. Zum ersten Mal seit er diesen Wald in Besitz genommen hatte, näherte Roland sich der Lichtung von Norden, statt aus dem Osten und zum ersten Mal seit Wochen, fand er alle Roma und Sinti in ihrem Wagenrund versammelt. Wie sie da so standen, mit grimmig verkniffenen Gesichtern, glaubte er jederzeit seinen Vater, den Apotheker, den Lehrer und viel andere aus den Siedlungen zwischen den Bäumen hervorbrechen zu sehen.

Doch alles blieb ruhig, so ruhig und angespannt, dass Roland einige Zeit brauchte ehe ihm aufging, dass die Aufmerksamkeit ihm galt. Er hatte fast den Rand der Lichtung erreicht, als ihn plötzlich aufsteigende Furcht vor den Zigeunern mitten im Schritt verharren lies.

VIII

»Es war klug von dir, stehen zu bleiben.« Wieder einmal saß er bei dem Priester, im Schatten eines Planwagens und trank den leckeren Tee und knabberte genüsslich an einem Keks.

»Ich hatte Angst, ich konnte nicht weiter.«

Der Mann nickte leicht und beobachtete Roland mit stechendem, ja brennendem Blick, der ihn auszog und auszehrte und trotz der Wärme auf der Lichtung frösteln lies.

»Diese Menschen, mein junger Freund, sind abergläubisch bis zur Verblendung. Sie glauben an Geister und Wahrsagerei, sogar eine Hexe führen sie mit sich.«

Ein kurzes Schweigen folgte, so als müsste der Priester zum ersten Mal, seit Roland ihm begegnet war, nach Worten suchen.

»Wenn du dir das Lager anschaust, aufmerksam anschaust, könnte es dir gelingen eine Eigentümlichkeit abergläubischer Menschen zu erkennen.«

Roland wusste überhaupt nicht auf was er da zu achten habe, er konnte sich keinerlei Eigentümlichkeiten vorstellen. Und vielleicht, so sagte er sich, einer plötzlichen Eingebung folgend, versagte er, weil er selbst in einer abergläubischen Welt lebte und von abergläubischen Menschen erzogen wurde. Doch da sah er es und erkannte sogleich, dass seine Eingebung den Nagel auf den Kopf getroffen hatte.

»Keiner der Eingänge schaut gen Norden.«

Ashtisphan nickte anerkennend. »Das hast du sehr gut beobachtet.«

»Genau wie bei unseren Kirchen.«

»Und auch das hast du schlau erkannt.«

»Warum ist das so?«

In den unergründbaren Blick des Mannes schlich sich auf einmal so etwas wie unverhohlener Stolz, endlich stelle er die wesentlichen Fragen, flüsterte der Priester, endlich kämen sie sich näher. Er freue sich darüber, er sei aufrichtig Stolz, einen so klugen Schüler gefunden zu haben.

In alter Zeit, so märchengleich begann er seine Erzählung, in alter Zeit also, glaubten die Menschen das Reich der Toten in den kalten und düsteren Norden verlegen zu müssen, denn die Sonne bescheint ja nur die Lebenden. Doch die Düsternis und Kargheit des unbekannten Nordlands, haben nichts mit Himmel und Hölle zu tun, das sei erst im modernen Aberglauben, der monotheistischen Religionen entstanden. Jene Theologien, die dem Menschen das menschliche rauben wollen und ihn in Angst und Schrecken vor einem übermächtigen Gotte zu halten trachten. Im Laufe eines Jahres gäbe es immer Tage, in denen Geister und unruhige Toten unter den Lebenden erscheinen könnten.

»Der 31 Oktober war einstmals der Tag an dem die Seelen der im vorangegangenen Jahr verstorbenen gen Himmel fuhren. Dies war die Wilde Jagd, es war aber auch der Jahreswechsel der Kelten.«

Roland hatte den Faden verloren, der Mann warf da mit Begriffen und Namen um sich, die er nie zuvor gehört hatte und er glaubte nicht, jemals zu verstehen, wovon überhaupt die Rede war.

Aus dem Norden kämen die Toten gern in eisig klirrenden Winternächten. Und deshalb zeige nie ein Eingang gen Norden und niemand würde sein Heim in Richtung des Todes verlassen, es sei denn, er möchte selbst so bald wie möglich ins Reich der Schatten eintreten.

»Eine Öffnung zum Norden bedeutet für diese Leute ein Einfallstor für die Seelen der verstorbenen und für böse Geister. Und nun, da der Wald solch krumme Wege zu legen versteht und das Lager jetzt in diese furchtbare Richtung geöffnet liegt, kann jeder Besucher genauso aus den Dörfern, wie auch aus dem Reich der Toten kommen. Selbst so ein harmloser Junge wie du.«

Als Roland einwandte, dass sie ihn doch sicher erkannte haben mussten, wischte er diese Bemerkung fast unwirsch beiseite.

»Geister und Götter erscheinen in den unglaublichsten Verkleidungen.«

Ein kindliches Laster, dem auch die großen, einzigen Götter oft nachgingen. So meinte Ashtisphan, das Jahve einmal als Rauchsäule und dann als Feuersäule sich den seinen zeigte.

»Einmal soll er sich gar die Albernheit geleistet haben, als brennender Busch aufzutreten. Sofern du solchen Lügengeschichten Glauben schenken möchtest.«

Aber was hatte all das mit den Kirchen zu tun, wollte der Mann etwa behaupten, dass die Erbauer der Kirchen Zigeuner waren, oder doch dem gleichen Aberglauben anhingen?

»Nein, Zigeuner waren sie gewiss nicht, aber sie hatten wohl die gleichen, oder doch ähnliche Ängste. Und nur weil etwas alt ist und aus den Tiefen der Seele stammt, darfst du es nicht für dumm halten oder gar verlachen. Geister und Götter gibt es wohl nicht, aber doch beherrschen mitunter unheimliche Kräfte unser Leben, die kein Kirchenfürst tiefgründig zu erklären vermag. Und unsere Seele weiß um Schreckliches und Herrliches, dass sich nicht beschreiben lässt, dass man nicht in Worte kleiden darf, dass man nicht beschwören darf. Und selbst ein Stein, oder ein Baum und die eine oder andere Krähe erlaubt es sich manches Mal weisen Gedanken nachzusinnen. Doch reden wir nicht mehr davon, das ist zu viel für einen kurzen Nachmittag und einen kurzen Menschen.«

Aber Roland war gefangen, er fühlte sich verloren und zugleich geborgen zwischen den Welten, die dort in Ashtisphan Worten farbenprächtig lauerten und in der er vergessend eintauchen wollte. Doch wie sehr er auch nachhakte und weit übers Ziel schießend Bedeutung in das Wispern des Windes legte, der Priester war nicht geneigt, die zauberhaften Welten des Aberglaubens weiter zu durchstreifen.

Stattdessen verlangte er plötzlich einen Blick in Rolands Tornister zu werfen. Es interessiere ihn brennend, was man den zukünftigen Herren des Landes heutzutage so alles glaubte mit auf den Weg geben zu müssen. Er sagte wirklich den zukünftigen Herren des Landes.

Den Jungen, sagte er, gehöre die Zukunft. Den Alten blieb nur eine einzige Aufgabe, und dies sei nicht etwa Reichtümer und Besitz zu horten, oder Kriege zu führen um den Besitz anderer zu stehlen, sondern den Kindern Liebe und Wissen zu vermitteln, damit diese es einst besser machen mögen.

»Ich weiß, für dich ist die Schule ein Ort der Niederlagen, ein Ort der Strafe und der Pein. Und so erscheint die Schule vielen. Aber es sind nicht die Schüler die da Versagen, es sind die Lehrer, glaube mir, es sind immer die Lehrer. Grammatik, Mathematik, Geometrie. Spürst du, wie diese Worte deine Seele verknoten, ihr die Luft abschnüren? All das brauchst du nicht, es sei denn, du willst dich später einmal ganz gewählt, gequält und hochgestochen, erstochen also zu Papier bringen, in dem du deinen klugen Worten durch raffinierte Wendungen den Sinn raubst, das dich niemand mehr versteht und ein jeder dich zum Genie erklärt. Oder zum Idioten, wenn niemand deine Bücher lesen will.«

Ganz gegen seinen Willen brach Roland in Lachen aus, als er die theatralischen Gesten verfolgte mit denen der Priester jedes seiner Worte unterstrich. Wenn der Mann sich einmal warm geredet hatte, dann wedelte er mit den dürren Gespensterfingern umher, zuckte mit allen Gliedern und zappelte mit den Beinen, als würde er die Worte nicht aus seinem Kopf, sondern aus der Luft holen und sie mit seinem ganzen Körper modellieren. So ähnlich hatte auch seine Mutter den ganzen Körper beim Sprechen eingesetzt, manchmal fegten ihre Hände so wild durch die Luft, dass das Geschirr vom Tisch schepperte.

»Nein, du brauchst es wirklich nicht. Aber sie Trichtern es dir ein, wieder und wieder, bis es ihnen gelungen ist. Bis sie deine Seele damit zugeschüttet haben, das sie keine Luft mehr kriegt. Bis dort kein Platz mehr ist und du blind und taub geworden bist. Bis auch du glaubst, das Leben bestehe aus dem Ein Mal Eins und eine ordentlichen Rechtschreibung und aus nichts anderem. So lange Trichtern sie es dir ein, bis sie dich zu einem von den ihren gemacht haben, zu einem Apotheker, zu einem Lehrer, Pfaffen oder braven Bauern. Sie stopfen diesen Unsinn in dich rein, um das zu ersticken, was jetzt noch in dir ist, was dich so einzigartig macht und was sie so sehr fürchten: deine Träume, deine Wünsche, deine Ängste, deine Seele.

Deine nach allen Seiten des Lebens offene Kinderseele.«

Roland war erschrocken, wie konnte Ashtisphan seine geheimsten Ängste und unbestimmbaren Ahnungen in solch treffende, lebendige Worte kleiden?

»Es wäre nett, mein Junge, wenn du dich endlich entscheiden könntest, ob du dich nun ängstigen, oder weiterhin über meine Gesten lachen möchtest. Nimm noch einem Keks, vielleicht fällt dir die Wahl dann leichter.«

Roland traute sich nicht irgendwelche Fragen zu stellen, er durfte nicht riskieren, dass der Priester jetzt den Faden verlor. Der Mann hatte sich in Rage geredet und sein heißeres Flüstern war angeschwollen zu einem krächzenden, kratzenden Wind, der jeden in seinen Bann schlug, der nicht angestrengt weghörte.

Unter dem Einfluss der Kekse glaubte Roland den Mann wachsen zu sehen. Er war nun so in die Länge geschossen, dass er mit den Bäumen im Wind zu wiegen schien und ein dunkler Schatten breitet sich um ihn aus, der seine, in ihm schlummernde Bedrohlichkeit nach außen drängte. Der Kopf des Mannes ragte hoch über die Lichtung auf und bot sich als Zentrum an, um das, wie aus dem Nichts erscheinende Krähen kreisten.

Das Gesicht, des immer noch zerbrechlich über ihn gebeugten, war so fern, das Roland keine Züge darin mehr sehen konnte. Nur die alles durchdringenden Augen vermochte er an ihrer bösen, lodernden Glut zu erkennen.

Er fragte sich noch, was all das bedeuten mochte, als ihn etwas in die Höhe hob und im warmen Gras aufrecht absetzte. Er hatte, ohne es zu merken, die ganze Zeit über auf dem Rücken gelegen und in einen leeren Herbsthimmel geblickt. Nun saß er wieder dem Priester gegenüber, der ihn mit einem Ausdruck musterte, der Roland überraschte. Jeder hätte besorgt, wenn nicht gar belustigt auf ihn herab gesehen, nicht so dieser zerbrechliche Mann. In seinem Gesicht lag ein Ausdruck der Zufriedenheit, er nickte leicht vor sich hin, wie um seinen geheimen Gedanken zuzustimmen.

»Das wesentliche, mein Lieber, liegt jenseits aller Buchstaben und Zahlen. Lesen- und rechnen musst du lernen, denn dies sind die Wege zum Wesentlichen. Du darfst ihnen aber nicht folgen, wie es die Gelehrten tun, jene die Zahlen und Buchstaben schon für die Wahrheit halten, oder doch für Beschreibungen der Wahrheit. Du darfst sie nur benutzen um sie zum richtigen Zeitpunkt zu verlassen. Ob die Wirklichkeit nun über den Worten und Zahlen liegt, oder darunter ist einerlei. Ich denke, sie liegt dazwischen, verborgen zwischen den Buchstaben und Zeichen.

Es ist wie mit den Runen deiner Vorfahren. Der Zauber lag nicht in der Bedeutung der eingekerbten Zeichen, die Beschwörung entstand nicht durch das Lesen und aussprechen der Buchstaben, sondern durch das Schreiben selbst. Das war die heilige Handlung. Der Zauber lag in dem, was die Kerben im Stein ausfüllte.«

Roland hatte schon Bilder von Runensteinen gesehen und er wusste, dass in den Kratzern und Rillen rein gar nichts war. Schließlich wurden die Runen ja in den Stein geritzt oder geschlagen, sie entstanden, in dem man das Material entfernte und nicht, in dem man verzauberte Farbe auftrug.

»Du begehst denselben Fehler wie ein Gelehrter. Du siehst nur das Oberflächliche und das trotz der vielen Kekse, die du nun schon gegessen hast. In vergangen Zeiten war das Einritzen von Runen, also das Schreiben, eine den Priestern vorbehaltene religiöse Handlung. Wie heute die Taufe, oder die Segnung von Aussaat und Waffen. Für den Gelehrten ist es bloß Wasser, aber zugleich ist es durch das Absingen von rituellen Gesängen fast zu so etwas ähnlichem wie die Spucke Gottes geworden.«

Roland musste lachen; die Spucke Gottes war vielleicht kein besonders passender Vergleich, aber dafür eine lustige Vorstellung.

»Du hast schon mal von einer alten Kultur gehört, die wir heute ägyptisch nennen, nicht wahr? Diese Ägypter besaßen eine bildgewaltige, monumentale Schrift, die man als Hieroglyphen bezeichnet, den Gottesworten. Diese Zeichen schienen den frisch zur Kultur erwachten Griechen so überwältigend, dass sie nur von Göttern erschaffen worden sein konnten. Die Griechen waren nicht wirklich Gelehrte, aber aus den Tiefen ihrer Seele kam eine Weisheit, die sie nah an das Wesentliche führte. Natürlich waren die Hieroglyphen, wie auch die Runen, von Menschen erdacht und in Stein gemeißelt, der Zauber jedoch, das Göttliche aber, lag in dem woraus diese Kerben waren.

Als die Hebräer, du weißt doch, das dies die Vorfahren der heutigen Juden sind, den Glauben des ägyptischen Königs Echen-Aton und seine Zehn Gebote annahmen, nannten sie den Inhalt ihrer, in zwei Steintafeln geritzten Zeichen das Testimonium. Dies ist die lateinische Übersetzung, sie bedeutet Zeugnis Gottes und es waren nicht die Zehn ägyptischen Gebote gemeint, auch nicht die Zeichen selbst, denn Form und Sprache bleiben bedeutungslos, sondern gemeint war das scheinbare Nichts, das eben diese Zeichen ausfüllte. Echen-Aton war der erste, der nur einen Gott gelten lassen wollte, Aton, Amun, Amen, den im Verborgenen Herrschenden. Wie modern das klingt, nicht war?

Ebenso Echen-Atons Gebote, dieses umständliche Umschreiben des, *was du nicht willst, das man dir tut, tue auch keinem anderen.* Es gibt keine auserwählten Völker, es gibt stets nur auserwählte Menschen, Menschen, die das Wesentliche begreifen lernen. Das Ritzen von Runen also ist eine heilige Handlung, darin liegt ihr Zauber, nicht im Lesen oder Aussprechen.«

IX

Noch Tage später war ihm schwindelig von den Erzählungen des Priesters und ihn fieberte über die aufregende Größe der Welt und den Unheimlichkeiten des Wissens, das da in dem hohlwangigen Kopf des Persers stecken musste.

Und wieder war es ihm nicht gelungen, seinen Aufsatz zu beenden, es war überhaupt keine Zeit und Gelegenheit gewesen, das Gespräch oder den Monolog Ashtisphans in jene Richtung zu lenken. Er saß am Abend in der Küche, dass hatte er früher nie getan, da gab es zu Essen und dann wartete der kleine Garten, oder das Bett. Doch nun saß er immer öfter, auch nachdem das Geschirr gespült und weggeräumt war, am klobigen Küchentisch und überflog die wenigen Seiten des mageren Wochenblattes. Die Zeitung interessierte Roland nicht wirklich, er hatte schnell herausgefunden, dass die Berichte nicht so ganz ehrlich waren. Auch wusste er nichts vom Leben in den Städten und verstand nichts von Politik oder Krieg, aber den Zeitungen nach müsste es ihnen selbst in diesem, von allen vergessenen Gut viel besser gehen und die deutschen Truppen müssten jederzeit in Paris und Moskau einmarschieren.

Sein Vater hatte mal von Zensur gesprochen, aber Roland konnte sich nicht vorstellen, warum jemand eine Zeitung wie ein Diktat benoten sollte. Schon spürte er den Blick seines Vaters auf sich ruhen und hob die Zeitung ein wenig höher, um der unerwarteten Milde dieses Blickes zu entgehen.

»Du scheinst zu erwachen, mein Sohn. Wie ein richtiger junger Mann sitzt du mit deinem alten Herrn, Zeitung lesend in der Küche. Noch vor wenigen Wochen wäre das unmöglich gewesen. Du bist jetzt zwölf Jahre alt, mein Junge und vielleicht wird es ja wirklich Zeit, der Kindheit zu entwachsen. Aber wenn du einen Rat von deinem Vater annehmen möchtest, so rate ich dir, mit dem Erwachsenwerden noch ein wenig zu warten. Bedenke, dass das Leben mit jedem weiteren Jahr an Wunderbarem verliert, das es ärmer wird an Überraschungen, außer den bösen. Behalte deine Träume, verleugne nie deine Wünsche, das schrecklichste was einem Kind widerfahren kann, ist erwachsen zu werden.«

Er hatte nur halb zu gehört, bekam aber noch rechtzeitig ein offenbar zufrieden stellendes »ja Vater« heraus, ehe er sich wieder in der Zeitung verlor.

Roland las nicht etwa, wenn er von den Überschriften absah, nahm er keinerlei Inhalte wahr. Er war vertieft, verloren in der Suche nach dem Wesendlichen, das hinter und in den Schriften sein mochte, doch alles was er finden wollte, waren kaum spürbare Vertiefungen, angefüllt mit wohl auf Ewig abfärbender Druckerschwärze. Aber schließlich war eine Zeitung auch kein Runenstein oder eine Tempelwand.

Von der ergebnislosen Suche ermattet und verärgert ging er schließlich zu Bett, lange nachdem sein Vater Richtung Dorfkrug aufgebrochen war. Am Morgen fand er, neben einigen Äpfeln für die Schule, eine längere

Notiz in der ausufernden Handschrift seines Vaters, die sich beim überfliegen so gleich als Aufsatz, über die Gründe, weshalb das Reich den Sieg davontragen wird, entpuppte. Er schrieb darin von der Überlegenheit der deutschen Technik, der deutschen Gründlichkeit, wie man sie im Bau von Kriegsschiffen, Panzern und Flugzeugen wieder fände. Auch von der Tapferkeit und Disziplin der Soldaten und der Opferbereitschaft der Bevölkerung, glaubte er schreiben zu müssen. Und von dem Können der Generäle und dem Siegeswillen des Kaisers. Und immer wieder von demütigem Gottvertrauen. In einem Nachsatz empfahl er seinem Sohn, dieses Gottvertrauen möglichst vage zu halten, da Gottes Beistand von allen Seiten beansprucht wurde, gab es entweder hundert Götter, oder keinen einzigen. Da lag endlich der Aufsatz, der ihm seit Wochen die Luft zum Atmen nahm. Roland brauchte ihn nur noch abzuschreiben, ein paar Fehler einfließen zu lassen und ihn mit einigen, vom Lehrer so geliebten Zahlen auszuschmücken. Das aus all dem ebenso gut eine Niederlage hervorgehen konnte, musste einfach übersehen werden. Schließlich stand ja auch in der Zeitung, dass Russland um einen separaten Frieden gebeten habe, es musste also alles gut stehen.

Dieser Aufsatz, die Zeitungen und der ferne Krieg, kamen ihm so Unwirklich vor, wie ein schlechter Traum. Seine Wirklichkeit lag ganz wo anders; im Wald, an den Seen, auf den alten, vermoosten Kanälen. Dort gab es das Wesentliche, das er nicht in Worte zu kleiden vermochte und Jasmina. An jenem Tag hielt die Schule eine Überraschung für ihn bereit, die ihn so mancher seiner Sorgen, zumindest vorübergehend enthob: Der alte, giftige Lehrer war fort, an seiner Stelle stand wieder der viel fröhlichere Herr   Tregel vor der Tafel, der   auch für die zu spät kommenden immer einen freundlichen Gruß übrig hatte.

Heute aber war er nicht mehr ganz so freundlich und unbekümmert, sein linker Ärmel hing leer und schlaff an ihm herunter und eine feurig rote Narbe glänzte auf seiner Wange. Er wartete, bis Roland seinen Platz eingenommen hatte und sagte: »Nun, da auch der Weitgereiste Herr unserer Felder und Wälder zu uns gestoßen ist, können wir wohl loslegen.«

Er verschaffte sich einen gemächlichen Überblick über den Unterricht seines Vorgängers, hob das Eine lobend hervor und verwarf das Andere. Und was er besonders und mit Nachdruck verwarf, war die Landkarte und all das Gerede über Krieg und Vaterland und mit ihnen den Aufsatz. Er habe mehr für Kaiser und Vaterland getan, als diese für ihn und es gäbe für die jungen Menschen seiner Klasse wichtigeres als Siege oder Neiderlagen. Dennoch hätte er gern die Aufsätze durchgesehen und es schien ihm gleichgültig, dass nur acht Hefte bei ihm ankamen, da dem Rest offenbar rein gar nichts hatte einfallen wollen.

Für so manchen hatte er nur abfällige Kommentare übrig wie, ganz der Göppelt, überheblich und unwissend, oder, ach Zeitungslesen haben wir also auch schon gelernt. Göppelt also, jetzt wo er es nicht mehr nötig hatte, lernte Roland den Namen des verhassten Lehrers.

Dann, ganz zu unters, lag Rolands Aufsatzheft. Herr Tregel nahm es auf, schaute aber nicht hinein, er wog es vielmehr in der Hand, als könne er die Schwere der Inhalte abschätzen.

»So so, Roland, hast du also doch einmal einen Aufsatz zu Ende gebracht und das ausgerechnet über solch ein undankbares Thema?«

Dann las er, er las schnell und aufmerksam und sein Gesicht, das erst eine Miene der entschlossenen Teilnahmslosigkeit war, hellte sich auf und ein heimliches Schmunzeln legte sich um seine Mundwinkel.

»Gut, gut« sagte er und begann plötzlich den Aufsatz laut vorzulesen. Roland wurde heiß und kalt, eine Gänsehaut lief ihm über die Arme und Beine und er spürte feurig die Schamesröte in sein Gesicht steigen.

»Einen lieben Gruß an deinen Herrn Papa, Roland.« schloss der Lehrer den Vortrag ab. Das aufbrüllende Lachen der Klasse hallte lange in seinen Ohren nach.

»Seit still, ihr Dummköpfe! Den Müll, den die anderen verzapft haben, durfte ich jeden Morgen im Schützengraben hören. Ich kann nicht anders, aber ich muss dir, Roland und deinem klarsichtigen Papa eine Eins geben.«

Und dann, mitten hinein in das Raunen, das diese Benotung auslöste, sagte er leise, nur für Rolands Ohren bestimmt: »Ihr habt recht, es gibt hundert Götter und somit keinen, ich hab's erlebt.«

Roland staunte, ja er war geradezu erschrocken, nicht über die Note, das bedeutete ihm nichts, sondern das Herr Tregel diesen Satz über den Beistand Gottes kannte, denn den hatte er ja gar nicht abgeschrieben. Doch dann dämmerte ihm, das ein kluger Kopf, und solch einer war der Herr Lehrer ganz bestimmt, diese Deutung herauslesen konnte.

Am Ende der Stunde kam der verkrüppelte Mann nochmals auf Rolands Aufsatz zu sprechen, er rief den Jungen zu sich und reichte ihm das Heft. Es sei besser, raunte er ihm zu, den Aufsatz verschwinden zu lassen, denn wer zwischen den Zeilen zu lesen verstand, könnte zu der Ansicht gelangen, Roland, genauer sein Vater und erst recht sein Lehrer, würden defaitistische Meinungen verbreiten. Roland konnte mit dem Begriff rein gar nichts anfangen, aber bei der Eindringlichkeit, mit der Herr Tregel auf ihn einsprach, war es sicher besser, solch einen Verdacht nicht aufkommen zu lassen.

X

Erst Ende November zeigte der Herbst seine weniger schönen Seiten, heftige Stürme bis hin zu Orkanen. Faustgroße Hagelkörner und blickdichte Regenvorhänge, hielten Roland Tagelang im Haus gefangen. Er langweilte sich entsetzlich und fürchtete, Jasminas Zuneigung zu verlieren, wenn er sie nicht bald wieder sah.

Seinen Vater sah er nun immer seltener, er ging am frühen Morgen und kam erst spät in der Nacht, manchmal blieb er gleich mehrere Tage fort. Schuld daran sei der Krieg, hatte er seinem Sohn zu erklären versucht.

Die kurzsichtige Kriegswirtschaft stelle alles auf den Kopf. Da schicke man die Besten an die Front, beraube der Landbevölkerung die Bauern und Erntehelfer und stopfte ausgerechnet ihn in irgendein lächerliches Amt in Suchsdorf, auf der anderen Seite des Kanals, um dämliche Akten um und um zu stapeln. Trotz allem rechne es sich, die täglich erarbeiteten zwei Reichsmark, wäre ein ordentliches Einkommen. Doch Geld und Geldsorgen waren Roland noch ferner, noch fremder als der Krieg.

Also saß er am Fenster und blickte in die sturmgepeinigte, regengetränkte Landschaft hinaus, die gleich hinter dem kleinen Gärtchen sanft zu dem ersten steilwüchsigen Vorposten des Waldes abfiel. Dies war eine vorgeschobene Gruppe von vielleicht zwölf Bäumen, die nur durch eine dornenreiche Nabelschnur mit dem Wald verbunden war.

Er konnte diese Gruppe nur schemenhaft durch den Regenschleier sehen, wie sie sich fast schmerzhaft dem Zorn des Windes beugte und sich energisch wieder aufrichtete. Und dann sah er die Vögel, eine kleine Schar Krähen, die sich vom Sturm wie wild durch die Lüfte schleudern ließ und plötzlich, von wer weiß woher Kraft bezog, sich durch das Unwetter bis zu seinem Haus vorkämpfte, wo die Schar sich, sicherlich ermattet, auf dem Dach niederließ. Sie krächzten ein, zwei Mal, hüpften wie im Spiel auf den brüchigen Firststeinen umher und blieben, wie auf Kommando, stumm und starr auf ihren Plätzen stehen.

Er konnte sie da über sich nicht sehen, aber aus den so plötzlich abgeschnittenen Geräuschen ihrer Krallen, glaubte er ihren Standort bestimmen zu können: Sie hockten sicher alle nahe am Kamin, durch den die Wärme eines Feuers, das er im Ofen brennen hatte, hinaufstieg.

Noch während er auf das Dach hinauf lauschte, löste sich ein Baum aus der schemenhaften Gruppe. Lang und dürr, sich gegen den Wind stemmend, schritt er in gewaltigen Sprüngen auf Roland zu, wobei er ziemlich rasch an Höhe verlor und schließlich zu dem immer noch unwirklich lang aufgeschossenen Priester schrumpfte, der nicht mehr in Sprüngen, sondern nur mit großen, weit ausholenden Schritten seiner langen Beine, durch das spritzende Gras stampfte. Roland eilte zur Tür, doch da hämmerte es auch schon fordernd gegen das harte Holz.

Die Schläge waren so gewaltig, dass die Schmiedeeisernen Angeln erbebten. Bevor der nächste Schlag die Tür aus dem Rahmen sprengen konnte, riss er sie auf und ließ den triefend nassen Mann ein.

Sogleich eroberte Ashtisphan das kleine, niedrige Wohnhaus, fand auf Anhieb, als ginge er hier täglich ein und aus, die Küche und stellte sich, behaglich seufzend, vor den heißen Ofen. Die Feuchtigkeit seines Mantels stieg in Schwaden auf, hing bald wie hartnäckiger Nebel im Raum und legte sich Tropfen bildend auf die Fensterscheiben.

»Mach man ruhig das Fenster auf Jungchen, wir wollen doch sehen, ob da noch irgendwer durch das Unwetter schleicht.«

Doch da schlich niemand, der Regen prasselte nur noch lauter gegen die Hauswand und fand nun Tröpfchenweise einen Weg in die Küche, wo er auf dem Fenstersims kleine Pfützen bildete. Roland staunte immer noch über den Mann am Ofen, der wie aus dem Nichts durch die Bäume brach, sogleich sein Haus fand, das er ihm nie gezeigt, dessen Weg er ihm nie beschrieben hatte und der nun, aus den unergründbaren Tiefen seine Manteltaschen eine Keksdose und eine Handvoll Tee hervorkramte.

Ohne suchen zu müssen fand er den Wasserkessel, füllte ihn Randvoll aus der klopfenden, nur dürftig Wasserführenden Leitung und stellte ihn scheppernd auf den Ofen.

»Tee, Roland. Das ist genau das richtige Wetter für Tee, oder Grog, doch den darfst du nicht, und natürlich für Kekse und einen Haufen Fragen. Oder gibt es da keine Fragen, habe ich keine Neugierde in dir geweckt?«

Oh doch, das hatte er, aber Roland wusste nicht, wo er anfangen sollte und da ihm nichts einfallen wollte, nahm er sich als erstes einen Keks. Sie schmeckten viel würziger diesmal und noch bevor er die ersten Bissen so richtig runtergeschluckt hatte, spürte er die beginnende Veränderung in sich. Er begann zu wachsen. Er entwuchs dem kleinen Jungen, als den er sich immer noch fühlte, schon durchstieß er seine Schädeldecke und wuchs weiter und weiter. Er konnte auf den Priester hinab sehen und gleichzeitig sah er sich selbst durch die Augen das finsteren Mannes und da war er immer noch klein, am Tisch sitzend, obwohl er schon längst über den First des Daches ragte und den Wald überblickte.

Und dann kehrte er sich alles von Innen nach Außen, er sah, roch und schmeckte nichts mehr. Aber er spürte das Haus, das Gut, ja die ganze Welt in sich drinnen, fühlte den Krieg als ein heißes Grummeln in den Eingeweiden, während die Ozeane der Welt durch seine Adern pulsierten. Schließlich erhob er sich und glitt davon, trieb über der Welt, die zugleich in ihm geborgen lag und eroberte das Nichts zwischen den Himmeln. Als schwarze Federn aus seinen Armen sprossen, kitzelte und brannte es, doch da saß er schon wieder klein und von aller Welt isoliert am Tisch in seiner Küche. Schwindelig rang er nach Atem.

»Ich fürchte, die Kekse sind mir diesmal ein wenig zu stark geraten.«

Der Priester hielt ihn an, ordentlich Tee zu trinken und am Fenster so richtig tief Luft zu holen. Dabei beobachtete er ihn mit einer Aufmerksamkeit, die Roland immer unheimlicher wurde. Es schien ihm, dass der Mann mit diesen schwarz in schwarzen Augen, deren Blick nie zu deuten war, auf etwas wartete und das waren diesmal keine Fragen, nein, ganz sicher nicht. Da war dieses seltsame Starren wieder, das sich bis zu den Knochen, bis in die Seele brannte und alles wie Eis gefrieren ließ. Er schien von Mal zu Mal empfänglicher für diesen Blick zu werden, statt sich daran zu gewöhnen, krümmte sich seine Seele schon im ersten Moment, krümmte sich und schrie lautlos auf. Er wollte fort, nur weg, aber er erstarrte, wie das Kaninchen vor der Schlange.

Endlich senkte der schwarze Mann den Blick und Roland war, als tauche er aus grundlosem, eisig kaltem Wasser auf. Schließlich schloss er das Fenster wieder und setzte sich, unwillkürlich den Abstand zwischen ihnen vergrößernd, an den Tisch. Sie saßen sich nun nicht mehr gegenüber, sondern jeder an der Entferntesten Ecke, wie zwei sich fremde.

Das Schweigen dehnte sich, es füllte hörbar den Raum und machte die Luft stickig, wie eine von Vaters Zigarren. Es wurde von Minute zu Minute unerträglicher, sie kannten sich noch nicht lange genug, um schweigend da zu sitzen und die zwischen ihnen liegenden Jahre führten allmählich zu einer unhaltbaren Situation.

Nur um wieder ein bisschen Normalität in diesen Vormittag zu bringen, fragte Roland das erste Beste, das ihm in den Sinn kam.

»Wie hast du denn hier her gefunden?«

Der Priester sah ihn einmal kurz und stechend an, dann schweiften seine schwarzen Augen wieder erkundend durch den Raum.

»Deine Brüder haben mich geführt. Die schwarzen Vögel, die Krähen, die selben, die dich damals zur Wurzel, zum dunklen Herzen des Waldes geführt haben.«

Als er *Brüder* sagte, fühlte Roland eine vertraute Saite in sich schwingen, deren verheißende Geborgenheit er sich nicht zu erklären vermochte. Irgendetwas ging mit ihm vor, eine Veränderung, die er sich nicht erklären konnte, die ihn in ihrer Unheimlichkeit ängstigte, ihn in ihrer Einzigartigkeit aber auch reizte.

XI

Wieder hörte er nur zu und glitt sogleich davon, tauchte ein in die Worte des Mannes, als seien sie ein Gefährt hin zu unbekannten Ufern und faszinierenden Welten. Er wusste schon längst nicht mehr, wovon da überhaupt die Rede war, hatte schon lange seine eigenen Fragen vergessen und schließlich sehr bald den Faden verloren. Doch das leise, raue Flüstern des Priesters hüllte Roland ein und entführte ihn in ferne Lände und zu nie für möglich gehaltene Gedanken.

Eigentlich hatte er über die Bedeutung Ashtisphans Bemerkung, die Krähen seien seine Brüder, sprechen wollen, doch stattdessen hatten sie sich im dunklen Herzen des Waldes, dass er vor nur wenigen Wochen noch furchtbar fürchtete, verlaufen und der Mann zeigte ihm, wie sehr Rolands Phantasien und Vorstellungen über den Charakter des Waldes, dem Aberglauben verhaftet war. Zwerge und Kobolde, Hexen und Trolle und dazu noch Feen und Nymphen, alles sei schon seit Ewigkeiten im Denken des Menschen verankert.

»Solch Mischwesen, aus der Zwischenwelt, kennt man in allen Kulturen des Erdenrundes ~ alles scheint erfunden und doch fragt man sich, woher die Übereinstimmungen kommen. Warum kennt der Japaner, ebenso wie der Buschmann im wilden Afrika, der Indio und der deutsche Bengel jene Wesen? Er kennt und fürchtet sie, selbst wenn er über sie im Licht des Tages zu lächeln scheint. Woher kommt dies?«

Roland wusste darauf Antwort, doch das brauchte er auch nicht, er kannte ja schon die Angewohnheit des Priesters, solche Art Fragen sogleich selbst zu beantworten. Er begnügte sich damit, ihm zuzuhören und die seltsamen, kräftig bunten Farben zu bestaunen, in denen die Worte seines Gegenübers durch die Küche zogen.

»Nun ja, es bieten sich zwei mögliche Erklärungen an, mein Junge. Entweder haben alle Menschen vor nicht allzu langer Zeit einen gemeinsamen Vorfahren, so etwas wie einen buntscheckigen und vielrassigen Adam ~ denn es müssen ja alle Hautfarben und sonstige Merkmale vertreten sein ~ ein Vorfahr also, der all diese Dinge erfunden hat und sie in Erzählungen an seine, alle Zungen der Welt sprechenden Kinder weitergab. Oder aber, an diesen ganzen Fabelwesen und somit am Aberglaube ist mehr Wahres dran, als man uns weismachen möchte.«

Da kam Roland eine Idee, in der Schule befassten sie sich endlich mit einem spannendem Thema: der Ewilution, oder so ähnlich, die Entwicklung vom Einfachen zum Besten, wobei nur die stärksten Überlebten.

Evolution heiße wohl das Wort, dass er meinte, sagte der Mann. Und gerade die aber könne es nicht gegeben haben, wenn die sich so erstaunlich gleichenden Mythen in aller Welt nicht aus Erlebtem, und somit Wahrem, sondern aus der Phantasie des gemeinsamen Ahnen stamme. »Evolution mein Freund, geschieht nicht über Nacht, auch nicht in der Spanne eines Menschenlebens, sie braucht lange, viele Jahrtausende. Der Steinzeitmensch, der hier die Eiszeiten überdauerte, war ein Mensch wie du und ich, nichts an oder in ihm hat sich seit damals verändert. Er musste sich nicht weiter entwickeln, um Flugzeuge zu bauen, er brauchte nur ein wenig Zeit, um das Nötige zu erlernen.«

Dieser Mensch, dieser buntscheckige Adam müsse, so führte er weiter aus, in Windeseile die Welt erobert haben und jedes seiner Kinder müsse von anderer Hautfarbe gewesen sein. Das alles durfte sich aber erst vor wenigen Generationen abgespielt haben, da sich sonst ja niemand mehr an seine Märchen vom Feenvolk würde erinnern können.

Die Eiszeiten und die ägyptische Kultur könne es dann, in jener kurzen Zeit der möglichen Überlieferungen, nicht geben haben. Nur so seien die Mythen der Völker als gemeinsame Erinnerung an die Phantasie der aller ersten Familie zu erklären.

»Du siehst also, dass all das Unsinn ist. Natürlich hat es die Ägypter gegeben und die Eiszeiten und noch vieles mehr. Die einzige Erklärung die sich jetzt noch anbietet, ja geradezu aufdrängt, warum es in allen Kulturen die gleichen Fabelwesen gibt ist die, dass diese Dinge so wirklich sind wie dieser Raum, dieses Haus und diese Welt!«

Roland schrak zurück, der Priester hatte die letzten Worte so unerwartet laut hervorgestoßen, dass die Krähen auf dem Dach krächzend aufflogen und das Gesagte mit ohrenbetäubendem Chor unterstrichen.

»Du meinst, im Wald lauern Kobolde, etwa bei der Wurzel?«

»Wenn du es so willst.« Der dunkle Mann lächelte.

»Ich sagte, dass diese Dinge wirklich sind, nicht wo sie sind. Vielleicht sind sie dort.« er deutete auf Rolands Stirn. »Oder hier.« wobei er sich auf die Brust schlug, doch Roland war sich gar nicht so sicher, dass gerade dort wirklich ein Herz pochte.

»Dann gibt es all das ja doch nur in meiner Einbildung und was man nicht sieht, das gibt es auch nicht.«

Das Lächeln in den verbitterten Zügen seines Gegenübers verblasste.

»Bist du Innen hohl? Oder bist du schon gefangen im Kerker der Erwachsenenwelt?«

Wenn dieser, von Roland auswendig gelernte Satz auch nur ein Körnchen Wahrheit enthielte, wäre das Leben nichts wert.

Der Verstand, die Seele und Gott, all das seien Geheimnisse, die man nicht sehen, schmecken, riechen, betasten oder hören könne, aber niemand möchte sie ernsthaft bestreiten. Man könne da nichts beweisen, oder auch nur im Ansatz ergründen, aber man kann es fühlen. Und wer nicht mehr zu fühlen verstand, der könne doch immerhin all das erahnen.

»Aber für meinen Verstand gibt es doch Beweise, ich kann rechnen und ein Diktat schreiben.«

»Das ist kein Zeichen für Verstand, sondern nur für angelerntes Wissen.«

Aber in einem gewissen Sinne hätte Roland schon Recht. Wer fähig sei, sein Wissen geschickt einzusetzen, zeige eine gewisse Art Verstand. Doch zu was man sich auch hinreißen lasse, alles bliebe nur ein Ausdruck des Verstandes, ein Abbild, vielmehr nur ein Zehrbild.

»Jeder Künstler schafft nur ein schlechtes Gegenstück, dessen Wirklichkeit in seinem Verstand, oder vielleicht gar in seiner Seele ruht. Egal wie viel Mühe er sich geben mag, nie wird er zufrieden mit dem Erreichten sein. Für jedes Wort, dass ein Dichter findet, sterben hundert die besser getroffen hätten, für jeden Pinselstrich des Malers, gibt es in ihm duzend schönere. Die Idee ist immer vollkommen, das Geschaffene immer unvollkommen, so auch bei uns Menschen. Gott ist die Idee, wir das Geschaffene.«

Roland kam nicht mehr so ganz mit, eben sprachen sie noch über Aberglauben, Kobolde und Feen und nun waren sie über Verstand, Seele und Gott, zu so etwas unverständlichem wie einer vollkommenen Idee angekommen.

Er drohte abzuschweifen, sich davon zu schleichen, durch die Lüfte gleitend allem zu entfliehen, als säße er wieder in der verhassten Schule. Ashtisphan bemerkte, dass der Junge ihm entglitt, dass ihm dessen ungeteilte Aufmerksamkeit abhanden kam und hielt sein Gegenüber mit einem Blick fest, der nicht nur den Leib, sondern auch die Seele mit eisiger Kraft bannte.

»Da siehst du, wie man sich verzettelt und den Faden verliert, wenn man über das Wesentliche spricht. Man gleitet von einem ins andere und führt im Grunde nichts zu Ende.«

Er wolle ihm nur eines klar machen; was immer er mit jeder Faser seines Wesens glaubte, das sei auch wahr. Denn der Geist, der Wille sei stärker als der Körper, ja mächtiger als die Welt.

»Wer seinem eigenen Glauben fest vertraut, der Roland, ja der kann über Wasser wandeln, der kann Berge versetzen oder in der Luft schweben.«

Mit diesen Worten schien der Priester sich sitzend vom Stuhl zu erheben, und kurz zu schweben, er klemmte seine Beine unter die Tischplatte um nicht noch höher zu steigen. Roland bückte sich, doch er war nicht schnell genug, ehe er seinen Kopf unter den Tisch zu bringen vermochte, hatte der Priester lachend wieder Platz genommen.

»So schnell nicht, mein Freund. So schnell lass ich mich nicht übertölpeln. Aber du weist jetzt, was ich meine. Denn du selbst schwebst ja manchmal über den Wipfeln des Waldes und erschreckst Rechtschaffende.«

»Aber, wer hat mich denn sehen können? Das träumte ich doch nur.«

»Sag das nicht so von Oben herab. Träume sind oft mächtige Verbündete, sie führen dich schneller zum Wesentlichen, als so viele gelehrte Reden und Schriften. Verlache nie die Träume und die träumenden.«

»So etwas Ähnliches hat mein Vater auch gesagt.«

»Ganz bestimmt, mein Junge. Dein Papa ist auf seine Art ein weiser Mann.«

Sein Vater sollte ein weiser Mann sein? Vielleicht müsse er seine Sicht, was denn weise sei, einmal überdenken. Ashtisphan lachte, das sei eine kluge Einsicht, alles sei eine Frage des Standpunktes und er dürfe nie aufhören, den eigenen in Frage zu stellen.

»Hinterfrage immer deine Meinungen, überprüfe stets deine Einsichten, ob sie nicht veraltet und trotz besseren Wissens beibehalten werden. Sonst bist du verloren, gefangen im Starrsinn, festgenagelt auf deinen Standpunkt, tödlich umklammert von deinem Aberglauben der Religionen und somit dem Untergang geweiht.«

XII

Fast eine Woche hielt das Unwetter an, so als habe Sturm, Regen und Nebel das Land erobert und wollten es nie wieder hergeben. Jedoch fand Roland allmählich Gefallen an dem grauen, durchnässten und gebücktem Leben, dass dieses Wetter der Natur aufzwang. Doch der erste begehbare Nachmittag gehörte ihm, er schmiss sein Bündel Schulbücher achtlos auf den Küchentisch, hatte für seinen Vater, der nach langen Tagen mal wieder zu Hause war, nur ein »Hallo« übrig und flitzte Richtung Wald davon.

Er wollte, ja er musste zur gestürzten Wurzel, er wollte sehen, ob es dort Zwerge und Feen gab, ob sie sich an den richtigen Plätzen aus seinem

Kopf hervor wagten. Aufgeweicht waren die Wege, die zu gehen er sich entschlossen hatte, matschig und durchnässt, so als wäre der Boden nicht mehr bereit gewesen, diese unerhörten Mengen Wasser aufzunehmen.

Und in all der Zeit, die Roland in seinem Haus gefangen war, hatte der Wald eifrig neue Wege angelegt, die ihn nun durch sonst geheime und abgelegene Teile führte. Es mochte aufregend sein, diesen fremden Wegen zu folgen, aber es mochte genauso gut sein, dass er sein Ziel nie erreichte und sich am Ende gar verirrte.

Einmal glaubte er der Lichtung nahe zu sein, doch der Weg, der sonst hier weitflächig auslief, machte plötzlich einen scharfen Knick und entfernte sich wieder von dem hellen Rund, das kurz durch die Stämme schimmerte. Er wunderte sich nicht mehr über die heftige Wandelbarkeit des Waldes, auch sein anfänglicher Schrecken darüber hatte sich schnell gelegt. Obwohl der Priester ihm gesagt hatte, dass das wichtigste, um einen wachen Verstand zu behalten, die Fähigkeit sei sich zu Wundern, über alles und jedes Fragen zu stellen, schien sein Verstand eingeschlafen, hinweggedöst von Keksen und Tee. Nach fast einer Stunde zwecklosem Pfadfolgen, gab Roland auf, er hörte auf, dem möglichen Verlauf Vorauszudenken, oder sich an Bäumen, Sträuchern und Gebüschen zu orientieren und spazierte gedankenverloren vor sich hin. Und als hätte der Wald genau auf diesen unachtsamen Wanderer gewartet, lag plötzlich der schwarze Wurzelsee, das Herz des Waldes vor ihm.

Der See war durch die Tagelangen Regengüsse enorm angewachsen, aber dennoch erschien ihm die Wurzel um einiges größer, als beim letzten Mal. Ob er selbst etwa geschrumpft war? Gab es das? Konnte es sein, dass man kleiner und kleiner wurde, je mehr Jahre man zusammen bekam?

Heute, so hatte er sich vorgenommen, heute jedenfalls sollte es ihm gleich sein, dass er seine Schuhe und bestimmt auch seine Hosen schmutzig machte. Das schwarze Wasser war seichter, als er erwartet hatte, es reichte ihm nicht einmal bis an die Knöchel und wenn er sich langsam bewegte, bekam er kaum etwas von der brackigen Brühe in die Schuhe. Nur dort, wo einst der Baum gestanden hatte, jenes Loch im Boden, dass nun von der Wurzel beschattet wurde, dort, so vermutete Roland, war das Wasser bestimmt Metertief. Da hinein durfte er auf keinen Fall geraten.

Da sich jedoch einzelne Wurzelstränge, darunter recht dicke, über den Tümpel erstreckten, konnte es ihm gelingen, sicher hinüber zu klettern.

Er war auch schon recht weit vorangekommen, als ihn, wie bei seinem ersten Besuch an diesem Ort, das nahe Krächzen einer Krähe vor Schreck beinahe in den Schlamm stürzen lies. Da saß sie über ihm, auf dem, von ineinander verschlungen Wurzeln, gleich einer Krone umkränzten Kamm der Wurzel und schrie ihm allen Unmut der Welt entgegen. Bevor noch der Schrei verklungen war, landete ein zweiter Vogel auf dem dunklen Rand, dann noch einer und immer mehr.

In wenigen Augenblicken hockte der ganze Schwarm, wie ein Schwarzglänzendes Spalier, auf der Wurzel und blickte ihm mit Schiefgeneigten Köpfen entgegen. Zu seiner Erleichterung bleiben sie still, es kam zu keinem weiteren ohrenbetäubenden Konzert und sie schienen sich auch abfälliger Kommentare zu enthalten, während sie seine recht bescheidenen Erfahrungen im Klettern begutachteten.

Seit kurzem fürchtete er sich nicht mehr vor den Rabenvögeln, obwohl er sie nicht auseinander zuhalten vermochte, erschienen sie ihm mehr und mehr vertraut. Nachdem er endlich das Wurzelrund erreicht hatte, schaute er neugierig zu den Tieren auf, anders als Roland erwartet hatte, flogen sie bei seinem Nahen nicht auf. Der eine oder andere putzte sich, oder legte sein seidig glänzendes Gefieder zu Recht, keiner jedoch lies den Jungen auch nur einen Augenblick aus den Augen.

Endlich war er nah genug heran, um den Schwarm zu zählen. Es waren dreizehn Vögel und in ihrer Mitte hockte der größte und schwärzeste von ihnen. Wie eine Schwarzgewandete Abordnung umgaben sie ihn Schulter an Schulter. Krähe und Junge standen sich auf Armeslänge gegenüber, Roland entdeckte sein Spiegelbild im unergründbaren Auge des Tieres und auch der Vogel sah sicherlich sein Bild im Auge des Menschen.

»Was wollt ihr, warum folgt ihr mir?«

Die Krähe öffnete den Schnabel, schmeckte mit einer schlanken, spitzen Zunge die Luft und schluckte hörbar. Jeden Moment erwartete Roland ein klares Wort aus der Kehle seines Gegenübers, doch dieser begnügte sich mit einem leisen, ja fast schon spöttischem »Krah«.

Und dann begannen sie mit drolligen kleinen Hüpfern Seitwärts, auf dem Kamm der Wurzel, für ihn Platz zu machen und ihm ersten Augenblick versuchte er tatsächlich hinauf zu springen, wobei er heftig mit den Armen wedelte. Nein, albern oder blöde kam er sich dabei nicht vor, in keinster Weise, zu keiner Zeit. Vielmehr schien ihm das als die beste Art, kurze Distanzen zu überbrücken.

»Wenn du dir so richtig Mühe gibst, gelingt es dir vielleicht eines Tages wirklich.«

Er hatte nicht bemerkt, dass sich jemand näherte und als er Jasminas sanfte und leicht rauchige Stimme vernahm, stürzte er beinahe kopfüber in den Tümpel. Wieder bekam er weiche Knie und konnte es kaum erwarten, neben ihr auf dem Waldboden zu stehen, den Duft ihres schweren Haares zu atmen und die feste Zartheit ihrer vollen Lippen zu spüren. Er war verliebt, dass musste, dass konnte nur die einzig mögliche Erklärung sein.

Plötzlich gab es nichts wichtigeres als Jasmina, er musste sie ganz einfach im Arm halten, sie an sich drücken und wenn irgend möglich, so schnell es nur ging, die auf einmal in ihm brennende Frage beantwortet haben: ob sie Gleiches für ihn empfand. Doch obwohl er sich freute, dieses geheimnisvolle, schöne Mädchen wieder zu sehen, gab es jemanden, oder mehrere, die mit dem unerwarteten Erscheinen nicht einverstanden schienen. Kaum hatte Jasmina Rolands Hand ergriffen, um ihn von der Wurzel zu helfen, erhob sich ein böses Spottkonzert aus lauten und schiefen »Krah Krah's«, dass am Trommelfell ebenso zehrte, wie an den Nerven.

Bei ihrer wilden, aber spielerischen Flucht, stolperten sie gelegentlich über verborgene Wurzeln und fingen sich lachend gegenseitig auf. Das ewig dreifache »Krah« drang immer noch hinter ihnen her und wurde nur mühsam von den Stämmen in der Tannenschonung verschluckt.

Mehr als einmal glaubte Roland im heiseren Kanon der Tiere einen Namen herauszuhören, seinen Namen, so als riefen sie ihn, mit traurig fordernden Stimmen.

»Lästige Viecher, nicht wahr?«

Sie waren schließlich stehen geblieben und lauschten nun in die Kolonie der Tannen hinein, in die endlich wieder Ruhe eingekehrt war und wo nur noch der Wind kalt rauschend umherstrich. Sie sagte es so leicht hin, als erwarte sie keine Antwort.

»Warum sagst du das? Ich jedenfalls mag sie. Sie sind irgendwie ...«

»Unheimlich, dass sind sie.«

»Nein, irgendwie geheimnisvoll und schön. Außerdem sind sie nun schon so viele Wochen in meiner Nähe, dass sie mir vertraut sind.«

»Wie seltsam du sprichst. Ich sehe dich zwar vor mir stehen, aber ich höre dich nicht mehr. Wo ist der hübsche Junge, den ich im Sommer lieb gewonnen habe? Der Umgang mit dem Priester ist nichts für dich. Wir meiden ihn und meine Großmutter sagt, er habe den bösen Blick.«

Roland schüttelte den Kopf, Verärgerung kam in ihm auf, doch dann tat er seinen Ärger mit einem Achselzucken ab, er mochte jetzt nicht streiten, er wollte ihre Hand halten, ihre Nähe genießen und einfach mit ihr Schweigen. Er lies sich von ihr führen, sie streiften durch Teile des Waldes, die ihm einstmals vertraut waren, nun aber ihr Gesicht und ihr Wesen verändert hatten. Doch dann merkte er, dass sie ihm zum Lager führte und zog sie am Arm.

»Ich möchte jetzt nicht zum Lager, ich möchte mit dir allein sein.«

Sie schenkte ihm ein Lächeln, das ihm die Knie zitterten, neigte ihren Kopf zur Seite und drückte ihm einen langen Kuss auf die Lippen, der ihm wie der verbotene Kräuterschnaps seines Vaters, brennend heiß durch alle Glieder fuhr. »Es wird bald dunkel, wir müssen nach Haus und dein Weg ist noch viel weiter, als meiner.«

Dennoch gingen sie nicht den direkten Weg zum Lager, sondern fanden einen Weg an dessen Rand entlang, der sie schließlich auf die Straße führte, die hinter ihnen, zwischen Bäumen verborgen, im Wagenrund endete und in der anderen Richtung Roland aus dem Wald bringen würde. Aber er war sich nicht mehr so sicher, ob dieser durch Pferdekutschen, Handkarren und Fußgänger geebnete Weg, ihn wirklich nach Hause führen würde. Sie verabschiedeten sich mit einem Kuss, der ein völlig neues Verlangen in ihm weckte und all die Sorgen, über verbogene, Irrlaufende Wege vergessen lies.

XIII

Rüttelnd und mit leisen Worten wurde er geweckt.

»Wach auf Roland, das musst du sehen.« Sein Vater stand am Bett und hielt ihm einen der kratzenden Winterpullover entgegen.

Er schrak auf, hatte er etwa verschlafen, würde er zu spät zur Schule kommen? Das wäre zwar nicht das erste Mal, aber nun, wo Herr Tregel wieder da war, wollte er sich bessern.

»Nun beeil dich Junge, sonst ist es zu spät.«

»Für die Schule?«

»Wieso Schule? Heute ist Sonntag, wo bist du bloß in letzter Zeit mit deinen Gedanken? Du scheinst mir immer seltener im Hier und Jetzt zu sein, wir werden bei Gelegenheit mal Horst-Joachim aufsuchen.«

Das war der Arzt im Dorf und ein alter Schulfreund seines Vaters. Roland mochte ihn nicht besonders und außerdem wusste er gar nicht, was er da sollte.

Draußen war es kalt, Raureif bedeckte, gleich einer dünnen Schneeschicht, Gras und Bäume und die Sonne fand kaum genügend Kraft, den Morgennebel zu durchdringen. Der Atem stieg in dicken Wolken auf und begann so gleich in den Barthaaren seines Vaters zu gefrieren.

»Schau, Roland, dort.« Der Arm seines Vaters deutet in Richtung Dorf und schien über die Wipfel der Bäume hinweg zu greifen. Zuerst sah Roland nichts, doch dann bemerkte er ein langes, graues Etwas, dass sich Schemenhaft vor dem Dunst abzeichnete. Es schien dort einfach in der Luft zu schweben, verharrte dort, rührte sich nicht und war wie festgenagelt, auf Ewig am Himmel aufgehängt. Doch dann bemerkte er, wie es sich allmählich in Bewegung setzte, erst langsam, dann mit zunehmender Geschwindigkeit. Von Fern erklang, zu erst noch dumpf und durch den Nebel fast verschluckt, aber auch so in alle Richtungen verstreut, dass sich der Ursprung nicht ausmachen lies, ein Dröhnen, ein Röhren von Motoren. Flach glitt das Ding über die Wipfel, nur wenige Meter höher, als die strebsamsten Äste. Je mehr es sich vor dem grau in grau, von Landschaft und Himmel abhob, gewann es immer deutlicher an Form. Es schien groß, ja riesig, weit über hundert Meter lang und bestimmt zwanzig Meter im Durchmesser. Seine sechs Motoren trieben es direkt auf Roland zu.

»Ist das ein Zeppelin?«

»Ja, LZ 34. Hundert dreiundzwanzig Meter Länge, größter Durchmesser achtzehneinhalb, sechs Motoren, zu je 210 Pferdestärken. Höchstgeschwindigkeit über 142 Kilometer die Stunde, siebzig Mann Besatzung.« Sein Vater flüsterte diese Kette von Angaben mit der gleichen fassungslosen Begeisterung herunter, die auch Roland beim aller ersten Anblick überfallartig gepackt hatte.

»Woher weist du das?«

Er wagte ebenfalls nur zu flüstern, um die majestätische Erscheinung am Himmel nicht durch ein lautes Wort zu verscheuchen. Schweigend standen sie da und schauten fast andächtig zu, wie das Luftschiff, nur etwas mehr als fünfzig Meter über ihren Köpfen hinweg glitt.

Roland renkte sich, beim seinem wilden Winken, fast die Schulter aus, während hoch über ihnen, winzige kleine Hände und Arme aus den Gondelfenstern wedelten. Roland war verliebt, zum zweitenmal innerhalb weniger Wochen, war etwas Einzigartiges, etwas Besonderes über ihn herein gebrochen, dem er sich nicht entziehen, nicht verweigern konnte. Er bestürmte seinen Vater mit Fragen über Zeppeline und dem eben erlebten LZ 34 im Besonderen und war erstaunt, über wie viel technische Kenntnisse sein Vater verfügte. Er hatte nicht geglaubt, dass sein Vater an irgendetwas Interesse haben könnte und nun, an diesem kalten Novembermorgen, musste er erfahren, das sein Vater eine Leidenschaft für die Fliegerei hatte und einen besonderen Hang zur Luftschifffahrt. Aber über LZ 34 wusste er auch nicht mehr, das sei nun einmal ein militärischer Zeppelin, ein Luftkriegsschiff sozusagen und da sei es sehr schlecht, genaues drüber zu erfahren. Ob denn in Kiel Zeppeline stationiert seien, oder ob er einmal einen aus der Nähe würde sehen können.

»So viel ich weiß, gibt es zur Zeit keine besichtbahren Luftschiffe, aber sobald irgendetwas in dieser Hinsicht möglich wird, fahren wir hin, egal wie weit das sein mag, oder was immer es kosten soll. Das ist versprochen, Roland.«

Aber wenn er möchte, so fuhr er fort, könnten sie nächste Woche nach Holtenau rausfahren. Es gäbe, nahe der Kanalschleusen, einen kleinen Flugplatz, wo Albertros- und Fokkermaschinen ständen, denen man bestimmt bei Starts und Landungen zusehen könne.

Diese Flugzeuge besäßen zwar nicht die selbe Faszination wie Zeppeline, aber sie könnten solch einen Ausflug auch mit einem Besuch der Terpitzmole verbinden, wo bestimmt das eine oder andere Kriegschiff vor Anker lag. »Stell dir vor, wir sehen dort vielleicht ein Schlachtschiff, die Scharnhorst vielleicht, o der die Prinz Wilhelm. Wär' doch toll, die beim Auslaufen zu beobachten.« Obwohl dies ein sehr verlockendes Angebot war, dass Roland gern annahm, verblassten Doppeldecker und Panzerkreuzer vor dem unglaublichen, fast übernatürlichen Anblick, den das Luftschiff zu bieten hatte. Er hätte noch stundenlang über diese wundervollen Riesen der Lüfte sprechen und laut davon träumen können, eines Tages selbst einen Zeppelin zu fliegen, doch sein Vater war für solche Phantastereien nicht zu haben.

»Bringe die Schule ordentlich zu Ende. Setzt dich auf deinen Hosenboden und lass endlich deine Träumereien, dann wirst du vielleicht eines Tages solch eine Zigarre fliegen. Vorher sicher nicht.«

Damit war offensichtlich das Thema Luftschiffe, Flugzeuge und Kriegsschiffe fürs Erste erledigt. Er musste raus, er musste sofort los und den Priester finden, solange dieser überwältigende Eindruck klar und frisch in seinem Geist steckte. Ashtisphan würde seinem Traum ernst nehmen, er würde ihn umhegen und mit einem Keks vielleicht zum Leben erwecken. Aber er konnte nicht ehr das Haus verlassen, bevor sein Vater sich zum Dorf aufzumachen würde, um im Krug das Neueste zu hören. Heute würden sie dort wohl nur vom Luftschiff und vom Krieg sprechen. Die Zeit, die verstrich bis sein Vater endlich aufbrach, erschien Roland fast wie eine strafende Ewigkeit.

XIV

Schnurstracks hielt er auf den Wald zu, ohne zu bedenken, dass es den Bäumen eingefallen sein könnte, die Straße, die ihn noch vor wenigen Tagen aus ihrem Schatten geführt hatte, verlegt zu haben. Oder das womöglich alle Wege ineinander verschlungen, ihn wieder und wieder zum Waldrand zurückführten, oder das sie alle gleich ganz verschwunden waren.

Die Bäume traten schon wie eine dunkle Wand aus dem Nebel hervor, der sich an diesem Tage gar nicht mehr heben wollte, ohne das Roland auch nur die Andeutung einer Lücke, eines Weges, oder doch wenigstens eines Pfades zwischen ihnen ausmachen konnte. So hielt er sich nach Links und folgte dem Saum des Waldes nach Südwesten, hinunter zum Kanal. Schließlich gelangte Roland zu dem tief braunen, ja fast schwarzen und nun brach daliegenden Feld der Sonnenblumen, ohne auch nur einen der sonst so üblichen Pfade hinein ins Gehölz entdeckt zu haben. Nun ja, alles fließt eben; wo hatte er denn das auf einmal her? Der Priester muss einmal so etwas gesagt haben, jedoch war Roland der Zusammenhang abhanden gekommen.

So wie ihm in letzter Zeit so manche Zusammenhänge abgängig waren, in der Mathematik, oder der Erdkunde, zum Beispiel. Wollte nicht auch Herr Tregel mit Rolands Vater sprechen? Oder war das im vergangenen Jahr, oder wird es im nächsten Jahr gewesen sein?

Plötzlich verspürte er Furcht in sich aufsteigen, sie begann in den Beinen, die ihm schwer wie Blei werden wollten, stieg in seine Eingeweide, die sie dunkel und eisig umschlang und presste ihm sein heißes Herz hinauf in die Kehle, wo es als mächtiger Klos stecken blieb und ihm den Atem nahm. Schluchzend lies er sich auf einen, vom Sturm gefällten Baum nieder und brach in heftige, heiße Tränen aus. Er hatte schreckliche Angst und fühlte sich entsetzlich einsam. Hin und wieder schlich sich ein »Krah« zwischen sein kehliges Schluchzen. Schon glaubte er den Schwarm in der Nähe, doch dann wurde ihm beängstigend bewusst, dass jenes Krächzen aus ihm selbst kam und sich befreiend nach Außen drängte.

Er muss eingeschlafen sein, wenn nicht noch schlimmeres. Ihm frohr, trotz des pickenden, kratzenden und am Hals scheuernden Pullovers, war ihm eisig kalt geworden. Der Nebel muss die derbe Wolle durchnässt haben und nun entzog ihm das Kleidungsstück die Wärme.

Zu sich kommend entdeckte Roland die Krähen, die ihn im Halbkreis umstanden und aufmerksam, mit schiefgelegten Köpfen beobachteten. Direkt vor ihm hockte die größte von ihnen und sie trat unruhig von einem Fuß auf den anderen und stieß, wie eine immer wiederholte Frage, ihr dreifaches »Krah« aus.

Die überwältigende Angst hatte sich gelegt und seine Wangen spannten dort, wo das Salz der Tränen, der Haut die Feuchtigkeit entzogen hatten. Nun da die Vögel bei ihm waren, fühlte er sich sicher, aufatmend schloss er kurz die Augen und glaubte, im Aufschlagen der Lider, eine wundersame Verwandlung versäumt zu haben. Aus dem großen Raben war, im Handumdrehen die hagere, dunkle Gestalt des Priesters geworden. Auch er hockte da, mit schief geneigtem Kopf und beobachtete Roland aus schwarzen Vogelaugen.

»Du hast dich gefürchtet.«

Das klang nicht nach einer Frage, das war eine Feststellung und Roland hatte weder das Bedürfnis, noch ein Interesse, ihm zu antworten.

»Die Möglichkeiten des Lebens, das Hier und Jetzt, das Heute und das Morgen, sind vielgestaltig und verwechselbar. Das kann einen Jungen schon ängstigen.«

Woher hatte der Mann das, wieso kannte er sich so genau in Rolands Gemüt aus, besser als er selbst? Ashtisphan schaute sein Gegenüber aufmerksam an, sein Blick wurde starr und Roland fühlte sich wieder ausgezogen, aufgespießt und verloren.

Plötzlich glaubte Roland zu wissen, dass dieser Priester keine Fragen zu stellen brauchte, das er alles, was für ihn und seine, sicher dunkeln Zwecke, wichtig schien, aus Rolands Kopf, aus seinen Gedanken, seiner Seele saugen konnte. Das war natürlich albern, kein Mensch konnte Gedanken lesen, aber womöglich war Ashtisphan ja ~ wie heiß das Wort doch gleich? ~ ein Empath, ein Mensch, der Gefühle, Ängste und Sehnsüchte förmlich riechen konnte. Gute Wahrsager seien Empathen, das hatte er von seinem Vater gehört, als er ihm den Umgang mit den Zigeunern verboten hatte.

Ein wenig erschrocken stellte er fest, dass er in den letzten Wochen, so ziemlich alle der wenigen Verbote seines Vaters missachtet hatte. Wegen einem Zigeunermädchen und einem unheimlichen Mann, womit die Verbote doch irgendwie gerechtfertigt waren. Aber nun war es für solche Gedanken zu spät, dass spürte er, irgendetwas war vorbei, war verloren und nun gab es kein Zurück mehr. Selbst der Zeppelin, der ihn doch hierher geführt hat, war nur noch ein faszinierendes Etwas, über das man beiläufig sprechen mochte, aber wichtig, bedeutend schien er nicht mehr.

Dem schwarzen Mann wurde das Schweigen und das, was es zu sagen vermochte, unangenehm, vielleicht sogar unheimlich. Er wandte den Blick von dem, wie hoffnungslos verloren dasitzenden Jungen ab, suchte kurz in seinen Taschen und förderte einen leicht zerbröselten Keks hervor, den Roland ebenso wortlos annahm, wie er angeboten wurde.

»Du hast mich gesucht. Du hast etwas erlebt und mich gesucht. Du willst darüber reden.«

Roland schwieg noch immer, die Gewürze im Keks brannten diesmal im Hals und es fiel ihm schwer die Bissen zu schlucken. »Die Zeit der Spiele scheint vorbei, ich weiß, dass du nun weißt, das ich sehend bin und wenn auch du sehend werden willst, müssen wir langsam größer Schritte machen.«

Dann brach es aus Roland hervor, einem Wasserfall gleich, erzählte er von dem Gefährt aus einer fremden, heileren Welt, sprach von seinem großen, neuen Traum und der seltsamen Krähe, die sich in einem Augenaufschlag zu dem Priester wandelte.

»Das Auge, mein Freund, dass lässt sich leicht täuschen, sehr leicht.«

Und mehr hatte der Mann dazu nicht zu sagen. Aber auch dieser weitgereiste Mensch war von den fliegenden Zigarren fasziniert, er sprach und malte in tausend Worten ganze Flotten an den Himmel, wo sie majestätisch alle Horizonte beherrschten. Er redete sich in Rage, seine Wangen, die so blutleer und eingefallen waren, wie die einer Mumie, röteten sich und ein lebhaftes Glitzern leuchtete in seinen Augen. Dieser finstere, abweisende und, wie Roland auch nach Wochen der Bekanntschaft, zugeben musste, furchteinflössende Mann, wurde da mit einmal zugänglich, lebhaft und warmherzig.

Roland jedoch hörte da schon gar nicht mehr zu, konnte schon gar nicht mehr zuhören, da der Keks bereits seine Wirkung tat und Roland davon schwebte. Mit den Worten des Priesters sich dehnte und streckte, bis er selbst silberglänzend und voluminös, die Himmel beherrschte. Eilig glitt er dahin, lautlos schob er sich über Felder und Wiesen, eroberte den Kanal und trieb, auf die im Herbstwind schäumende Ostsee zu. Ein bisschen wunderte er sich, dass er so ganz ohne jegliches Geräusch dahin eilte, seine Motoren und Propeller sollten doch wenigsten brummen und aus der Nähe gar dröhnen, doch nichts drang an sein Ohr, das, wie der Rest seines Körpers, so lang gestreckt war wie der Zeppelin. Nur wenn der Wind sich kurzzeitig in Böen drehte, vernahm er ein sanftes Rauschen, ein Streicheln der Luft und dann sah er aus den Augenwinkeln seine Motoren und Propeller: Riesige schwarze Schwingen, mit glänzenden Federn.

Noch während er über die Welt strich und unter sich Land und Leute klein und kleiner werdend betrachtete, wandelte sich sein dahingleitender Schatten, von einem langen, dicken Strich zu dem eines mächtigen Vogels. Schon spannte er sich, um mit den gewaltigen Schwingen zu schlagen, da hörte er die raunende Stimme des Priesters. Die Worte waren in einer ihm völlig fremden Sprache gesprochen und doch glaubte

Roland einiges zu verstehen, das er aufwachen solle, das er zurückkehren müsse.

Die Augen aufschlagend, fand Roland sich rücklings im Grase liegend, während Ashtisphan, der eben noch direkt in sein Ohr geflüstert haben musste, mehrere Schritt weiter weg am Boden hockte, so als hätte er etwas großem Platz machen müssen und Roland dabei mit brennendem Blick zu Boden drückte. Roland vermochte sich nicht zu rühren, erst als der Mann sich abwandte, spürte der Junge wie eine unsichtbare Last von ihm glitt und ihm das Aufstehen erlaubte. Sein Gegenüber schien ungehalten, über was auch immer. Vielleicht, weil Roland sich wieder hinfort geträumt hatte, während der dürre Mann sich in Erzählungen und Gedanken verlor, denen Roland eigentlich aufmerksam hätte lauschen sollen. Der Priester schüttelte den Kopf, doch dann kam schon das seltene Lächeln hervor.

»Du bist mir vielleicht einer. Wochenlang geschieht gar nichts und dann scheint es dir nicht schnell genug zu gehen.«

»Womit?«

»Mit deinem davon träumen, davon fliegen, wie eine dumme Krähe.«

Dann hieß er Roland nach Hause gehen und sich gründlich dort umzuschauen, ob er etwas Wertvolles fände, von sich selbst und seinem Vater. Und was immer Roland für Wertvoll hielt, solle er ihm, dem Priester, leihweise überlassen. Er werde ihn in einigen Tagen aufsuchen.

»Irgendwann nach der Schule. Es wäre nett, wenn du heißes Wasser bereit hättest.«

XV

Endlos zog sie sich hin, die Schule, in jenem November, im Jahre 1917 dem vierten Kriegsjahr. Roland schien es, als wollten die Unterrichtsstunden gar nicht mehr enden, eine tödliche Minute folgte der anderen und nichts schien die Zeiger der Uhr, die schwerfällig tickend über der Tafel hing beschleunigen zu können. Er hatte schon längst den Faden verloren, seiner Meinung nach, schon vor Wochen und seine Gedanken kleckerten träge vor sich hin, nur selten von Wortfetzen des Lehrers, oder eines antwortenden Schülers unterbrochen. Die Pultplatte vor ihm, ein Stück des Bodens und Teile der Seitenwand, wurden durch die Sprossen der Fenster in gedehnte Rechtecke zerteilt, auf denen bei jeder Lücke in den Wolkendecke, scharf gezeichnete Schatten auftauchten. Die Schatten zeigten die seltsamsten, mit unter aufregendsten Formen. Da gab es bucklige Kobolde und dürre Skelette, aufschießende Brückenkonstruktionen und gespenstische Schiffsaufbauten. Kriegsschiffe, Segelschoner und Raddampfer, schon war Roland an Bord und durchsegelte, voll Entdeckerdrang die Ozeane der Welt. Einige der Baumschatten schienen ihm ausgelassen zu zuwinken und er hob die Hand, um zu sehen, ob seine Finger ähnliche Figuren an die Wand zu werfen vermochten.

Die Klasse um ihn versank endgültig ins Nichts und er bekam von dem Sturm der Belustigung, und selbst von dem vorzeitigen Ende der Stunde nichts mit. Herr Tregel hatte bestürzt die Klasse entlassen, während Roland vollkommen in Gedanken verloren, mit den Schatten an der Wand fangen zu spielen schien.

Der junge, von Vaterlandsliebe verkrüppelte Mann zog sich einen Stuhl heran, lies sich auf der anderen Seite des Pultes vor Roland nieder und sah dem seltsamen, weltentrückten Gebärden des Jungen zu. Schließlich nahm er Rolands Hände in die seine verbliebene und drückte sie sanft auf den Tisch hinab. Es war gar nicht so leicht, diese flinken, wedelnden Finger mit nur einer Hand einzufangen und zu bändigen, aber das gelang ihm immer noch besser, als den trüben, träumenden Blick des Jungen festzuhalten. Die Hände zuckten unter dem schmerzlosen, aber unnachgiebigen Griff des Lehrers, so als führten sie ein, vom Rest des Körpers abgetrenntes Eigenleben.

Nach scheinbar endlosen Minuten beruhigten sich Rolands Hände und sein Blick, der nun wach und viel zu erwachsen für einen zwölfjährigen war, begegnete ruhig und fast schon herausfordernd den neugierigen und besorgten Augen des Lehrers.

»Du machst mir Angst, Roland. Was fehlt dir? Bewegung, frische Luft, ordentlich zu essen? Ich werde dir einen Brief für deinen Vater mitgeben und ich möchte, dass er mit dir einen Arzt aufsucht!« Er machte eine Pause, denn er glaubte, ein wenig zu streng geklungen zu haben und sein Gegenüber sei, trotz des Spottes in seinem Blick, zu sensibel für harsche Worte.

»Wenn du magst, darfst du morgen zu Hause bleiben.«

Noch auf dem Nachhauseweg fragte Roland sich, ob er das überhaupt wollte. Gewiss war die Schule in den letzten Wochen zu einem jener Orte geworden, die ihm nichts mehr bedeuteten, aber noch hatte er die Mahnung seines Vaters im Ohr, die Schule ordentlich zu Ende zu bringen. Und wie er seinen Vater einschätzte, könnte das noch auf viele Schuljahre hinauslaufen.

Aber wenn er einen Tag frei bekam, konnte er sich mit dem seltsamen Anliegen des Priesters, wertvolles zu bestimmen, befassen. Bisher hatte er noch keine genaue Vorstellung, was Ashtisphan überhaupt von ihm wollte. Bei diesem Gedanken, wurde ihm mit einem mal deutlich, wie unsinnig und ungewöhnlich diese Bekanntschaft eigentlich war.

Was wollte ein weit über siebzig jähriger von einem kleinen Jungen? Roland erschrak, als habe er einem verbotenen Gedanken gelauscht und wartete nun auf die Bestrafung. Aber hatte nicht der Perser selbst von ihm gefordert Fragen zu stellen, auch oder besonders unbequeme?

Unschlüssig stand er in der Küche und betrachtete die Kochutensilien auf Regalen und in Schränken, hob auch den Deckel der gesprungenen Zuckerdose, in der sein Vater mitunter Geld hinterlegte, doch Roland fand nur ein paar Mark und zweifelte grundsätzlich am Wert des Geldes. In der Küche gab es nichts, was er dem Mann hätte ausleihen können. Doch da fiel sein Blick auf das Bild seine Mutter.

Es war keine Photografie sondern eines ihrer wenigen Ölbilder. Früher hatte sie oft in Kohle gezeichnet und die Stube, der Flur und besonders die Kammer seines Vaters war voll damit. Und ein paar Mal hatte sie sich in Öl versucht, einiges ist nichts geworden, aber ein paar Bilder waren ihr so gut gelungen, das eines sogar beim Doktor im Wartezimmer hing. Ihr schönste aber, ein Sonnenblumenfeld im schrägen, verschleierten Licht der Morgensonne, hing in der Küche über dem Stuhl in dem sie immer zu sitzen pflegte. Dies war wirklich wertvoll, nicht weil dieses Gemälde auf dem Kunstmarkt viel Geld eingebracht hätte, sondern weil sie darin lebte, dort wiegte sich ihre Seele mit den nickenden Köpfen der Sonnenblumen. Es war sowohl für seinen Vater, wie auch für ihn selbst von Bedeutung.

Das konnte er nicht weg geben, nicht einmal für kurze Stunden, er musste also etwas anderes finden. Vielleicht sollte er einfach bis zum Abend warten und seinen Vater fragen, was für ihn denn Wertvoll sei. Dabei könnte er ihn in ein Gespräch drängen, über das er vielleicht den

Brief von Herrn Tregel glatt übersehen könnte. Da lag dieser kleine, ehr unscheinbare Umschlug auf dem Küchentisch und beherrschte, mit seinen strengen Linien den Tisch, ja die ganze Küche. Roland schien der Brief an Umfang zuzunehmen und anzuwachsen, bis er bald das ganze Haus überdeckte und seinen Vater schon von weitem auf unliebsames vorbereitete. Auf den Gedanken, den Brief zu öffnen, ihn zu lesen oder ihn gar verschwinden zu lassen, kam Roland nicht. Trotz aller Aufgewühltheit und den Fragwürdigkeiten, die ihn mehr und mehr umgaben und auf ihn einstürmten, war er nie versucht, unausgesprochene Übereinkünfte anzuzweifeln oder gar zu verletzen. Einen Brief zu lesen, der nicht an adressiert war, war ihm nach wie vor undenkbar.

Ob er in diesem Schriftstück jetzt etwas wertvolles, etwas von Bedeutung besaß? Etwas, dass er fortleihen konnte? Doch das war ja nur die Schule, das hatte ja keine Bedeutung, das hatte jetzt keinen Sinn mehr.

Roland lies den Brief, diese übermächtige, papierene Bedrohung seiner neuen Welt unbeachtet auf dem Tisch liegen und tatsächlich, sobald er ihn als unwichtig abtat schrumpfte er zusammen, wurde kleiner und kleiner und war schließlich nur noch ein einfacher Umschlag, auf dem in schwungvoller, selbstüberschätzender Schrift, der Name seines Vater als Adressat schimmerte.

Er ertappte sich dabei, nun nach Dingen Ausschau zu halten, die für den Priester wertvoll sein mochten, so wie er zuvor das Entdeckte nach seinem möglichen finanziellen Wert betrachtet hatte. Doch das war es ja gar nicht, was der alte Mann von ihm wollte, Roland sollte ihm etwas geben, dass er selbst für das wertvollste hielt. Und da wollten ihm nur zwei Dinge einfallen: Jasmina und das Bild des Sonnenblumenfeldes.

Natürlich konnte er Jasmina nicht verleihen, sie war ein Mensch, ein Mädchen, vielleicht sogar *sein* Mädchen. Zudem wusste er, dass der Priester seinen Umgang mit dem Mädchen nicht guthieß, genau wie Jasmina und die Zigeuner Roland den Umgang mit dem alten Mann ausreden wollten, wenn er ihnen denn je zuhören würde. Also das Bild, er konnte nur noch die Seele seiner Mutter verliehen.

Bei der Vorstellung, ausgerechnet jenes Ölgemälde herauszugeben, wurde ihm zutiefst unwohl. Nicht nur weil er die Reaktion seines Vaters im voraus zu kennen glaubte, sondern, weil dieses Bild eben so viel mehr war, als nur ein mit leuchtenden Farben eingefangenes Sonnenblumenfeld im Morgenlicht.

Nachdem er sich eine Kartoffelsuppe zu Mittag gemacht hatte, stieg er die schmale und gefährlich steile Treppe zum niedrigen Dachboden hinauf. Vielleicht fand sich dort noch etwas Bedeutsames, Überbleibsel aus seiner Kindheit, die plötzlich so fern schien.

Die staubige, im Durchzug schaukelnde Birne warf nur ein trübes Licht, das mehr Schatten als Helligkeit spendete und noch vor gar nicht so vielen Wochen ihn das Gruseln vor dunklen Ecken lehrte. Aber diese Furchtsamkeit gehörte, wie das meiste das hier oben lagerte, einer Vergangenheit an, der Roland viel zu plötzlich entwachsen war, die er nun aus sich verloren hatte und die er wohl noch schmerzlich vermissen würde. Gleich am Ende der Treppe lauerte das hölzerne Gestell mit den Eisenbeschlagenen Kufen, sein alter Schlitten aus fröhlichen schneereichen Wintertagen, an denen sie, wie von Furien gejagt, den 30 Meter hohen Fuschera, den Fuchsberg, hinab gerodelt waren. Dahinter kamen Körbe mit eingeschlagenen Kleidern und dem einzigen Mantel seiner Mutter. Obwohl schon im letzten Winter ein Aufruf zum spenden von Kleidern und wärmenden Sachen für die Männer an der Front ergangen war, hatte sein Vater sich nicht überwinden können, die Körbe herzugeben. Und dann, jetzt schon ganz im Schatten der Dachsparren und eingelullt in feinste Spinnenweben, lagen Spielsachen für kleine Kinder. Ein morsches Schaukelpferd, ein mehrfach geflickter Kinderbogen und windschiefe, roh geschnitzte Pfeile ~ nie trafen sie ins Ziel. Dazwischen lagen, durch vieles Benutzen schon Stellenweise, wie durch Pilzbefall ihrer Farben entblößt, vielförmige Holzbauklötze. Von den Kleidern, in denen die Mottenkugeln schon färbende Flecken hinterließen, abgesehen gab es hier nichts von Bedeutung, nichts weiter von Wert. Dann also das Bild, schweren Herzens stieg er die Stufen wieder hinab und durchlief auf dem Gang zur Küche alle Zimmer das Häuschens in nur vager Hoffnung, irgendetwas besonderes zu finden.

Da war das Schlafzimmer seine Eltern, mit seinem großen Bett und dem alles beherrschenden, jeden erschlagenden Kleiderschrank, dessen Scharniere knarschten, als jaule eine Katze. Den engen Flur hinunter lag sein eigenes Zimmer, mit den knarrenden, quietschenden Dielen, die einzige, nicht durch Fenster, Schrank oder Dachschräge verbaute Wand, wurde von einer Weltkarte beherrscht. Einer Karte, auf denen die ungefähren Frontverläufe aufgezeichnet und die Positionen von Kesselschlachten und Kriegsschiffen mit Fähnchen markiert waren. Dann hatten sie hier im Dachgeschoss noch die kleine Näh- und Ankleidekammer, in der nun Kommoden und ein raumhoher Spiegel Staub und blinde Stellen ansetzten. Die Treppe hinab, gab es noch die niedrige Wohnstube, die Küche und das winzige, dunkle Bad, in das auch noch so viel weiße Farbe kein Licht hinein zaubern konnte. Nach hinten raus, über einen kurzen gepflasterten Weg, stand der Bretterverschlag, das Klo, in dem sich Winters immer eine Eisschicht bildete.

So aufmerksam war Roland noch nie durch das kleine Haus gegangen, aber er fand nichts, was er hätte verleihen können. Außer vielleicht hinter der verschlossenen Tür im Stubenschrank, doch da hatte er schon einmal hinein luchsen können und nichts weiter gesehen, als eine Zigarrenkiste, einen Kräuterschnaps und ein paar lose gebundene Heftchen, die Tagebücher seiner Mutter.

Als er überlegte, das Schloss irgendwie aufzubringen, ohne es zu beschädigen, hämmerte es gewaltig an der Tür und ein finsterer Schatten schob sich vor das schmale Fensterchen neben dem Eingang.

XVI

Ashtisphan stand mit erhobener Faust vor der Tür und starrte den Jungen mit fast wildem Blick an. Hinter ihm fegte ein Herbststurm Wolken leuchtenden Laubes durch die Luft, so das es schien, als sei der alte Mann durch die Baumwipfel geflogen, statt zu Fuß den Wald zu durchstreifen. Er blickte, sofern dies bei ihm möglich war, noch finsterer, gemeiner und bösartiger drein, als je zuvor.

Wäre dies ihr erste Begegnung gewesen, hätte Roland schleunigst die Flucht ergriffen und auch jetzt, da er die wandelbare Mimik des Priesters kannte, fühlte er Furcht in den Eingeweiden heiß rumoren. Der Mann blickte an ihm vorbei, so als könne er vom Eingang aus alle Zimmer überblicken, dann senkte er den Blick und betrachtete Roland von Kopf bis Fuß. Wie ein Sturz in frisch erblühte Brennnesseln brannte die Haut des Jungen unter diesem Starren des Zauberers.

Lange standen sie sich in der Tür gegenüber. Roland glaubte zu spüren wie die Erde sich zum Abend drehte, glaubte auch, nur schemenhaft, seinen Vater heimkehren zu sehen, der durch sie hindurch schritt. Gleich darauf ging er wieder fort, es tagte und die Sonne sprang über den Himmel, dann war es wieder Nacht, hell und dunkel wechselten sich in rascher Folge ab, der Winter kam und Schnee begrub das Land, soweit er blicken konnte.

Er blinzelte verwirrt und wieder fegte der Sturm das Laub durch die Welt, es waren keine Jahre vergangen, nicht einmal Wochen oder Stunden, nur ein paar Augenblicke.

»Hast du das Wasser fertig?« Mit dieser Frage schob Ashtisphan den Jungen vor sich her in die Küche.

»Hast du dir schon einmal überlegt, dass ein einziger Augenblick das ganze Leben beinhalten kann, und ein ganzes Leben nur einen Augenblick währen könnte?«

Roland verstand ihn nicht so ganz.

»Ein ganzes Leben wäre mir lieber, als ein kurzer Augenblick.« erwiderte er, während er Wasser heiß machte.

»Und wie, mein jugendlicher Freund, soll dieses Leben aussehen? Soll es angefüllt sein mit Wundern und Rätseln, Fragen und Antworten, oder leer und auf Ewig eintönig vor sich hinplätschernd, nichts mehr erlebend, sondern nur noch zehrend von Erinnerungen, wie das Leben deines Vaters?«

»Mein Vater?«

»Aber ja, oder hältst du mich für blind Roland oder dumm vor Alter? Die Wände eures Hauses sind ein Museum für die Begabungen deiner Mutter. Ein Museum, ja oder ein Gefängnis, du solltest dich daraus befreien, bevor es zu spät für dich wird. Für deinen Vater kann ich nichts mehr tun, er hat zu sehr geliebt und gelitten, ihm bleibt nur noch das, was er sich zu bewahren versteht. Aber du, du kannst noch ausbrechen, dir liegt noch eine Welt offen. Eine Welt der Wunder und Rätsel, eine Welt voller Fragen und Antworten, Antworten, ja. Du brauchst nicht zu all jenen gehören, die ein Jahrhundert überblicken, in denen jedoch ein Tag wie der andere verfliegt, deren Leben nur einen Augenblick, einen Sommer, eine Liebe währt, von dem sie den trostlosen Rest ihres Daseins zehren. Du kannst zu den wenigen Auserwählten zählen, deren Leben scheinbar nur einige Augenblicke dauerte, von denen aber jeder mehr als hundert Jahre wog.«

Der Priester verstummte, er spürte, dass Rolands Gedanken bei seinen, womöglich destruktive Richtung eingeschlagen hatten. Er langte über den Tisch und durchwühlte das Haar des Jungen.

»Was ist los, du hörst zu, ohne dich davon zustehlen?«

Roland antwortete nicht, entgegen der Ansicht des Persers, hatte er sich sehr wohl davongestohlen, war schon wieder auf und davon, zog über die Welt dahin und bedachte die Äußerungen seines Gegenübers von einer anderen, bunteren Warte.

Worauf wollte der Mann denn nun schon wieder hinaus? Seit er ihn im Sommer kennen gelernt hatte, war der Magier stets mit neuem, unfertigem gekommen, nie hatte er seine Gedanken zu Ende geführt, immer kam er mit etwas anderem. Es war, als wolle der Mann ihn wieder und wieder auf etwas hinführen, ihm Anstöße geben, in neugierig machen, auf neue, verbotene Gedanken.

Um ihn dann allein zu lassen, bis zum Bersten gefüllt mit Fragen. Aber waren es denn nicht genau die Fragen, auf die Ashtisphan aus war? Die er wieder und wieder von ihm hören wollte?

Der alte Mann hatte es irgendwann einmal so ausgedrückt: »Es sind die Fragen, um die es geht. Die Antworten sind mannigfaltig und variieren von Land zu Land und besonders von Mensch zu Mensch. Der freie Mensch definiert sich durch seine Fragen. Nur dadurch unterscheidet er sich vom Tier. Wer aufhört Fragen zu stellen, auch die dämlichsten, wer sich zufrieden gibt mit dem erlernten, wer nur seinem unreflektierenden Glauben vertraut und nichts mehr als Wissenswert anerkennen mag, der hat aufgehört ein Mensch zu sein.«

»Und was sind das für Fragen?«

»Ach, nichts bedeutendes, aber viel elementareres als du jemals in der Schule erfragen oder erlernen könntest.«

»Hast du denn kein Beispiel?»

»Oh doch, zum Beispiel: Was ist Wahrheit? Was ist Liebe, oder was ist das Leben?«

»Ein Abendteuer?« Da war der zerknitterte Perser in eines seine seltenen Lachen ausgebrochen und hatte Roland einen hellsichtigen Klugscheißer geheißen. Und wieder war ihm die Zeit davon gelaufen, lautlos aus der Uhr gesickert, ohne ihm bewusst zu werden. Den einzigen Anhaltspunkt, das er sich wieder fortgeträumt hatte, bot der Tee, das Wasser war leer und der Kessel schon lange knackend und tickend erkaltet. Ashtisphan lies Roland gewähren, offenbar hatte der finstere Mann diesmal Zeit mitgebracht und schien es nicht eilig zu haben, oder sich Gedanken über die Rückkehr des Vater zu machen.

Jetzt lagen Kekse auf dem Tisch, ihr heute besonders schwerer und süßer Duft legte sich wie eine warme Decke über die Luft und drang durch jede Pore, so dass der Junge ihren Geschmack durch die Hände aufzunehmen glaubte.

»Und was hast du alles so an Wertvollem gefunden?«

Geld oder Schmuck konnte Roland nicht bieten, aber er spürte genau, dass sein Gegenüber darauf auch keinen Wert legte.

Während er noch überlegte, wie er sein Versagen dem Mann beibringen konnte, hob er plötzlich die Hand und bot dem Priester die Bilder an der Wand an.

»Das dort, das ist Wertvoll, dort lebt meine Mutter, das hier und das Sonnenblumenfeld unten am Kanal.«

Erstaunt hob Ashtisphan die grimmigen Augenbrauen und bedachte den Jungen mit einem nachdenklichen Blick.

»Ein kleiner Junger bist du nun nicht mehr, nicht viele Erwachsene hätten solche Antwort gegeben. Du bist weise geworden, mein Freund, die Antwort gefällt mir. Es ist mehr als ich erwartet habe.«

»Aber nichts davon kannst du ausleihen und mitnehmen.«

Der Mann lachte in sich hinein. »Du machst mir spaß Roland.«

Der Klang seines fast geflüsterten Namens ließ ihn bis ins Mark erschauern, eine eisige Welle erfasste ihn und trieb ihm den Schweiß auf die Stirn. Nun holte der Priester eine Schwarzglänzende Feder aus seinem Mantel, Roland fragte sich, ob dieser Mensch überhaupt nur aus Kopf und Mantel bestand. »Schuhe trage ich auch.«

»Was?«

»Ich habe nichts gesagt. Aber sieh dir diese Feder an, was glaubst du, ist das?« Er hatte solche Federn schon oft gefunden, es gab irgendwo, vor Ewigkeiten, wie ihm schien, eine Zeit, da hatte er sie gesammelt.

»Die Schwungfeder einer Krähe oder eines Raben, früher habe ich auch welche gesammelt.« »Alle Kinder, in allen Ländern sammeln Federn, so muss es sein. Ich werde dir jetzt einen kleinen Trick vorführen.«

Ein Trick? Er mochte Varietätsnummern, wenn die schweigsamen

Männer mit rasend schnellen Fingern Karten, Tücher, ja ganze Blumensträuße aus dem Nichts hervorholten und robuste Eisenstangen plötzlich wie Wachs dahin schmolzen. Womit würde Ashtisphan wohl zu überraschen wissen, in diesem Mantel mochte ja etliches verborgen sein und doch konnte er sich nichts vorstellen, was dieser Mann mit einem Varietätskünstler gemein hatte. Der Zauberer legte die Feder fast achtlos neben die Teetasse, dann nahm einen Keks und formte, ihn langsam zwischen den Fingern zerbröselnd, einen Kreis auf dem Tisch. In jenen Kreis legte er nun Kleingerissene Teeblätter, während all dem murmelte er in einer fremden Sprache heisere Worte. Zum Schluss ließ er die Feder über dem Kreis aus Kekskrümeln und Teeblättern kreisen, um sie nach der siebenten Umrundung hinabfallen zu lassen. Roland wusste nicht, was er jetzt erwarten sollte, was der Humbug zu bedeuten hatte und sein neugieriger Blick wich langsam dem Ausdruck von Enttäuschung.

Doch da klopfte es ans Fenster und ein vielstimmiges »Krah« überflutete den Raum. Draußen tummelte sich der Krähenschwarm und stieß und drängte sich gegenseitig vom Fenstersims. Sie waren ihm fast so nah, wie damals an der Baumwurzel, dem dunklen, einstmals bedrohlichem Herz des Waldes und ihre scharfen, spitzen Schnäbel drohten die Scheiben ein zu schlagen. Hatte der Mann den Schwarm tatsächlich herbeigezaubert, oder bloß irgendwie angelockt? Folgten sie ihm nicht ohnehin auf Schritt und Tritt?

»Was war das? Fauler Zauber?« Der bleiche Mann lächelte. »Das nennt man Analogiezauber, eine ganz persönliche Magie. Wie bei Rumpelstilzchen, du kennst doch das Märchen von Rumpelstilzchen?« Natürlich kannte Roland das Märchen, aber er hatte keine Vorstellung, was das mit Krähen oder persönlicher Magie, diesem Analogzauber zu tun haben sollte.

Sobald das Mädchen den Namen des bösen Zwerges ausgesprochen hatte, so erklärte der Priester, hatte er seine Kräfte ihr gegenüber verloren und nicht nur das, sie gewann nun ihrerseits Macht über den Gnom.

»Durch Nennung des Namens, Beschreiung des Alps im Aufwachen, gewinnst du Macht über ihn und das Böse muss weichen. Darum hat Gott auch keinen Namen und darum sollst du dir auch kein Bildnis von ihm machen. Denn Abbilder sind in der Magie genauso mächtig wie Namen. Du darfst nicht in die Lage kommen, durch Analogiezauber

Macht über den Herrn ausüben zu können. Du siehst also, wie tief der Monotheismus im Aberglaube fußt. Denn dieses Beschreien dessen, das dich ängstigt, stammt aus den Abgründen des Mystizismus, dem Aberglauben, der einfach alles mit Seelen, guten wie schlechten bedenkt, Steine und Flüsse, Bäume und Berge, alles lebt. Also muss Gott namenlos bleiben, damit du ihn nicht bezwingen kannst. Seltsam wie viel Angst Er vor seiner Schöpfung haben muss, aber, sind wir denn wirklich seine Geschöpfe?«

Roland vermochte ihm wieder einmal nicht zu folgen, er war kein religiöser Mensch und auch nicht Abergläubischer als viele andere und er verstand nicht so ganz, was Gott und Rumpelstilzchen gemein haben sollten. Doch bisher, so glaubte er, hatte der Magier ihn noch nie belogen, an allem was er zu sagen hatte und zu denken gab, war immer viel wahres gewesen. Plötzlich kam ihm eine Idee, die nur zu Anfang bedrohlich wirkte.

»Willst du auch mich verzaubern?« Er sagte das halb im Scherz, mit einem etwas hilflosen Lächeln auf den Lippen, doch sein Gegenüber blieb ernst, fast wurde er noch ernster als üblich. Und auch sein Blick wurde wieder beißend und brannte sich dem Jungen bis ins Mark.

»Habe ich das nicht schon längst?«

XVII

Die Tage flogen dahin und plötzlich war Winter, wie gezuckert lag das Land in lautlosem Weiß, die Bäume hatten ihre Konturen verloren und manche Ästen nickten nun unter schwerer, kalter Last. Die Kälte biss wohltuend die nackten Füße und die Fenster boten dankbare Zielscheiben, für eilige Schnellbälle. Doch der Spaß währte nicht lange, sein Vater hieß ihn Holz sammeln, obwohl der Stapel hinterm Haus noch gewaltig thronte. Es sei nicht für sie, wurde ihm gesagt.

»Es ist für die Kriegswitwen und die Fußlahmen, der Winter wird kalt dieses Jahr und der verfluchte Krieg wird das seine dazu beitragen.«

Schon als er, den Tragekorb geschultert, ins Gehölz wanderte und die aller ersten Spuren im frischen Schnee hinterlies, ahnte Roland bereits, dass er kaum Unterholz würde finden können. Es gab genug andere, die sich schon vor Wochen hier mit Brennholz versorgt hatten und dann durfte er auch die im Wald lagernden Zigeuner nicht vergessen. Die Roma und Sinti würden für ihr winterliches Auskommen schon sorgen und mit, aus der Überwinterungserlaubnis abgeleiteten Rechten verteidigen. Um den, in der letzten Zeit unfreundlicher gewordenen Gästen auszuweichen, begann Roland nur am Waldsaum entlang zu suchen, obwohl sich dort sicher kaum viel Holz finden lassen würde.

Wie eine weiße Wand, mit braunen, fast schwarzen Längstreben, die einfach noch jeden Laut verschlucken konnten, ragte der Wald zu seiner Rechten auf. Sein Korb wollte und wollte sich nicht füllen und Roland sah schon einen kalten, langen Tag voraus, da bemerkte er eine Lücke, einen neuen, eigentümlichen und ganz sicher irrführenden Pfad zwischen den Bäumen. Ihm konnte er ebenso folgen, wie dem Waldrand, bisher hatte der sich so seltsam veränderliche Wald, bei aller Unheimlichkeit, Roland noch nie in Gefahr gebracht.

Es sein denn, dieser neue Pfad führte ihn direkt vor die Höhle des alten lahmenden Wolfes. Obwohl ihn seit vielen Wochen anderes beschäftigte und gefangen nahm, hatte er das sicher gefährliche Tier nicht einen Augenblick vergessen. Der Himmel war klar an diesem Vormittag und von blassem, fast weißem blau und der Schnee in den Wipfeln hatte, im Verein mit den großzügig verschneiten Flächen zwischen den Stämmen, das sommerliche, zur Finsternis neigende Zwielicht zwischen den Bäumen vertrieben. Selbst dort, wo die Tannen dicht an dicht standen, wollte sich die ewige Dämmerung nicht halten. Roland versuchte sich den ungefähren Verlauf des neuen Weges, sein mögliches Ziel vorauszusehen, musste aber erkennen, dass dies nicht möglich war, da sich ständig Kurven und Biegungen auftaten und ihn, mal im Zickzack, mal im Kreis, in den Wald führte. Wenigstens lief der Pfad so oft durch unberührtes Unterholz, dass Roland seinen Tragekorb recht zügig voll bekam, er war ganz sicher der Erste, der seit Jahrzehnten hier entlang kam.

Sicher war er sich nicht mehr, was seinen Standpunkt anbelangte, doch wunderte er sich, nicht schon längst einen der alten, richtigen Waldwege gekreuzt zu haben, allmählich schien ihm dies hier nicht mehr *sein* Wald zu sein. Der gestürzte Baum war fort und auch die Tannenschonung, ebenso die Lichtung der Zigeuner, ihm wollte nichts bekanntes begegnen, am jenen Wintermorgen. Und da sein Rucksack voll war, machte er sich schließlich auf den irrlaufenden Rückweg.

Er war noch keine hundert Schritt gegangen, da vernahm er ein leises, fast schon fragendes »Krah«. Doch diesmal war es ganz anders, nichts forderndes, mit unter wütendes, sondern etwas zögerndes, vorsichtiges. Vor ihm, keine zwei Meter über dem weiß bekleckster Boden, ließ sich eine Krähe nieder, sie hatte zwei verschieden lange Beine, so als sei eines gebrochen und schlecht verheilt und daran erkannte Roland den Vogel als einen aus dem Schwarm. Dieses Tier hatte sich immer ein wenig zurückgehalten, hatte immer einwenig beiseite gestanden, so als gehöre es nicht ganz dazu und hatte bei ihren seltenen Begegnungen stets ein aufmerksames Auge auf den Jungen gerichtet.

So ließ die Krähe ihn auch jetzt nicht aus den Augen, als sie auf einem Ast saß, kurz die Federn spreizte und mit blass schwarzer Zunge, vorsichtig die Luft schmeckte. Roland ging noch ein Schritte und blieb dann beinahe unter dem Vogel stehen.

»Na, was is? Verfolgst du mich, oder begleitest du mich?«

Das Tier schluckte hörbar und ließ ein fast klagendes »Krah« vernehmen. Dann öffnete es den glänzenden Schnabel und Roland sah Zunge und Kehle der Krähe vor Anstrengung zittern. Wieder stieß sie krächzende Laute aus, doch mehr und mehr änderten sie sich in mühsam hervorgestoßene Worte. »Geh, geh, lauf fort, lauf weg!«

Unter anderen Umständen und zu anderen Zeiten wäre Roland nun schreiend davon gestürzt, doch nun blinzelte er kurz und schüttelte ein wenig verwirrt den Kopf. Wie kam es, dass die Krähe ihn plötzlich nicht mehr dabei haben wollte? Das der Vogel sprechen konnte, irritierte ihn weit weniger, konnte er denn nicht selbst auch krächzen und war er nicht mit ihnen, im Rausch der Kekse über die Wälder und Felder geflogen? Wieder schluckte das Tier und holte hörbar Luft.

»Laufe fort von ihm. Böser Mann, schwarzer Mann, schlechter Mann. Alter Mann vom Berg, uralt und böse. Shaitan, Yazid nennen sie ihn, dort wo er herkommt. Warfen sieben Steine nach ihm. Lauf fort, weit weit fort.« Der Vogel krächzte und redete sich schier in Rage, er wurde lauter und lauter, bis sich das heisere Geschrei überschlug und er sich kollernd verschluckte. Mit einem wütenden »Krah« breitete er die Schwingen aus, sprang in die Luft und eroberte krächzend den Himmel. Roland schien, das die Krähe noch einmal zu ihm hinabschaute, aber bei der Entfernung, die der Voge l in Windeseile zurückzulegen verstand, war er sich nicht sicher.

»Sprichst du jetzt schon mit Vögeln?« Erschrocken fuhr er herum und wäre um ein Haar Kopfüber in den Schnee gestürzt. In mehrere Lagen bunter Stoffe gehüllt und mit leuchtenden Wickelsockel gegen die Kälte geschützt, stand Jasmina, wie aus dem Boden gewachsen, vor ihm. Er hatte sie nun schon seit Wochen, oder gar Monaten nicht mehr gesehen und war von ihrer Schönheit wie versteinert. Ihre Haut schmückte immer noch die Sommerbräune und ihr glänzendes Haar hob sich wohltuend vom winterlichen weiß ab.

»Hast du sie gehört? Hast du gehört, was sie gesagt hat?«

Er fragte nicht, er rief, er schrie und hielt ihre Schultern umklammert und schüttelte sie dabei, das ihre Zähne hörbar aufeinander schlugen.

»Au, du tust mir weh! Und ich habe nichts gehört, du hast mit dem Vogel gesprochen, nicht er mit dir.«

»Nicht?« Enttäuscht lies er sie los, wandte sich ab und murmelte eine wage Entschuldigung. Kaum war Roland ein paar Schritte gegangen, schloss Jasmina zu ihm auf und ergriff zärtlich seine Hand.

»Was hat die Krähe denn gesagt?« Er warf ihr einen schnellen, misstrauischen Blick zu, doch weder in ihrer Stimme, noch in ihren Augen lag Spott oder Verachtung, nur Sorge.

»Das ich weg gehen soll, das ich fliehen soll, vor ihm.«

»Vor ihm? Unseren Dolmetscher?«

»Ja, schwarzer Mann, böser Mann, hat sie gesagt.«

»Das sagte ich dir schon, als wir uns das erste Mal sahen, doch du hörst ja nicht auf mich.«

»Wieso duldet ihr ihn, wenn er böse ist?«

»Aber das weiß doch kaum einer, man ahnt es nur, man friert, wenn er in der Nähe ist, man träumt schlimmes, wenn er einen nur ansieht.«

Und sie erzählte, wie Ashtisphan die Oberhäupter mit seinem Wissen und seinen Sprachkenntnissen beeindruckt und den Clan aus so mancher Klemme befreit hatte. Und das sie, Jasmina Rolands Sprache beherrschte, war ohne belang, ein Mädchen durfte nicht für die Sippe sprechen.

Aber, und nun flüsterte sie, als fürchtete sie neugierige Ohren ganz in der Nähe, aber bald, womöglich noch vor dem nächsten Frühling, könnten sie ihn verstoßen, oder ihn einfach zurücklassen und ohne ihn weiterziehen. »Ohne den schwarzen Mann und seine schwarzen Vögel.«

»Sagst du das nur so, oder sind es wirklich seine Vögel?« »Ich weiß es nicht, als er vor zwei Jahren zu uns stieß, waren nur drei Raben bei ihm. Immer waren sie in seiner Nähe, aber nicht wie ein Hund oder Falke, doch konntest du sicher sein, das sie nie weit weg waren. Aber jedes Mal, wenn unsere Leute auf einem Schützenfest oder eine Kirmes auftraten, kam ein, oder auch mal zwei Vögel neu hinzu und jetzt folgt dem dunklen Mann bereits ein ganzer Schwarm.«

Roland wurde unheimlich, in ihm rumorte ein Gedanke, eine wirre Kette von Bildern, die sich nicht in Worte kleiden ließen. Dann fiel ihm wieder ein Name ein, den der Vogel genannte hatte und der nun die neue, unheimliche Ahnung überdeckte.

»Was heißt Schaiten oder Yazid?«

»Scheiten? Das habe ich noch nie gehört, was soll das sein?«

»Klumpfuß, der Vogel, nannte ihn so.«

»Nein, das kenne ich nicht. Aber schau, wie schön die Sonne durch die Wipfel scheint, lass uns den Wald verlassen ja?«

Sie lachte ihn an, harkte sich bei ihm unter, küsste ihn auf die Wange und zog ihn lachend aus dem Schatten des Waldes ins helle Tageslicht.

XIIX

Lange waren sie durch den Schnee spaziert, schließlich hatte Jasmina ihn zu ihrer Tante gebracht, die Wahrsagerin, vor der er sich schon am ersten Tag gefürchtet hatte. Zweifelnd wiegte sie ihren Kopf, so als wolle sie sich Rolands Handfläche nicht wirklich ansehen, doch dann lachte sie und nahm die, nur aus Höflichkeit dargereichte Hand des Jungen.

Er spürte, das die Frau sich einen Spaß mit ihm und ihrer Nichte erlauben wollte, doch dann zog ein erschreckter Schatten über ihr Gesicht und sie gab seine Hand augenblicklich wieder frei. Als Jasmina beunruhigt nachfragen wollte, hielt die Hexe sich die Ohren zu und wies den Jungen vor das Zelt. »Geht, geht, eine dunkle Wolke zieht auf, vielleicht magst du ein anderes Mal kommen.«

Auch Jasmina war bestürzt, doch bald schon lachte sie wieder und war überzeugt davon, das ihre Tante sich nur einen Scherz erlaubt hatte. Und sie ergriff seine Hand und begleitete ihn fast bis nach Hause. Sie kamen nur mühsam voran, die Arme um den anderen gelegt, wurde der Weg lang und länger und oft schubste sie ihn in den Schnee und schenkte ihm Küsse, wie er sie nie zuvor für möglich gehalten hatte. Immer noch spürte er ihre Zunge in seinem Mund und zuerst hatte er sich vor dieser warmen Forderung geekelt, doch dann war ihm heiß und kalt geworden, dass er nicht genug bekommen mochte. Doch schließlich war er froh, das es zu Ende war, das sie in das Lager zurück musste.

Er fragte sich, ob er Jasmina noch liebte, er kannte sich da ja nicht aus, er hatte so etwas noch nie zuvor erlebt, gefühlt oder auch nur daran gedacht, aber ganz deutlich spürte Roland, dass Jasmina ein Fremdköper in seinem Leben geworden war. Ganz im Gegensatz zu seinem Empfinden in den Herbstmonaten, gehörte sie nicht mehr dazu, er begehrte sie nicht mehr, er sehnte sich nicht mehr nach ihren Liebkosungen. Es wäre besser, sie nicht mehr zu treffen.

Mit solchen Gedanken plagte er sich durch die endlosen Stunden des Schulunterrichtes. Auf Grund des kriegsbedingten Lehrermangels waren die Klassen zusammengelegt worden und sogar Teile der Mädchenschule mussten aufgenommen werden. Da saßen nun, auf den vorderen Bänken, von den Rabauken getrennt, eine Reihe langbetzopfter Mädchen und folgten, scheinbar eifrig, dem Unterricht. Roland spürte und glaubte es an ihren Haltungen abzulesen, wie sie aufmerksam hinter sich lauschten und gelegentlich, mit versteckter Hand, ein Briefchen in Empfang nahmen, über deren Inhalt leise getuschelt und gekichert wurde und dem dann ein schneller, nicht unfreundlicher Blick über die Schulter folgte. Er beteiligte sich nicht an diesen Anbändelspielchen, die weitestgehend vom Lehrer gutmütig übersehen wurden. Er schrieb keine Briefchen und leitet auch keine weiter, sollte sich mal einer zu ihm verirren. Auch bekam er keinen an ihn adressierten, er war den Mädchen ein wenig unheimlich, in seiner träumerischen Abwesenheit und mit seinem seltsamen Blick, mit dem er durch alles hindurch zusehen schien. All das brachte ihm hin und wieder Schläge und Tritte der anderen Jungen ein, aber keine Briefe interessierter Mädchen.

Aber das alles, die Schule, die Mädchen und die Ablehnung der Jungen, ging an ihm völlig spurlos vorüber, selbst der Lehrer bedachte ihn nur noch mit resignierten Blicken und mutlosem Achselzucken.

Irgendwann, so glaubte Roland sich zu erinnern, war dieser oder auch ein andere Lehrer bei seinem Vater gesessen, um über Rolands fragwürdigen

Zustand zu sprechen, aber vielleicht war das ja auch gar nicht wahr. Mehr und mehr verließen ihn seine Erinnerungen, kamen ihm abhanden, wie verschlissene Kleidungstücke. Schon fehlte ihm die Erinnerung, wann und wo er Schwimmen gelernt hatte und selbst das Wesen und Aussehen seiner Mutter kam ihm von Tag zu Tag unbekannter vor.

Als er durch den knirschenden Schnee nach Hause trottete, sah er kräftig Rauch aus dem Kamin steigen und fragte sich, ob er am Morgen nicht doch zu viele Scheite ins Feuer gelegt habe und nun womöglich ein Unglück bevorstand. Erst als er bereits den kleinen Kräutergarten durcheilte, fiel ihm sein Vater wieder ein, der seit mehreren Tagen das Amt nicht hatte verlassen können. Und so war es denn auch, sein Papa stand vor dem gusseisernen Ofen in der Küche und schürte eifrig das Feuer. »Oh, hallo mein Junge, ich dachte, du bist am Hollin rodeln, oder auf den Seen zum Schlittschuhlaufen. Wenn du magst, können wir nachher zur Eider runter, dort wird das Eis sicherer sein als an den Seen. Was meinst du?«

Doch Roland meinte gar nichts. Sein Vater fragte ihn beiläufig nach der Schule und was ihm an den Nachmittagen so alles in den Sinn kommen mochte, erzählte recht einsilbig von seiner eigenen Arbeit im Amt und holte dann triumphierend einen großen Schinken hervor.

»Ein Dankeschön vom Ressortleiter. Geh doch mal runter, in den Keller und hol ein paar Kartoffeln. Heuer gibts was ordentliches zum Essen. Und dann kannst du in den Wald laufen und deine Freundin einladen. Ja, nun guck nich' so, als hättest du ein Gespenst gesehen. Ich war auch mal jung und bin auch heute nicht unempfänglich für die Reize dieser Zigeunerinnen. Aber irgendwie weiß man nie, ob sie einen freiwillig zum Tanz begleiten, oder ob man irgendwann ganz böse dafür zu bezahlen hat.«

Und das war dann auch der Rat, den er Roland in diesen Dingen erteilen wollte und hatte damit anscheinend die Angelegenheit vergessen. Roland ging jedoch nicht in den Wald um Jasmina einzuladen, aber das hatte nichts mit den Bedenken seines Vaters zu tun, er hatte seine ganz eigenen Bedenken und alles was ihm in den Sinn kommen mochte, drehte sich um seltsame Namen und Krähen.

Am Nachmittag, nachdem sie einwenig auf der Eider Schlittschuh gelaufen waren, begab sich sein Vater hinunter zum Dorfkrug, um sich, bei steifem Grog, mit den Nachbarn auszutauschen und den neuesten Tratsch einzuholen.

»Man muss auf dem laufenden bleiben,« sagte er dazu. »Nicht nur in der weiten Welt, sondern besonders und vor allem auch im kleinen Kreis.« Draußen glitten nun sanft einzelne Schneeflocken vom Himmel hinab. Sie schienen es nicht eilig zu haben und segelten gern viele Meter über dem den Boden, oder hoben sich gar noch einmal schwungvoll in die Luft, bevor sie sich hinab begaben. Der Junge schaute ihnen, am Fenster hockend, zu und folgte ihrem Weg mit den Wolken übers Land. Zog mit dem Westwind über den Kanal, legte sich, wie ein weißer Teppich über die Kais und Kriegsschiffe an der Tirpitzmole und löste sich schließlich, im eisigen Wasser der Ostsee, in vergessendes Nichts auf.

Dort trieb er Namen- und Orientierungslos mit den Strömungen an den Baltischen Küsten entlang, bis er langsam, Stück für Stück, von warmen Sonnenstrahlen aus den Wellen empor getragen wurde, über die See und über Land zog, sich zu Wolken ballte und endlich vor dem Küchenfenster sanft hinabschneite.

Und hier vor dem Fenster, an dem herrliche Eisblumen blühten, bildeten die fallenden Flocken feinste Wirbel und Muster. Bald malten sie, bald schrieben sie Zeichen in die Luft und mitten drin entstand langsam, vor seinen träumenden Augen, die Gestalt eines hoch aufgeschossenen, dürren Mannes. Schnell blinzelte er die Müdigkeit aus den Augen, da stand auch schon der Priester vor den Scheiben und schickte ein fast eiliges Lächeln durch das von Schlieren durchzogene Glas.

»Möchtest du mich nicht hineinbitten?«

Noch bevor der Besucher auf dem ausgelegtem Winterkotter den Schnee vom Mantel schütteln und die Schuhe abtreten konnte, bestürmte Roland ihn mit Fragen. Ob er mit dem fallenden Schnee gekommen sei, ob der Wind ihn zusammengebacken habe, oder ob er aus dem Boden wachse, wie eine Blume.

Blumen wachsen im Winter nicht, wurde ihm geantwortet, dass müsse er doch wissen. Und die Winde können nicht backen und fallender Schnee sei nicht fest genug um einen Menschen zu tragen. »Ich bin zu Fuß gekommen, wie es sich gehört und wenn der eilig wehende Schnee sie nicht schon zugedeckt hat, kannst du dort noch meine Spuren sehen.«

Doch Roland sah keinerlei Fußspuren, er glaubte nur, kurz bevor die weiße Decke alles verbarg, vielzählige kleine Striche, wie von eilig laufenden und hopsenden Vogelfüßen, zu sehen. Bevor er die Tür schloss und die Kälte aussperrte, erklang noch einmal, vom nahen Wald, ein einzelnes klagendes »Krah« zu ihm herüber.

»Ich glaubte dich in den Wolken, mit dem Schnee übers Land ziehen zu sehen und dachte mir, dass du vielleicht ein wenig Hilfe brauchst oder dringende Fragen zu stellen hast.«

Obwohl Roland sich fast an den heißen Ofen schmiegte, war ihm bitter kalt, er schlotterte so heftig, das ihm die Zähne aneinander schlugen und die Knochen wie Eis den Körper von Innen heraus mit Frost überzogen. Kaum schien er in der Lage Wasser heiß zu machen und Schweiß, beißend wie Eiswasser, trat ihm auf die Stirn.

Während der ganzen Zeit ruhten die finsteren Augen des Zauberers auf dem Jungen und erst als der Mann sich abwandte, schwand die tödliche Kälte aus seinen Gliedern. Der Priester hatte sich nun in dem Sonnenblumenbild der Mutter vertieft und Roland war, als ob sich ein böser Schatten über das Öl gebannte Feld legte und den Glanz des festgehaltenen Sonnenaufganges verdrängte. Heimlich musterte er den alten Mann, das schwarze, graudurchwirkte Haar war fransig, fast löchrig und von fahler Stumpfheit, die schmutzig graue Haut an den Wangen so eingefallen, das sich die Kieferknochen und Zähne durchzudrücken schienen. Beinahe glaubte Roland einem, mit Perücke verkleideten Totenkopf gegenüber zu sitzen, einem unheimlichen Gespenst und keinem Wesen aus Fleisch und Blut. Verstärkt wurde dieser Eindruck noch durch die vorgebeugte, kränkelnde Haltung, als seien die erschreckend schmalen Schultern nicht mehr kräftig genug, den sicher schweren Mantel zu tragen.

»Was heißt Scheiten, wer ist Yasid?« brach es endlich aus ihm hervor.

Fast schien es, als zuckte Ashtisphan zusammen, seine gekrümmte Haltung sackte für einen flüchtigen Augenblick noch mehr vornüber, als wäre er geschlagen worden, doch schon strafften sich seine Schultern und er drehte sich zu Roland um. »Shaitan und Yazid sind arabischen Ursprungs. Shaitan, auch der alte Mann vom Berg genannt, war einst ein mythisches Wesen, ein weiser Mann und eine Art Bote der Götter. Damals waren Götter noch menschlicher, Gut und Böse lebten in einer

Brust. Shaitan nun strebte zum Bösen, zum Herrschenwollen. Alle die zur Macht streben, haben etwas Böses an sich, meinst du nicht auch? Dieser Krieg, zum Beispiel, wurde von den Mächtigen angezettelt und sag selbst, was gibt es böseres als Krieg? Aus Shaitan wurde, durch eine Lautverschiebung, der Name Satan, eine modische Bezeichnung für den Teufel, ebenso ist Yazid nur einer dieser Namen. Früher waren die Menschen weiser, ihnen reichten noch die Götter zum Guten wie zum Schlechten, einen Teufel brauchten sie nicht. Erst viel später schuf der Mensch den Satan, denn der Schöpfer konnte ja nur durch und durch gut sein, also muss jemand anderer als Gott oder Mensch für das Böse verantwortlich sein. Damit haben diese falschen Propheten ihren Gott entmachtet, denn er ist nicht groß genug, um das Böse abzuwenden. Doch als Schöpfer des Alls muss er auch der Schöpfer des Bösen sein. Sie wollten es den von ihnen zum Monotheismus verführten so herrlich einfach machen, dass sie sich völlig verzettelten und sich selbst der Dummheit preisgaben. Entweder ist Gott allmächtig und somit auch des Teufels schuldig, oder er ist ein wachsender, gebrechenbehafteter Gott und so uns Menschen ähnlicher als je ein Gott vor ihm. Und ganz verrückt, ganz absurd und sich schon in der Lächerlichkeit verlierend ist die Idee der Dreifaltigkeit. Da wird der Eine in drei geteilt: Vater, Sohn und heiliger Geist, Odin, Thor und Tyr. Erst haben sie alle Götter entthront und nun lassen sie sie zu Hunderten als Heilige und Selige wieder durch die Hintertür der abergläubischen Vielgötterei herein. Diese purpurgewandeten Heuchler in Rom, mit ihrem Oberheiden, dem Papa, wie sie ihn nennen. Und nicht einmal das ist auf ihrem eigenen Mist gewachsen. Im alten Ägypten gab es eine Dreiheit; Amun ~ der Vater, Re ~ der Sohn und Ptah ~ der Geist. Ist alles Humbug, wenn du mich fragst. Ich habe eine andere Ahnung vom Teufel; er ist der treueste Diener Gottes, er ist es, der die Seelen der Menschen prüft, wer sich von ihm, dem Herren der Welt verführen lässt, wird von Gott verstoßen werden. In eurer Bibel steht es doch; alle Reiche, alle Mächte dieser Welt gehören dem Teufel und er gibt sie, wem er will. Wer also Reich und Mächtig ist, wird von Gott verstoßen. Ein seltsamer Mann sagte einmal; eher geht ein Kamel durch ein Nadelöhr, als das ein Reicher in den Himmel kommt. Wer nach Geld sucht und Wohlstand erstrebt, wird die Hölle finden. Er sagte; alles, was bei den Menschen als groß und wichtig gilt, ist ohne

Bedeutung für Gott. Denn das Geld, dass ist des Teufels größter Trick, das Geld ist der Teufel selbst. Du magst sagen, man brauche doch Geld um sein Leben zu fristen, für jemanden der dem Mammon, also dem Teufel dient, mag das zutreffen. Doch was ist mit den Menschen, die dies nicht tun? Sokrates und Jesus haben sich davon abgewandt und beide sind sie in Teufelsnamen ermordet worden. Sie wollten beide, das man ihnen folge, man solle dem Geld und allem, was damit zusammenhängen mochte, abschwören und ihnen gleichtun. Aber ich sage dir, niemandem, weder Platon noch irgend einem Kirchenmann ist dies jemals ganz gelungen.

Es gibt Menschen, die sagen; die Bibel sei für Kinder geschrieben und muss gedeutet werden und dann machen sie sich daran, sie um und um zu deuten, das nur Wahnsinn heraus kommt und nennen diesen ihren selbstgeschaffenen Glauben dann den einzig wahren Glauben und sagen, es sei von Gott. Und wer eine andere Deutung herausliest, ist schon verloren. Da hast du es. So entstehen tausend Religionen, tausend Antworten, aber die eigentliche Frage bleibt stets unbeantwortet: Was ist Gott? Gibt es ihn, oder gibt es nur uns, die wir, mit vom Menschen geschaffenen Worten über vom Menschen geschaffene Vorstellungen reden? Doch sag, woher hast du das? Wie kommst du auf diese Namen? Von dem vorlauten Zigeunermädchen?«

Obwohl Roland von den wütend hervorgestoßenen Sätzen des Magiers der Kopf brummte, überstürzte er sich mit der Antwort so das er sich verhaspelte, doch schien Ashtisphan die stolpernde Eile in Rolands Stimme nicht zu bemerken.

»Nein, nein, Jasmina wusste auch nicht, was es heißen soll.«

Der uralte Mann seufzte leise und doch klang es, als fahre ein eisiger Sturm durch den Kamin. Dann wisse er schon, wer ihm da unerlaubter Weise zu nahe getreten war und Roland könne sicher sein, dass ihn in Zukunft niemand mehr mit solchen Märchen verunsichern werde.

XIX

Ein Schweigen war eingetreten, das sich über Stunden, beinahe Tage zu ziehen schien. Sie hatten bereits etliche Tassen Tee getrunken und mehr Kekse verzehrt, als Roland zu zählen vermochte. Im Gegensatz zu ihren vorangegangenen Treffen, schien dieses Schweigen den Priester nicht zu beunruhigen, er hatte sich behäbig zurückgelehnt und genoss die behagliche Wärme der Küche.

Beide hatten sich in das Bild des Sonnenblumenfeldes vertieft, einmal hatte Ashtisphan sich kurz erhoben, um das Bild auszurichten und seit dem schien es Roland, dass die Köpfe der Blumen im imaginären Wind sanft schaukelten und ab und an zog der gefleckte Schatten einer Wolke über das Feld. Roland glaubte gar, das Rauschen des nahen Kanals zu hören, doch der rauschte ja nicht, da gab es höchsten sanft ans Ufer plätschernde Wellen, die ein schnell fahrendes Schiff eilig losschickte.

Aber vielleicht war es auch der Wind in den Baumkronen, den er hörte, wie er dort im Geäst flüsterte und mit den biegsamen Blättern spielte.

»Wo stehst du jetzt?«

Diese leise gestellte, fast nur gehauchte Frage, riss den Jungen wie eine eisige Dusche aus seinen Träumerein. Ja, wo stand er nun, als er nach einer Antwort suchte, wurde ihm bewusst, wie umfassend diese Frage eigentlich ausgelegt werden konnte.

»Denk nicht zu lange darüber nach, mein junger Freund. Oft ist das Spontane, scheinbar unüberlegte, das Wahre.«

Beinahe hypnotisch schwebten diese leisen Worte durch den Raum und Roland, der schon zu sprechen angesetzt hatte, schluckte das unausgesprochene hinunter und fühlte sich plötzlich schrecklich hilflos.

»Zwischen allen Welten, da stehe ich jetzt.«

»Du sagst das so traurig und niedergeschlagen, als ware jener Standpunkt einsam und ausweglos. Doch da irrst du, zwischen allen Welten heißt doch, dass dir alle diese Leben offen stehen, nur die dummen halten sich für ausgeschlossen.«

Draußen wurde es dunkel, ein Schneegestöber tanzte vor dem Fenster und trug das Tageslicht mit sich fort. Roland war zu willenlos, um die Öllampe in Brand zu stecken und es legte sich schattenreiche Dämmerung über die Küche, in der die Dunkelheit jedoch nicht Einzug halten wollte. Nicht Einzug halten konnte, denn zu seinem großen Erstaunen, erstrahlte nun der Sonnenaufgang auf dem Ölbild und schickte warmes Licht in die winterliche Dämmerung.

»Dieses Bild deiner Mutter ist voll Magie, nicht war?«

Die Stimme des Priesters hatte sich gewandelt, sie klang wie der Bariton seines Vaters und Roland schrak auf, denn sein Papa durfte nicht von Rolands Bekanntschaft mit dem Zauberer erfahren. Doch der Mann war gar nicht mehr da, statt seiner stand Rolands Vater in der Küche.

Der Junge war am Tisch eingeschlafen, ohne sich darin erinnern zu können, zuvor Tassen und Teller gesäubert und fortgeräumt zu haben. Eben hatte er noch mit Ashtisphan gesprochen und nun stand schon sein Vater in der Tür.

»Nun geh aber zu Bett Junge, du brauchst doch nicht hier zu sitzen, bis dir die Augen von allein zufallen.«

Doch der Schlaf wollte nicht kommen, er lag wach unter ellenhohen Daunendecken, sah im blasen Licht des Mondes zu, wie sein Atem Wölkchen bildete und lauschte den nächtlichen Geräuschen des Hauses, das mit Dielen knarrte und mit Schränken ächzte. Erst als er seinen Vater spät zu Bett gehen hörte, fielen ihm die Augen zu.

Der Morgen kam mit blendender Sonne und barockwuchernden Eisblumen auf den Scheiben. Aus der Küche drang das Scheppern von Geschirr und alles übertönend stieg, laut und lauter werdend, das heulende Pfeifen des Wasserkessels in den jungen Tag. Sogleich sprang Roland auf, streifte sich die Kleider über und eilte, sich dabei die Haare mit den Fingern kämmend, die Stufen hinab.

Er hatte verschlafen, ganz schlimm verschlafen, denn es war Wochenende und das Frühstück somit seine Aufgabe, doch kaum betrat er die Küche, da zwinkerte ihm sein Vater freundschaftlich zu.

»Ja, da staunst du Langschläfer.« begrüßte ihn der Mann. »Heute mache ich Frühstück, mit Eiern und Speck, Brot haben wir nicht, dafür darfst du heute aber echten Kaffee trinken.«

Er hatte seinen Herrn Papa schon seit Jahren nicht mehr so ausgelassen erlebt und fragte sich, ob er vielleicht einen von Ashtisphans Keksen gegessen habe. Sein Vater wollte gar nicht mehr aufhören zu reden und sobald Roland hoffte, dass ihm die Themen ausgingen, fand er prompt etwas neues, doch endlich, als das Geschirr abgeräumt und der Küchenboden glänzend gewischt war, waren ihm die Ideen oder die Worte entfallen. Jedenfalls machte sein Vater eine spürbare Pause und Roland genoss die eintretende Ruhe.

»Weißt du, was wir heute machen werden, mein Junge? Du wirst jetzt gleich in den Wald laufen und deine Freundin einladen, wie wir es schon gestern machen wollten. Auf dem Weg bringst du bitte Tannenzweige mit.« »Ich weiß nicht recht.«

»Richtig, du weist nie recht. Heute ist Heiligabend, was dir wohl entfallen ist und da gehört es sich, seine Freunde einzuladen. Außerdem glaube ich, dass diesem Haus das Lachen eines Mädchens mal wieder so richtig gut tun würde. Also ist alles abgemacht, ich gehe zum Hollin, einen Baum leihen und du zeihst ab, dein Mädchen holen.«

Ein Widerspruch war nicht möglich und bei der seltenen Aufgeräumtheit seines Vaters auch nicht ratsam, also zog Roland sich die warmen Pullover über und stampfte durch den tiefen Schnee in den Wald hinein.

Er war noch gar nicht weit gekommen, da fielen ihm die nur leicht zugewehten Kufenspuren auf, die aus dem Wald kommend, an den Seen vorbei, sich im Nirgendwo verloren. Sein Herz machte einen erschrocken Satz bis hinauf in die Kehle und einer bösen Ahnung folgend stürzte er durch die kristallfunkelnde, knirschende Pracht des Winters.

Mehrmals stolperte er über, im Schnee verborgene Wurzeln und fiel der Länge nach in die klamme Kälte, einmal jedoch war ihm, als flöge er ein gutes Stück über den Boden, bevor er im Schnee aufschlug. Doch dafür hatte er jetzt keinen Gedanken übrig, ihn trieb es eilig der Lichtung zu.

Und als ihm seine Kehle vor eisigem Atem brannte und die Beine schwer und Müde wurden, erreichte er den Lagerplatz der Roma und Sinti. Doch außer einigen Senken wo die schweren Wagen gestanden hatten und jeder Menge Fußspuren, war von dem Lage nichts mehr übrig geblieben. Wie vor den Kopfgeschlagen stand Roland am Rand der Lichtung und starrte erschrocken und entgeistert in das Rund.

Vier Monate lang hatten die Zigeuner die Lichtung und den Wald beherrscht und durch Ashtisphan und Jasmina sogar Rolands Denken und Leben und nun sollten sie einfach fort sein? Verschwunden aus dem Wald und seinem Leben, als hätten die letzten Monate nie stattgefunden?

Mit den Tränen kämpfend lief er durch den harschen Schnee, immer im Kreis herum, in der schwindenden Hoffnung, irgendwo ein Zeichen, eine Botschaft Jasminas, oder noch lieber, des Zauberers zu finden. Doch da war nichts, fand sich nichts, kein Briefchen in dürrem Gestrüpp, kein Zeichen in den Rinden der schlafenden Bäume, auch keine Krähe in der Luft. Erst bei seiner dritten, oder vielleicht auch vierten Umrundung bemerkte er die niedrige Hütte, die d er Priester sich vor Wochen schon, abseits des Lagers, zwischen den Bäumen errichtet hatte. Knietief hatte der Mann hierfür die Erde ausgehoben und aus biegsamen Ästen eine Kuppel errichtet, um diese mit Grassoden und Laub zuzudecken. Roland hatte die Hütte, Jurte wie Ashtisphan dies nannte, schon einmal von weitem gesehen, sie aber nicht betreten. Und nun stand er vor ihr und fragte sich, was der Priester darin wohl zurückgelassen haben mochte.

XX

Roland schlug die schmucklose Decke, die den niedrigen Eingang beschirmte beiseite und stand nun bangend in der finsteren Dämmerung und hoffte darauf, das seine Augen irgendetwas entdeckten. Langsam nur trat das Innere der Hütte aus den Schatten.

Da gab es ein Lager, das sich im Halbrund an die Wand schmiegte, dann war da, zu Rolands Füßen eine kleine gemauerte Herdstelle mit einem klobigen, gusseisernen Topf oben drauf. Aus diesem Topf hatte er schon oft Tee geschöpft. Von der Decke hingen Beutel und kleine Säckchen herab, aus denen ihm der Duft von Keksen und Tee entgegenströmte, dort also bewahrte der Zauberer die Kräuter und Essenzen auf.

Wenn all das noch hier war, so bedeutete es, dass der Magier nicht fortgezogen war, das er noch hier, an der Lichtung hauste. Ob sie ihn nun wirklich zurückgelassen hatten, wie Jasmina ihm angedeutet hatte?

Er trat einen Schritt zur Seite, um einwenig mehr Licht hinein zu lassen und stieß mit dem Kopf gegen etwas weiches, das, von der Decke baumelnd, nun vor und zurückschaukelte. Dieses Etwas glitzerte in der Dämmerung der Jurte schwarz und spiegelte das schwache Licht des Einganges. Mit plötzlichem Entsetzen erkannte Roland den Gegenstand, der immer noch nicht zur Ruhe gekommen war. Kopfüber hing eine tote Krähe herab, der Hals war bös verdreht und die schwarze Zunge hing ihr aus dem Schnabel. Das Band, mit dem das Tier befestigt war, hing an einem verkürzten, verkrüppelten Fuß und daran erkannte er das Tier; es war die Krähe, die zuletzt warnend zu ihm gesprochen hatte. Noch bevor er irgendwelche Zusammenhänge begriff, wurde alles Licht vor dem Zugang ausgelöscht und die lang aufgeschossene, schlaksige Gestallt Ashtisphans zwängte sich durch den viel zu niedrigen Eingang, der

Zauberer musste sich dabei bis auf die Knie herablassen. Der Priester schien Augen wie ein Katze zu haben, denn er entdeckte den Jungen augenblicklich.

»Neugier ist eine Zier, doch übertriebene Neugier wandelt sich zur Unhöflichkeit.« Und er redete weiter, als würde er den Schrecken im Gesicht des Jungen und das tote Tier gar nicht wahrnehmen.

»Dieses falschzüngige Pak, diese Zigeuner, wie ihr sie ja so richtig schimpft, sie haben sich in tiefster Nacht davon gestohlen. Wenn sie wollen, sind sie flink wie Wiesel und schlau wie die Füchse. Seit dem Morgengrauen bin ich ihnen nach, aber die sind fort. Aber ich kenne ihre Wege, wie ich alle Wege kenne, irgendwann erwische ich dieses Pak.«

So wütend hatte Roland den Perser noch nie erlebt.

»Ja, ja, aber ich muss jetzt gehen ...«

»Nein, du musst jetzt nicht gehen. Wie ich sehe, hast du den vorlauten Janosch entdeckt, das war nicht unbedingt meine Absicht, erfüllt aber seinen Zweck als Warnung mehr, als tausend Worte, nicht war? Er war von Geburt an mit einem verkrüppelten Bein geschlagen und kompensierte dies mit vorlautem Gerede. Selbst als ich ihm damals Flügel schenkte, änderte das nichts an seinen Frechheiten, nun hat er den Preis dafür gezahlt. Aber du wirst mir doch beipflichten, wenn ich anmerkte, dass du hieran nicht ganz unschuldig bist?«

Roland war wie versteinert, er traute weder seinen Ohren, noch seinen Augen, denn der Mann vor ihm, den er all die Wochen für seinen Freund gehalten hatte, war mit den letzten Sätzen wie verwandelt. Alle Freundlichkeit, alle Menschlichkeit war von ihm abgefallen und obwohl er immer noch in Gestalt eines zerbrechlichen alten Mannes vor ihm stand, war nun sein wahres Wesen zutage getreten und alles Böse, das Roland bisher nur hin und wieder angstvoll durchschauernd an ihm bemerkt hatte, zeigte sich nun unverhüllt.

Ein Feuer brannte in seinem Blick, dem alles menschliche zu tiefst bekannt und doch fremd schien und er fraß sich durch die winterdicke Kleidung, durch Haut und Knochen und hielt die ängstliche, endgültig verlorene Seele des Jungen in schmerzhafter, tödlicher Umklammerung. Natürlich wollte er nichts und niemanden beipflichten, ganz davon abgesehen, das ihm dieses Wort nichts sagen wollte, hatte er nun einen Wunsch: So schnell und so weit weg zu kommen, wie nur irgend möglich.

Und doch spürte Roland, wie er stumm und willenlos nickte und er glaubte, dem Mann in allem Recht geben zu müssen, was immer noch folgen mochte. Der Magier hatte den Mantel abgelegt und schürte nun ein Feuer um Wasser heiß zu machen. Roland staunte und starrte den Mann entgeistert an, unter seinem tiefschwarzen, dicken Mantel kam ein weiterer schwarzer Mantel zutage und mit einem mal war der Junge sich sicher, dass unter diesem noch ein dritter und ein vierte steckte, immer so weiter, bis schließlich, wenn alle Mäntel abgelegt wären, nur der böse Blick des alten Mannes vom Berg übrig bleiben würde. Nur ein Hauch im Wind, ein böser Hauch voll Hass und Wut und dem Gestank des Todes. Und das er ihm hoffnungslos ausgeliefert war, ohne Ausweg, ohne Fluchtmöglichkeit. Nur mit einem Fingerzeig bedeutete ihm der Mann sich auf das Nachtlager zu setzen und augenblicklich sank Roland nieder.

»Ich möchte mich bei dir entschuldigen, der Zeitplan wurde durch den Weggang der untreuen Zigeuner und Janosch vorlautem Mundwerk ~ oder sollte sich sagen: Schnabelwerk, beschleunigt. Die Ereignisse, oder besser, das Ereignis, muss nun um Wochen vorverlegt werden. Ich weiß nicht, ob du schon bereit bist für die Rolle, die ich dir zugedacht habe, gut möglich, dass du erst hineinwachsen musst, denn nun ist durch Janosch Fortgang eine Lücke entstanden, die du erst einmal zu füllen hast. Später werden wir dann weiter sehen.«

Er sagte das ganz im Ernst und doch schwang in seinen Worten ein Lachen mit, das jedoch bar alle Freundlichkeit war.

Während die mit siedenden Wasser übergossenen Kräuter langsam zu Tee wurden und die Jurte mit ihrem süßen, schweren Duft füllten, sprach Ashtisphan seltsam fremde Worte, die Roland wie Zaubersprüche und unheimliche Verwünschungen erschienen.

Obwohl die Brühe noch schrecklich heiß war, zwang der Priester den Jungen gleich mehrere Tassen zu trinken, dazu reichte er ihm einen Keks nach dem anderen. Schon beim ersten Schluck spürte er die Veränderung. Hatte er die ganze Zeit fieberhaft nach einem Fluchtweg, einem Ausweg gesucht, wurde ihm nun seine Lage gleichgültig. Trotz des Feuers, das hoch hinauf züngelte, wurde es immer dunkler um Roland und die Hütte des Zauberers füllte sich mit seltsamen Lauten und den Schatten unheimlicher Wesen. Da klickte und klapperte es, da schabte und kratzte es an den Wänden und trippelte es eilig über den modrigen Boden.

Gelblichgrüne Augen funkelten im finstren, spitze Ohren richteten sich auf und ein kehliges Knurren drang durch scharfe, geifernde Fangzähne, die matt im Feuerschein schimmerten. Ihm war, als überrannten ihn Tausende Spinnen und Würmer, das es ihn nur so schauderte. Doch dann übertönte ein wildes Rauschen alle anderen Geräusche und die winzige Jurte barst fast vor Flügelschlagen und ohrenzerreißendem Gekrächze.

Schwarze Krähenflügel schluckten alles Licht und nur das kleine Feuer unter dem Kessel drang blass zu ihm durch.

Sämtliche Wesen, harmlose und gefährliche hatten sich hier versammelt, aber Roland empfand keine Furcht. Ihm war, als hüpften böse lachend kleine Kobolde umher, von draußen und doch schon in der Hütte glaubte er den Fuß eines baumhohen Trolls zu sehen. Hübsche Feen warfen ihm mitleidige Blicke zu und ein alter Wolf rieb sein raues Fell an Rolands Hand. Plötzlich stieß ihm etwas gegen die Brust und er fiel nach hinten auf das Lager, aber es schien als wolle der Fall nie enden, er fiel und stürzte durch das Nachtlager des bösen Mannes. Er fiel durch den Erdboden und sauste in eine Tiefe, die ihn schwarz und mit schier endloser Weite erwartete. Und von dort, von unter der Erde, tief aus den feurigen Eingeweiden der Hölle empfing ihn die Stimme des Magier, die nun laut und lauter zu einem Orkan anschwoll: »Zourán Shaitan, Zourány. Yazid ân Kofran. Zourán-zourány Shaitan kofran!« Ein Feuer zerfraß Rolands Herz und die Haut an seinen Armen riss knirschend auf, schwarze Federn glitzerten in der Dunkelheit und seine grässlichen, gequälten Schreie gingen über in das wehklagende »Krah, Krah« einer verängstigten Krähe.

Und so verging Rolands Welt als Junge und es begann etwas Neues.

MEMORIES

ein Brief den Verlorenen

(für Thomas, Wiebke, Karla)

gewidmet der L&M Familie

2002

Wo seit ihr bloß geblieben in all den Jahren, mit all den Jahren? Fort seit ihr, vielleicht nicht auf ewig, aber für die gesamte Dauer meines Lebens. Fast schon scheint mir, lebe ich länger ohne, als mit euch. Doch das ist nicht ganz wahr, noch nicht, im Augenblick stimmt es nur zur Hälfte, aber die andere Hälfte wird die Zeit auch noch einholen.

Und dann stimmt es wirklich.

~ Ja wo seid ihr nur geblieben? ~ Aber ~ lebe ich denn wirklich ohne euch? Ich trage euch doch in meinem Herzen und manchmal noch in meinen Gedanken, wenn auch viel zu selten.

Jedoch die Zeit rast und gierig verschlingt das Leben jeden der verharrt. Alles geht einfach so weiter, alles. Oft ohne Sinn und selten mit Verstand. Das Leben geht sogar so weit, dass ich heute eine Tochter habe.

Sie erblickte Licht und Schatten dieser Welt fünf Jahre nach Deinem Tode Wiebke und vierzehn nach Deinem, Thomas.

Doch wo bei all dem ist euer Leben, ist eure Zeit geblieben?

Es liegt so lange zurück, dass mich manchmal das Gefühl überkommt, es hätte euch ~ oder zumindest Dich, mein Bruder, nie gegeben.

So lange zurück ~ ach Gott, so fern seit ihr mir, das ich eure Stimmen nicht mehr höre. So schnell die Jahre, das ich eure Gesichter nicht mehr erkennen kann, im Dunkel der Zeit.

So schnell die Zeit, heute noch ein glückliches Kind und morgen ein zum Sterben müder Greis und dazwischen ~ Nichts?

Nein! Das wäre Übertrieben denn zu wichtiges, wertvolles und auch lebenswertes würde verschwiegen. Vieles liegt dazwischen, lag und wird noch liegen. Aber ihr beiden, himmelhoch~jauchzend~zu~Tode-betrübten Seelen werdet mich schon verstanden haben, wo ich doch so ganz und gar euer kleiner Bruder bin. Oder war? Wie ist das? Bleibt man das Geschwister von Verstorbenen?

Von meiner Warte aus ja, aber heute bin ich schon doppelt so alt wie Du Thomas und ein Jahrzehnt älter als Wiebke.

Ach Thomas, wie war das damals vor über zwanzig Jahren?

Was für eine Dauer, was für eine schreckliche Anzahl von Jahren. Nun bist Du schon länger tot als Du jemals gelebt hast. Kein Bruder sollte jemals so etwas Erschütterndes feststellen müssen.

Wurde Dein Leben und dessen Ende nutzlos, weil Du es selbst aus der Hand legtest? Wohl kaum, aber Du hast Dir da einen sehr lauten Widerspruch geleistet. Wem hast Du widersprochen, Deinem Leben, dem Leben allgemein und damit auch unserem?

Du bist als junger Mann in so manche Leben getreten und hast einige dabei verändert. Deine Güte und Wertschätzung Fremden und vor allem benachteiligten gegenüber war mit unter ansteckend.

Nichts davon wurde unnütz oder aufgehoben als Du Deinem siebzehnjährigem Leben selbst ein Ende setztest.

Es gibt hundertjährige die nicht einen Tag gelebt haben, Deine Zeit war intensiver als alle jener zusammen. Leider hatte ich viel weniger Anteil daran, als ich mir heute wünsche.

Aber wie konnte ich, wie sollte ich auch damals ahnen, dass jeder Augenblick unserer Abenteuer kostbar werden sollte, wo doch eigentlich ein ganzes Leben vor uns lag?

Weißt Du noch ~ der Winter 1978/79? Schnee so weit man blicken mochte? Sonntags herrschte Fahrverbot; die OPEC wagte mündig zu werden. Mehrere Meter hoch türmten sich die aufgewehten und hochgeschobenen Schneedünen am Rand der Schnellstrasse.

Wie ein irrealer Tunnel, ein fantastischer Gang der Möglichkeiten lag sie vor uns, weiß und unberührt. Sie kam aus weißem Nichts hinter uns und verlief sich vor uns im weißem Nichts und tausend Phantasien. Und wir, Du und ich mein großer Bruder, mitten drin. Jeder entzündete sich an der Phantasie des anderen, obwohl Du glaubtest, meine oft bremsen und auf ein vernünftiges, realisierbares Maß zurechtstutzen zu müssen, mit Deiner Begeisterung und Deinem Verständnis für technisch machbares. Eine vierte Eiszeit ~ Endzeit und wir die letzten Helden. Wir suchten, unter vielem anderen einen Weg aus dem Eis heraus, für die anderen, nicht für uns, Nichts für uns. Wie das so sein muss bei Helden. Du warst damals der rationellere von uns, ich war ein Phantast, der ewige Träumer

~ und vielleicht ist das bis heute so geblieben. Noch heute vermag ich das wohlige Kribbeln zu spüren, das sich bald schon in heißes Brennen steigerte, als wir Stunden später die klammen Füße in die Rippen der Heizkörper bohrten und heißen Kakao tranken.

Erinnerst Du Dich noch an die riesige Wurzel des vom Frühjahrssturm gefällten Baumes? Was war jener Ort tief im Wald nicht alles für uns ~ unser Raumschiff, unser fremder Planet, Unterwelt, Oberwelt. Geheimnisvolles Dunkel war dort, Gesichter von in der Wurzel gefangenen Gnomen, Zwergen und Kobolden.

Alles war dort möglich, mit Deinem Einfallsreichtum, Deinem Handwerklichem Geschick und meiner überreichen Phantasie.

Weißt Du es noch, als der Wind den Schnee hinterm Haus so hoch aufwellen musste, dass die Brüstungen der untersten Balkone fast versunken waren? Bis zum Scheitel wollten sie mir reichen, die Schneewehen. Wie besessen haben wir gegraben, mit bloßen, brennend kalten Händen, wir alle aus dem Haus. Verwinkelte Gänge, Höhlen und Stollen. Aber ein Irrgarten ist uns nie gelungen.

Zu viele, fast alle unsere Stollen stürzten ein, brachen einfach über uns zusammen, wenn eifrige Finger, die auf keine Warnung hören mochten, die Decke zum Licht durchstießen. Eine Höhle jedoch gelang uns so gut, dass wir sie vergrößern, und aus dem Abraum einen Tisch und Sitzgelegenheiten fertigen konnten.

Da hockten wir dann unter Zolldicken Schneewänden um eine Lichtspendende Kerze und tranken Bier. Es schmeckte mir ganz bestimmt nicht und mehr als ein paar mal genippt hatte ich nicht an Deiner Flasche. Marko und Du, ihr habt dort unterm Schnee, weit weg von dieser Welt, sogar geraucht.

Sie wurden seltener, die Nachmittage allein für uns. Das Abenteuer beschränkte sich auf wenige Stunden an den Wochenenden.

Noch erinnere ich mich des Karabiners den Du uns aus Holz gefertigt hattest. Schafft und Kolben waren aus einem Stück, der Lauf aus Bambus, nur der vollfunktionsfähige Nachlademechanismus war aus Plastik. Erinnerst Du Dich noch, wie Du Dich später an dem Nachbau des ⌐49er Maschinengewehrs versuchtest? Wurde es eigentlich fertig? Ich weiß es nicht mehr, aber ich denke doch, etwas anderes kam für Dich ja gar nicht in Frage.

Oder weißt Du noch, kennst Du noch die aus Bindedraht und unbedruckten Plastiktüten gebastelten Motorradhelme? Wir hatten sie bemalt mit bunten Victory-Händen und amerikanischen Flaggen. Wir brauchten diese Helme, wenn wir mit unseren schweren Maschinen durch die Welt rasten. Diese Maschinen, unsere Bike's, das waren hochkantgestellte Matratzen und die Lenker bildeten die Stahlrohrgestelle unserer Schreibstühle. Große Kissen vor uns waren die bulligen, vibrierenden Tanks.

Und die herrliche Raumschiffkonsole die Du mir irgendwann, vor hundert Jahren einmal gebastelt hast. Mit Lampen, klickenden Relais und Batterien ausgestattet gab es leuchtende Skalen, blinkende Schalter und summende, knatternde Geräusche. Du hast geschraubt, gelötet und gehämmert um ein realistisches Cockpit zu fertigen, aber mitgespielt hast Du dann doch nicht. Das Spiel verlor mit dem Älterwerden wohl seinen Reiz, das Basteln und Konstruieren jedoch nicht - auch mir geht es heute so.

Erinnerst Du Dich vielleicht noch an unsere Spaziergänge? Die Wanderungen im Stifter Wald?

Zu gern würde ich all diese Orte heute wiedersehen, sie ihnen zeigen; meiner Frau und meiner Tochter, doch fürchte ich, meine Erinnerungen sind heiler, unverfälschter als die Wirklichkeit. Und die Zwänge des Erwachsenseins engen einen zu sehr ein, wer hat denn schon Zeit und vor allem Geld für solch eine Reise?

Dort draußen, wo zwischen Stifter- und Knooper Gehölz eine wohl mehr als hundert Meter breite Lücke klafft, durchzogen von Feldern und einem staubigen Weg. Dort wo sich nur eine mächtige Eiche aus dem Wald heraus traut, na jetzt weißt Du aber welchen Platz ich meine.

Dort, weit fort in Raum und Zeit hast Du meiner Phantasie lauschen müssen, als ich vom Leben und Sterben um Reich der Schlümpfe zu spinnen begann. Damals hatte ich bereits eine Handvoll geschenkt bekommen, heute sind es über sechzig. Ach Thomas.

Kennst Du noch die Gewehre aus »Plastikant« mit denen wir beschwerte Gummibänder verschießen konnten? Wir hatten einen Haufen Spielzeugsoldaten drapiert, auf Decken als unwegsames Gelände und Kartonreste als Hausecken für den Straßenkampf.

Mama hat, als überlebende des Grossen Krieges, nie verstanden wie gern wir Krieg spielten und uns zu Geburtstagen und Weihnachtsfesten

Kriegspielzeug wünschten, aber wir waren doch bloß Jungen ~ spielen denn nicht alle Jungen Krieg, gerade im Frieden?

Na und später dann das Abenteuer im alten Schießstand?

Die Bunkerreste hatten sie sicher gleich nach dem Krieg gesprengt und irgendwelche Wasser hinein fließen lassen. Es war brackig und stank fürchterlich, dieses Wasser. Was hatten wir uns nicht für seltsame Geschichten um dieses eigenartige Wasser ausgedacht, vielmehr ich, denn du hattest deine eigene Ideen, die du mir jedoch nicht mitteilen wolltest. Ich seh☐ uns noch wie heute über die Mauerbruchstücke springen und in den Mirabellenbäumen liegen.

Ob die Kühe sich unser noch erinnern?

Keine zwei Meter über ihnen lagen wir in den Ästen und bewarfen die Milchviecher mit wilden Mirabellen. Und einmal war dieser Jungbulle da, mitten unter den weidenden Wiederkäuern, gerade als wir die Weide überqueren wollten, hin zu diesem drei Meter hohen Stück Bunkerwand, das wohl zu massiv für eine Sprengung gewesen war.

Junge mussten wir da die Beine in die Hand nehmen.

Am unteren Ende des überwucherten und im Grunde abgesperrten Schießstandes, dort wo die Bunkerreste aus dem Erdboden ragten, hatte sich die stinkende Brühe bis zu Hüfttief angesammelt. Wir spielten damals fangen, dort wo es rutschig oder brüchig war und obwohl wir mehr als genug Kinder waren, musste ausgerechnet ich da hineinfallen.

Weißt Du☐ noch? Ach Thomas, was hatten wir damals nicht für einen Spaß, meinetwegen hätte es ewig so weitergehen können. Ewig. Doch die Zeit, dieser bösartige Feind aller Jugend, der Widersacher aller Träume, das Grundübel von Anbeginn, wollte nicht stehen bleiben.

Und es gab doch genügend Momente die ich hätte festhalten wollen. Sie raste davon und Du mit ihr. Bald musste ich Schritte machen die viel zu groß für mich waren, nur um mehr und mehr hinter Dir zurück zu bleiben. Ja, mit dem Älter werden entschwandest Du mir, entferntest Du Dich von mir und wohl auch von Dir selbst, ich vermochte Dich nicht länger zu verstehen, mir blieb nur noch ein atemloses, sinnloses Folgen und heimlich glühendes Lieben.

Später legte sich dieses Fremdwerden von ganz allein, auch ich kam schließlich ausweglos in das, was man so untertrieben beiläufig Pubertät nennt. Da gelang uns wieder eine Annäherung, aber einzuholen vermochte ich Dich nun nicht mehr.

Erinnerst Du Dich noch an die Tannenschonung? Dieses stockfinstere unheimliche Stückchen Wald, hier hinein traute ich mich nie allein, meine Phantasie hätte das nicht zugelassen. Dieses Wäldchen im Wald, durchzogen von einem morastigen Kanalsystem.

Wir hatten ein Floß gefunden, wir beide, Du und ich und die zwei Hasse Brüder. Aufgepolstert, aufgestockt hatten wir es mit herrenlosen Kanistern und Ästen, doch aus dem schwarzen, Blasenwerfenden Wasser wollte es sich dennoch nicht erheben. Ein Fuß stand immer halb unter Wasser, wenn man hinten stand und wie ein Gondoliere durch die Kanäle stangte. Tief war es nicht, man stieß schnell auf Grund, doch dieser Grund schien Meterdick von Schlick und Schlamm bedeckt, jeder Zeit konnte einem der Ast im saugenden, alles festhaltenden Morast stecken bleiben. Jeder Stoss in diesen schlammigen Boden lies ölige Blasen aufsteigen. Das alles war ebenso aufregend wie verboten.

Genau wie das Baumhaus, dass wir vier uns in schwankender Höhe gezimmert hatten. Baumhaus ist natürlich ein wenig zu viel gesagt, es war nur eine Plattform mit leicht nach oben gebogenen Seiten, ein Fleet sagt man wohl dazu, dennoch waren wir soweit oben, das jeder Fehltritt der Letzte gewesen wäre.

Es muss das Jahr gewesen sein, in dem mir einer von euch den Holzspeer durchs Gestrüpp ins Auge warf. Na, nicht ganz ins Auge, aber nur knapp darunter, sehr knapp. Es reichte immerhin für Rotgefärbte Tränen. So war das damals, einige Jahre nur noch vor dem Ende.

Vor unser beider Ende, denn mit Dir ging auch Teil von mir, der Unbekümmerte, der fröhliche, der Abenteuerlustige.

Und später, als die Hasse Brüder nach Schilksee zogen und wir dort auf halbem Weg zum Strand, dieses kleine Waldstücken fanden, diese Miniaturausgabe einer Tannenschonung. Wir waren dort mit selbst gebastelten Monstermasken umher geschlichen und versucht uns gegenseitig zu erschrecken. Was für Monster wollten wir eigentlich sein? Aus welchem Film hatte ich die Pappfratzen abgekupfert? Weißt Du es noch?

Und dort haben wir auch vorübergehend das Tannenreiten für uns entdeckt. Man besteigt dazu eine dicht mit Ästen bewachsene Tanne und wenn man die Spitze fast erreicht hat, klettert man auf die Äste, setzt sich so auf einen Ast, das man ihn zwischen den Schenkeln einklemmt und rutscht soweit an sein dünnes Ende, bis es sich unter der Last hinab biegt und man auf dem nächsten Ast landet, auf dem sich das Spiel dann fortsetzt. Auf diese Weise kam man recht zügig nach unten, man konnte das noch Beschleunigen, indem man sich nur ganz unwesendlich festhielt und den Oberkörper nach hinten, fort vom Stamm, lehnte.

Ach, weißt Du noch; Holtenau? Die Hochbrücke, der »Homogrill«? Die letzten anderthalb Jahre Deines Lebens.

Aber bevor wir dorthin kommen, muss ich noch den einen Sommer bedenken, in dem Du diesen seltsamen Freund gefunden hattest. Wir jedenfalls mochten uns nicht, er und ich. Für mich hat er heute nicht einmal mehr einen Namen.

Der Junge war böse, durch und durch, er passte nicht zu uns, weder zu Dir und schon gar nicht zu mir, doch es gelang mir nicht, Dir dies begreiflich zu machen. Damals zogen wir gelangweilt in den Ferien durch die Gassen des Ortes, er mit Unsinn und Unheil im Sinn. Der Bengel hatte ein großes Einmachglas verfaulter Eidotter bei sich, er muss es wochenlang aufgehoben haben, vermutlich für genau diesen einen Zweck, der uns so überraschte das wir es für Zufall hielten. Völlig unvermutet flog dieses Glas ausgerechnet in das offene Fenster eines ehemaligen Lehrers des Jungen, in den Bungalowreihen, dicht an unserer alten Grundschule.

Er muss zutiefst nachtragend gewesen sein.

Und einige Tage später waren wir zumindest durchs Zuschauen und Nichteinschreiten Mittäter eines schlimmen Vergehens: Keiner von uns hat verhindert, das er alte, mitgebrachte Stoffffetzen um kleine Äste wickelte, wir haben zugelassen das er diese Fetzen mit Feuerzeugbenzin sättigte und in Brand steckte. Noch war das ja nichts weiter, nur ein bisschen zündeln, das haben wir schließlich auch gemacht; Spielzeugsoldaten aufgereiht und brennende Plastiktütentropfen auf die Figuren regnen lassen, die Tropfen pfiffen und heulten schrill, weswegen wir dieses Bombardement »Stalinorgel« nannten.

Doch leider blieben wir auch Tatenlos als er die brennenden Fackeln tief in die Bienenkörbe des Bauern Harms bohrte und wohl hunderter von Insekten verbrannte. Schnell standen die Körbe in Flammen und ein dunkler, seltsam süß duftender Rauch stieg träge auf. Nicht lange, und der Bauer kam mit einigen Gehilfen gelaufen, schnell eilten wir davon und drangen auf unserer Kopflosen Flucht tief in ein Mais- oder Weizenfeld, so genau ist meine Erinnerung da nicht mehr. Überraschend schnell kamen sie hinter uns her und alles Verstecken nutzte nichts mehr, wir mussten aus dem hohen Feld hinaus und über Wiesen und auf Wegen laufen.

Ihr beide ward schon weit voraus, da legte sich eine schwere Hand auf meine Schulter und Du bist ebenfalls sogleich stehen geblieben und zurückgekehrt. Nie hast Du mich im Stich gelassen.

Aber der Brandstifter, gemein und feige, diese Attribute eines schlechten Charakters gehören ja bekanntlich eng zusammen, dieser Taugenichts war natürlich auf und davon.

Genau erinnere ich mich unserer Ausrede nicht mehr. Ich glaube Du sagtest, wir seien davongelaufen weil wir verbotenerweise die Felder betreten hatten, über die Ursache des Feuers, oder gar einer Brandstiftung wussten wir nichts zu sagen. Nie hast Du, ebenso wie später ich, jemanden verraten, auch nicht, wenn er es dutzendfach verdient hätte. Beendet habt ihr eure unselig »Freundschaft« erst als ich mich mit ihm schlug und unterlag.

Da warst Du immer schon eigen: wenn einer Deinen kleinen Bruder verprügelt dann Du und das nicht zu knapp in all den Jahren.

Doch lassen wir das.

Hoheneck ~ weißt Du es noch?

Manchmal rast mir dieses Wort durch den Kopf und es dauert auch nur Sekunden, ehe mir wieder einfällt was es für uns, für mich bedeutet. Sommers wie Winters hatten sie im Gasthaus eine zum Kanal hin offene Terrasse mit Bahrtresen und kleinem Kühlschrank, gefüllt mit Bier und Limo. Irgendwie gab es immer einen Tag und eine Gelegenheit sich ungesehen zu bedienen. Meistens waren wir beide allein dort draußen, manchmal mit Marco - auch so ein Tunichtgut, der später, ganz im Gegensatz zu uns, öfters mit dem Gesetz kollidierte. Und dabei waren doch wir Lenskikinder die verschrienen in diesem verlogenen Haus in der Breslauerstrasse. Und von ihm stammte auch die Idee sich an den Getränken zu bedienen, wir beide waren in solchen Dingen immer sehr zurückhaltend. Marco war auch dabei als wir, nicht weit vom Hoheneck eine Kiste Weisbier in einem Gebüsch versteckt fanden. Es war viel zu warm von der Sommersonne und schmeckte einfach fürchterlich. Cool wie wir ja nun waren, haben wir die Kronenkornen mit einem schmalen Dorn gelocht und die pisswarme Brühe herausgesogen, um uns dann, kopfüber, den Hang hinab zulegen. Jungenblöd wie wir waren rechneten wir uns aus, das einem so das Blut stärker in den Kopf rinnt und mit ihm der Alkohol. Ich, Pausenclown wie stets, bin sogar auf einen Baum gestiegen um an den Kniekehlen baumelnd wortwörtlich abzuhängen, bis ich, stark angetrunken, hinab fiel.

Marco hatte sich in der Zwischenzeit schon übergeben und war ziemlich kleinlaut nach Hause gegangen. Wir nicht, nein uns beide konnte so leicht nichts nach Hause treiben.

Es war sicher nicht an jenem Tag, aber es war in jenem Sommer in dem wir die Hochbrücke für uns entdeckten.

Übrigens wurde sie in den Neunzigern, knapp hundert Jahre nach ihrer Einweihung demontiert, die stählerne Prinz-Heinrich-Brücke, die den Kaiser-Wilhelm-Kanal bei Kiel-Holtenau überquerte.

Ich sehe sie noch vor mir, mit ihrem offenen Trägergerüst und den fast gotischen Streben, doch ist es mir nie gelungen sie anschaulich zu beschreiben, aber Du kennst sie ja selber noch.

Mit Stacheldraht umwundene Betonklötze, darüber massiver Stahl mit Nieten, groß wie Fünfmarkstücke. Zu Beginn bewegte man sich noch in anderthalb, bis vielleicht zwei Metern Höhe, sofern man sich an dem Haut- und Stoffzerreisenden Draht vorbei wagte, doch dann begann auch schon die stark abfallende Kanalböschung.

Nur wenige Meter auf den doppelläufigen, zehn Zentimeter breiten Streben weiter befand man sich schon über zehn Meter hoch und in diesem Tempo ging es dann weiter. Alle acht bis zehn Meter ragte ein Stahlpfeiler bis hoch unter die Fahrbahn, fünf dieser Pfeiler gab es, quer über die gesamte Breite der Brücke liefen Fußbreite Diagonalstreben und verbanden so die Pfeiler, auf diesen Kreuzbahnen spielten wir fangen. Die letzte Querstrebe befand sich gut dreißig Meter über einer kleinen, von hier oben erschien sie uns klein, Straße. Einen der letzten Pfeiler aufzusuchen galt als die ultimative Mutprobe, ein zwei Mal habe ich es mir zugetraut, auch Wiebke, doch sonst niemand aus dem Haus, aber Du warst der einzige, der sich gar auf den nur Kinderschuhbreiten Querverbinder traute.

Dort saßest Du dann und hast die Beine über dem Abgrund baumeln lassen. Mehr am Anfang, dort wo sich noch alle hintrauten hatten wir einen Tampen, ein armdickes Tau verknotet, um zu schaukeln. Man schaukelte da so bis man mit den Füßen über die Wipfel von Jungbäumen strich, das ging ganz bequem, da man auf einem Handlauf eines schmalen Gehweges am Start Schwung holen und sogleich über das steil abfallende Gelände gelangen konnte.

Gefährlich war das alles natürlich, auch das so harmlos scheinende Schaukeln, sogar tödlich gefährlich, aber dieses wohlige Kribbeln der Angst, dieser lebendige Schuss Adrenalin, das verspürten wir nur ganz weit draußen, hoch über der Strasse.

Ob Du schon da...? Hast Du, mit den Beinen baumelnd, da schon an einen Sprung in die Tiefe gedacht?

Viel später, auf unseren Touren nach Holtenau, hast Du Dich getraut mir zu erzählen, dass Du die Hochbrücke tatsächlich als »Sprungbrett« habest nutzen wollen. Zur Probe ging angeblich Dein Fahrrad voran und Du warst so erschrocken, wie zerschlagen und zerbrochen es auf dem Asphalt zu liegen kam, das Du auf keinen Fall springen wolltest.

Ich hielt Dein Gerede über Selbstmord für pubertäres Geschwätz, wie hätte ich auch anderes denken sollen, kannte ich doch selbst diese Zerrissenheit, diese Einsamkeit und Trostlosigkeit, diese - nennen wir es mal Todessehnsucht. Warum um alles in der Welt sollte es gerade für Dich anders, ernsthaft, sozusagen aktuell sein?

Ach Thomas!

Oh ja, nicht zu vergessen der Grenzschutztransporter, der eines Tages tief unten auf der Straße entlang fuhr.

Erinnerst Du Dich noch? Er wurde plötzlich langsamer, hielt gar an und jemand stieg aus, irgendetwas zu uns hinauf rufend, gleich darauf fuhr er mit hoher Geschwindigkeit weiter und rotierendes Blaulicht lies ihn wichtig erscheinen. Doch das nahmen wir eigentlich nur aus den Augenwinkeln wahr, denn da waren wir schon von der Brücke runter und auf dem Weg zu unseren Fahrrädern, die unter der neuen Brücke, der Ausfallstraße aus Kiel, lagen.

Typischerweise und darum auch schon fast langweilig, bildete ich das Schlusslicht der recht umfangreichen Gruppe und als auf der Gegenfahrbahn plötzlich ein Polizeitransporter hielt und aus dem Fond einige Beamte sprangen, platzte mir der Hinterreifen.

Schon hatten die Beamten den Radweg erreicht und hielten auf mich zu, da ließest Du Dich zurückfallen und triebst mich wütend an, doch da erwischte es auch noch meinen Vorderreifen und so, auf holpernden Felgen, setzten wir die Flucht fort.

So war das mit uns, während die anderen schon auf dem sicheren Heimweg waren, bliebst Du bei mir, nie hast Du mich im Stich gelassen - außer am Ende.

Hinter einem Bushaltehäuschen versteckt hatten wir die Polizei vorbeifahren lassen, dann ging es mal schiebend, mal ratternd fahrend nach Haus, quer über die vierspurige Schnellstraße, an dem verfallen Haus des verdreckten Bauern vorbei.

Noch sehe ich Dich vor mir, wie Du mein Fahrrad mit Schwung die Kellertreppe hinunter beförderertest das es nur so krachte. Ein gelbes Rad mit zwei platten Reifen, so dachten wir, wäre das Einzige voran sich die Beamten orientieren könnten. Innerhalb weniger Augenblicke war das ganze Haus in einem heftigen Fußballmatsch vertieft und als ein Polizeiwagen durch die Straße schlich, wollten sie unseren Eifer wohl nicht bremsen.

Und dort in Holtenau, gleich neben dem besagten Haltestellenhäuschen, dort lag der Homogrill.

Erinnerst Du Dich? Diesen Namen hast Du dem »Hochbrückengrill« verpasst. Du meintest, die beiden Betreiber seien ein Paar, uns war das eigentlich vollkommen gleichgültig, wir bekamen unsere Portion Pommes mit Ketchup jedenfalls zum halben Preis, solange wir ohne weibliche Begleitung waren. Was bei mir nicht weiter schwer war, es gab damals nur eine für mich und die durfte sich außerhalb der Schule nicht mit mir zeigen, schon gar nicht in ihrem Heimatörtchen.

Einen tollen Ruf müssen wir damals gehabt haben und dabei sind wir viel biederer und tugendhafter gewesen als all jene, die auf uns herabsahen und ihren Töchtern den Umgang mit uns verbaten.

Ja, wir hatten langes, ungezähmtes Haar und trugen Jeanskutten mit AC/DC -Aufschriften, und natürlich beißend enge Hosen und Stiefelletten. Und ja, wir haben geraucht und Bier getrunken, aber wir haben nie geflucht, nie gestohlen, nie gelogen wenn es um Wichtiges ging, nie jemanden betrogen, auf uns war immer verlass, selbst und vor allem zu unserem eigenen Nachteil.

Zu jener Zeit bildete sich diese holtenauer Clique um Dich, zu der ich später dazu stieß. Damals wurde Axel, Akki unser ständiger Begleiter, er hatte etwas mit einem der Cliquenmädchen, obwohl er irgendwo schon verlobt war. So war er, aber so mochten wir ihn, wohl weil er so selbstverliebt war, wie wir es nie sein konnten.

Da begann auch Deine unselige Freundschaft mit dem Bier, Du schüttest Dich täglich zu, bis Du besinnungslos im Gras lagst. Ich weiß nicht, wie oft Axel und ich Dich nach Hause tragen mussten und erst die Abende, an denen ich mit Dir allein gehen musste.

Eine unnötige Erfahrung für mich und wohl auch für Dich. Es war keine abenteuerliche Zeit mehr, entweder waren es die falschen Leute, oder wir waren wirklich angekommen in den kalten Zwischenwelten, nicht mehr Kind, doch auch noch lange nicht Erwachsen.

So ganz mag ich das aber nicht glauben, ich für meinen Teil glaube, es waren die falschen Leute, mit denen wir uns da umgaben. Das gelegentliche Einsteigen in die Zolllager und das Verzehren von argentinischem Cornedbeef, das wir dort auf Ansinnen eines dritten entwendet hatten, oder das widerrechtliche Betreten der Badeanstalt nach den Öffnungszeiten, hatte wenig Abenteuerliches an sich.

Die Scheidung, nun kommt mir die Scheidung in den Sinn und ich weiß noch, dass Du wohl von uns Kindern am meisten gelitten hast. Ich frage mich bloß warum, denn schließlich hatte Vater Dich doch, zumindest heimlich, immer abgelehnt.

Du hattest doch so ganz und gar nichts von ihm, blond warst Du, wie auch ich in den ersten acht Jahren ~ heute bin ich vom dunklen braun, Stellenweise zum schwarzgrau gewechselt. Dazu hattest Du blaue Augen mit einem Stich ins grüne ~ Du konntest doch nur das Ergebnis eines Ehebruchs sein.

Ich weiß nicht, ob er das gedacht hat, aber viel schien er nie für Dich übrig gehabt zu haben. Das verordnete Trennungsjahr brachte für uns den Umzug ins Zentrum.

Was war das für eine Wohnung! Riesige Zimmer, jeder sein eigenes Reich, aber glücklich wolltest Du auch hier nicht werden. Ich fürchte, da war schon etwas, oder da nahte es, im Nachhinein betrachtet ~ und da ist man ja immer schlauer, war die Entwicklung hin zu Deinem Freitod für aufmerksame Beobachter ~ der ich nie war, deutlicher.

Ich glaube, schon damals warst Du verloren. Wir waren damals öfters am Bahnhof, ich glaube mich zu erinnern, dass Du dort eine Freundin zum Bus begleitet hast.

Auch auf der Gablensbrücke hatten wir gestanden, dort wo Tausende Schienstränge aus aller Welt durch unzählbare Weichen glitten, um sich im Sackbahnhof zu verlieren.

Wir hatten dort gestanden und sind im Geiste und im Herzen den Gleisen gefolgt, wohin auch immer, nur fort, überall ist es besser als zu Haus, nicht wahr?

Später erzähltest Du mir, Du hättest Dich auf jener Brücke stehend einen Zug ausgewählt und Dich auf die Gleise gelegt, nur um im entscheidenden Moment feststellen zu müssen, dass die unüberschaubaren Weichen den Zug an Dir vorbei lenkten.

Ja da warst Du schon für uns verloren.

Wie mag das gewesen sein, damals als Du Dir Deinen eigenen elektrischen Stuhl gebastelt hast.

Es gibt heute noch, zwanzig Jahre später, Momente in denen ich mich das frage. Augenblicke in denen ich mir vorzustellen versuche, was in den letzten Stunden und besonders Minuten in Dir vorgegangen sein muss. Noch sehe ich Dich dort liegen, quer über dem Bett, der grauschwarz gepunkteten Polsterliege, jenes Bett, das ich selbst später viele Jahre genutzt habe.

Dein Kopf hing hinab, als würdest Du schlafen, voll bekleidet, mit Stiefelletten, sie waren mir immer ein paar Nummern zu klein, wie alle Deine Sachen, Jeans und dem weißen Sweatshirt mit dem Cover des AC/DC Albums »Highway To Hell«.

Als ich herein kam, um mir ungefragt und auch unerlaubt Dein Strandtuch, das grünweiß gestreifte, auszuborgen, sah ich Dich da liegen, doch geschlafen hast du da schon nicht mehr.

Wie lange war es schon geplant gewesen, das Grauen?

Ich glaube mich zu erinnern, das Du morgens das Haus verlassen hast, angeblich um zur Arbeit zu gehen, doch nachdem auch Mutter fort war, hast Du Dich wieder heimgeschlichen, geschlichen ja, denn ich habe Dich nicht zurückkehren hören.

Bist Du an jenem Tage aufgestanden mit dem klaren Ziel endgültig alles hinzuschmeißen, alles zu verraten? War schon alles bereit, lagen die Schlingen schon seit Wochen lauernd verborgen, oder hast Du sie erst an diesem Morgen präpariert? Den geduldigen Stromkabeln ein ordentliches Stück Isolierung abzuschneiden, welches lang genug war, um es sich ein paar mal um die Handgelenke wickeln zu können, während die Enden an einem Schukostecker mit Kippschalter geschraubt werden, wie kommst Du ausgerechnet auf diese Idee?

Auf diese blödsinnige Idee, die so schrecklich Schule machen sollte in unserer Familie?

Man sagte uns, Du hättest noch ein letztes Mal Musik gehört.

Wie unwirklich und grauenhaft das klingt ~ ein allerletztes Mal!

Erst nach ein, zwei Wochen bekamen wir jene letzte Kassette zurück, sie vermuteten, Du hättest etwas hinterlassen.

Was für ein Quatsch, wer sich auf solch hundert Prozent sichere Art das Leben nimmt, hinterlässt keine Reden. Mir scheint so etwas denen vorbehalten, die nur einen Versuch unternehmen, bei denen der Erfolg nur zufällig, quasi aus Versehen eintritt, die wissen, oder doch hoffen zu überleben.

Das war bei Dir natürlich nicht der Fall, allein die Art der Selbsttötung schloss solchen Gedanken von vorn herein aus, da gab es kein Zurück mehr, da konnte nichts schief gehen.

Wie war das? Du hörst diese Kassette. Ja, bis wohin?

Welches Lied war das absolut Letzte für Dich? ~ Ich vermag da nichts zu bestimmen.

Du liegst da also quer über dem Bett, unbequem und die Finger am Schalter. Wie oft hast Du sie zurückgezogen, wie oft hast Du gezögert? Oder gab es da keine Ungewissheiten mehr, keine Bedenkzeit, hast Du einfach bloß den Schalter umgelegt, wie ich des Abends das Licht ausschalte? War das so einfach?

Wie oft schon hast Du geprobt, an wie vielen Tagen lagen die Schlingen um Deine Gelenke?

Was hat Dich an jenen Tagen abgehalten und warum hat es Dich nicht an diesem einen Tag, dem elften August einundachtzig abgehalten

~ *wer hat da versagt?*

Und dann, der beißende Schmerz des fließenden Stromes.

Du zuckst zurück, unwillkürlich, Du kannst ja gar nicht anders, es tut fürchterlich weh, ich weiß das ~ ich habe mal eine Leitung mit dem Bohrer erwischt. Aber Du kannst nicht zurück, diese Reaktion hast Du eingeplant und den Draht fest genug geschnürt.

Die Kabel, plötzlich heiß und fast lebendig, brennen sich durchs Fleisch, der Schmerz lässt Dich aufstöhnen. So schlimm. So pausenlos die hammerharten Schläge des Stromes.

Das Herz, es klopft wie wahnsinnig, es rast gar, um den Takt aus der Leitung einzuholen, bis es ins Stolpern gerät und versagt. Nur wann?

Viel zu lange dauert das und erst Minuten später erstickt das Hirn und immer zu dieser grauenvolle Schmerz des fließenden Stromes.

So zu sterben ist die Hölle.

Hast Du es in diesen Augenblicken bereut? Hättest Du es jetzt noch Rückgängig machen wollen?

Thomas? ~ Oder Du Wiebke?

Ich denke nicht, ich glaube nicht, ja ich hoffe nicht. Wie könnte ich zulassen, dass eure grauenvolle Art zu sterben am Ende doch ein Irrtum war? Ihr seit gestorben, weil ihr es so wolltet und nicht im Zuge eines dummen Fehlers.

Ach Wiebke, große kleine süße Schwester.

Erinnerst Du Dich an Portugal? Nun meine ich nicht den berauschenden Strand und das herrliche Meer, dessen Kühle wir wegen des Wellenganges überhaupt nicht spürten, ich spreche hier von den schrecklich leckeren Bissets. Diese furchtbar süßen Dinger die ich auch heute noch nicht wieder reichen kann, ohne das mir speiübel wird.

Ich hatte mich, wie konnte es auch anders sein, an ihn überfressen. Da lag ich dann, mit Bauchkrämpfen sterbensmatt. Ganz allein wäre ich gewesen, wenn Du Dich nicht geopfert hättest.

Alle waren sie am Strand, denn dazu ist der Sommer schließlich da, nur ich konnte nicht und für Dich, große ~ kleine Schwester, war es ganz selbstverständlich, das Du bei mir bliebst zum Händchenhalten.

Weißt Du noch, das Sommergewitter? Heute scheint mir, dass die Sommer damals heiterer waren, länger, sonniger, erholsamer, doch vielleicht werde ich einfach nur langsam alt. Den ganzen Tag über war es schwül gewesen und als wir an der schmalen und asphaltierten Gasse spielten, grollte plötzlich der wolkenlose Himmel und sogleich, wie aus dem Nichts, ergoss sich ein seltsam warmer, fast heißer Regen über uns. Noch Heute spüre ich das warme Wasser herabfallen und mit sommerlichem Schweiß vermischt, beinahe klebrig die Arme hinabgleiten.

Na, und dass Du immer in unserem Zimmer bleiben musstest wenn ich spielen wollte, nicht mit Dir, nur für mich, das weißt Du noch, ganz sicher. Mitspieler brauchte ich ja keine, ich trug und trage doch all die Charaktere in mir und werde sie nie wirklich ganz los; die Guten und die Bösewichte, die Helden und die Feiglinge.

Und mehr als zehn Personen und all die Monstren passten ja eh nicht unser Kinderzimmer. Aber auch einen Zuhörer benötigte ich nicht.

Das Du hinter Deinen Büchern verborgen, statt zu lesen, bloß zuhörtest und Dich köstlich amüsiertest, habe ich erst Jahre später erfahren. Nein, zuhören sollte ganz gewiss niemand. Ich brauchte nur einen Anhaltspunkt in der so genannten Wirklichkeit, mein Spiel, meine Phantasie trug, ja riss mich förmlich hinaus aus der scheinbar realen Welt. Und um nicht vor Angst wimmernd und schlotternd im Schrank zu enden, brauchte ich Deine Anwesenheit im Zimmer.

Du warst mein Funkfeuer, mein Leuchtturm, der mir sagte; nichts von alldem ist wahr, du spielst nur, du spinnst nur. Du würdest sie schon aufzuhalten wissen, die Geister und Fabelwesen, bevor sie mich verschlingen können.

Doch wer schützt mich heute vor ihnen, vor meinen zu Papier gebrachten Monstren und den noch unheimlicheren, den nur gedachten? Letztere sind schlimmer, noch sind sie ungebunden durch Schriftzeichen und Papier. Noch können sie sich frei entfallen und wandeln, jederzeit können sie mich in neuer, fremder Gestallt hinterrücks überfallen.

~ Knarrtscht da nicht soeben das Parkett? Starrt mich da nicht etwas bösartig an?

Zum Glück ist es diesmal nur die Katze und das Laminat und der Kater, der freche Hund, will nur spielen, aber er spielt gern mit Krallen und Zähnen und meine Hände und Waden sind seine Mäuse, oder etwas ähnlich appetitliches ~ Doch wer weiß schon, was nicht alles lebendig zu werden vermag, dass man eben noch gedacht hatte?

So also musstest Du damals vor bald hundert Jahren mein Anker sein.

Was ich da so, mich selbst in Angst und Schrecken versetzend vor mir hinphantasiert habe weiß ich heute nicht mehr.

Und Du? Kennst Du wenigstens noch eine der unzählbaren ausgetobten Geschichten?

Schlüsselbeißen! Na, was sagt Dir das?

Weißt Du's noch? Selbst heute noch habe ich, wie damals auf irgendwie telepatischem Wege, den ekligen Geschmack der Seife im Mund. Angela, da lang aufgeschossen spindeldürre aus dem Nachbareingang war es die mit dem Vorschlag dieses Spieles kam.

Dabei wird jemand gezwungen mit verbundenen Augen auf was auch immer zu beißen und dieses Etwas dann zu erraten. Wir hatten Dich ausgewählt, oder Du hast Dich freiwillig gemeldet, wie auch immer, jedenfalls solltest Du als erste die Augen verbunden bekommen.

So standst Du also da, mitten auf dem Rasen mit einem Tuch oder Schal vor den Augen und hieltest erwartungsvoll den Mund auf. Was Angela Dir da zu schmecken anbot, konnte ich nicht sehen, ich befand mich hinter Dir. Aber Thomas und Michael sahen es sehr wohl und heute glaube ich mich zu erinnern, dass beide einwenig schadenfroh dreinblickten.

Da ahnte ich schon, dass Ungutes auf Dich zukommen würde.

Hast Du geweint? Ich weiß es nicht, aber wütend warst Du und nicht zu knapp. Oh wie ich sie alle gehasst habe in jenem Augenblick! Schnell sind wir die Treppe rauf ins Bad. Minutenlang hast Du Dir die Zähne putzen müssen, wieder und wieder und noch einmal und ich immer hinter Dir, tröstend, beistehend ~ doch hilfreich war ich sicher nicht.

War ich Dir eigentlich jemals bei irgendetwas hilfreich?

Ach meine geliebte Wiebke ~ wenn ihr wüsstet, wie sehr ihr mir mitunter fehlt. Wir müssen uns mal wieder sehen ~ was habe ich euch nicht alles zu erzählen. Wie viel ist doch geschehen in all den Jahren, die wie Tage bloß verflogen.

Doch es ist nichts im Vergleich zu damals. Gab es damals wohl tausend Dinge am Tage zu erleben, sind es heute keine Zehn im Jahr.

Die Perspektive hat sich wohl verändert ~ man nennt dies, glaube ich, erwachsen sein ~ welch ein trostloser, fast schon sinnloser Zustand.

Erinnerst Du Dich noch an ~ Gunnar, erst jetzt fällt mir der Name wieder ein. Und wie Du für ihn geschwärmt hast?

Deine erste Verliebtheit sozusagen. Irgendwann später gab es diesen Frühlingsflirt mit Marco, nichts wirklich ernstes, fast noch Vorpubertär. Ich glaube, schon damals hast Du den Vertretern des »männlichen« Geschlechts nicht viel abgewinnen können.

Und als Axel Dir Avancen machte, wussten wir, was davon zu halten war. Unser Vorstadtmacho, der »Eroberungen« und zeitgleiche Liebschaften sammelte wie andere Briefmarken oder Kronenkorken. (Wie stolz er doch war, als er sich brüsten durfte, fünf Freundinnen auf einmal zu haben.)

Das seine Gefühle jedoch mehr an der Oberfläche blieben, zeigte seine Begründung sich von Dir fernzuhalten: Aus Rücksicht auf die Freundschaft zwischen ihm, Thomas und mir und aus Respekt vor Dir. Das hieß also, dass er vor den anderen Mädchen keinen Respekt hatte, besonders nicht vor jenen, die seinem unbestreitbar vorhandenen Charme unterlagen.

Doch ich greife mal wieder vor. Einige Jahre früher, in den ewig währenden Sommerferien, die angefüllt waren mit ungezählten Spielen. An einem jener Tage hatten wir uns, nach ausgiebigen Versteck- und Fußballspielen fürs Fangen spielen entschieden. Bei uns hieß es nicht »Fangen«, sondern, da man sein »Opfer« aus der wild umherflitzenden Menge herauspickten, anticken musste, hieß es bei uns bloß »Ticker«. Irgendwer meldete sich freiwillig als Beginner und schon ging es los. Wir spielten es oft und ausdauernd, Hauptsache es machten so viele wie nur möglich mit. An jenem Nachmittag war ich dran und wer auch immer mich erwischt hatte, hatte mich derartig übertölpelt, dass Du Dich köstlich darüber amüsiertest.

Diese Deine Schadenfreude reichte bereits, dass ich mir Dich als »Opfer« auswählte, obwohl andere leichter zu schnappen gewesen wären. Am Ende hast Du Dich hinter dieses dreistämmige Bäumchen gestellt, dort am Rande des Parkplatzes.

So standen wir uns dann gegenüber, Du machtest halbe Ausfallschritte zu den Seiten und ich ging immer mit. Schließlich gingst Du auf die Stämme zu und ich wollte das Spiel nun mit aller Gewalt beenden und preschte mit Wucht nach vorn. Mit dem Ergebnis, das ich mir den Kopf an dem mittleren Stamm stieß und rücklings zu Boden ging ~ ich glaube, wir hatten uns selten mehr amüsiert, als wegen dieser dummen Slapstickeinlage.

Ach ja, kennst Du noch unsere Melodie? Michael meinte darauf beharren zu müssen, wir hätten dieses Stück in einem Kinderfilm aufgeschnappt, aber ich wusste es schon damals besser und konnte es quasi im Laufe der Jahre »Beweisen«, als ich all diese Filme später mit meiner Tochter nochmals sah. Unser Lied, unsere kleine Melodie taucht in keinem einzigen Film auf, und auch damals hatten wir sie im Traum gehört. Zu verschiedenen Zeiten und mehr als einmal.

Es gab damals mehrere solcher »Nonverbalen Übereinstimmungen«, die Micha in seiner Hast, alles rational erklären zu müssen, als Beleg der Geschwisterlichen Bindung zwischen uns ansehen wollte. Doch auch konnte ich ihm Widersprechen, was da zwischen Dir und mir ablief, möchte ich gern als »vorpubertiere Telepathie« bezeichnen.

Ich erinnere mich noch sehr genau, wie es war, aus den Augen eines plötzlich Eintretenden auf mich selbst hinabzuschauen und das Zimmer aus dieser anderen Perspektive zu sehen. Dabei schien ich für eine Schrecksekunde nicht mehr auf dem Boden, Bett oder am Tisch zu sitzen, sondern ich wurde zu dem Eintretenden. Meistens war es Mama, gut möglich, dass sie für diese Art Telepathie empfänglicher war als die anderen. Ich erlebte so etwas häufig, bis es im alter nachließ und mit der Hormonumstellung Anfang zwölf ganz aufhörte. Aus Gesprächen weiß ich, dass Du ähnliches Erlebt hast. Es ist schade, das ich von uns so wenig habe aus alten Zeiten.

In meinen Erinnerungen kommt nun bald der Tot Thomas und wie er uns enger zusammenrücken ließ.

Und kurz darauf sollten sich unsere Wege trennen ~ doch das ist Unsinn, es dauerte noch gut drei Jahre, bevor ich aus Kiel fortzog. Aber irgendwie schien uns etwas Wesendliches abhanden gekommen zu sein.

Die Tage, die zuvor fast länger als Wochen waren, schrumpften nun zu Minuten, wir verloren die Unbekümmertheit, die Kindheit. Deshalb schien mir der Umzug so bald schon auf Thomas Tot zu folgen. Was waren das für drei Jahre! Ich wurde aufsässig bis zum Schulverweis,

Micha zog zu unserem Vater ~ der nun auch schon lange Zeit tot ist ~ und Du entdecktest wohl die Vorzüge des eigenen Geschlechtes. Mir war das einerlei, nie habe ich mir über die sexuelle Ausrichtung eines Menschen Gedanken gemacht. Aber ich seh euch noch, Mama und Dich, bei der tränenreichen und auch schmerzhaften Verabschiedung. In den letzten Jahren ward ihr euch näher gekommen als wohl die meisten Mutter ~ Tochterbindungen, euer Verhältnis änderte sich, wandelte sich von Mutter ~ Kindverhältnis, zur Freundschaft, ihr wurdet Vertraute.

Dieser Verlust, diese Trennung im Jahre ´84 muss von euch sehr tief empfunden worden sein.

Den einen Sommer aber darf ich nicht vergessen, den ich in Kiel verbrachte. Wir waren am frühen Morgen, mit dem ersten Bus hinaus nach Schilksee gefahren und hatten den ganzen Strand für uns. Das Wasser war wärmer als die noch kühle Luft der Dämmerung, wir spazierten die Brandungslinie entlang, vom FFK~ Abschnitt bis zum Hafen unterhalb der Schwimmhalle. Ja, das Meer, nichts fehlt mir hier so wie die Ostsee.

Und auch Du konntest Dir nicht vorstellen, von dort weg zu gehen. Was hast Du nicht gelitten, als man plötzlich von Dir verlangte einen Studienplatz in Gießen anzunehmen. Aus Kiel fort? Nun gut, aber fort von der See?

Du hast lange gebraucht Dich dazu durchzuringen, doch sollte es nicht mehr dazu kommen. Noch weiß ich, dass ich meinen Urlaub bei Dir verbringen sollte, wir hatten uns schließlich lange nicht gesehen.

Und dann kam dieser Morgen im Frühsommer ´90. Gerade hatte ich Frühstück gemacht, wollte schon loslegen, da läutete es an der Tür. Mühsam, außer Atem, obwohl sie doch mit dem Taxi gekommen war, kam Mama die Treppe hinauf. Schon auf den ersten Stufen kamen ihr die Tränen und als ihr bei dem Satz: »Unsere Süße...« die Stimme versagte, wusste ich, dass nun meine Welt zum zweiten Male aus den Fugen geraten war.

Das etwas nicht mehr war, dass doch ein wichtiger Teil von mir gewesen ist. Was ich zu erst empfand, war, neben diesem enormen Verlust, das Bewusstsein, nun endgültig im Stich gelassen worden zu sein.

Erst Thomas~Martin, und jetzt Du, Wiebke~Katharina. Nach dem *Warum*, das so viele zu interessieren scheint, habe ich nie gefragt. Wen denn auch? Das einzige was mich irritierte, war dieser Widerspruch, den euer Freitod darstellte.

Was muss sich da alles angesammelt haben, das solch Lebensbejahende und Lebenslustigen wie ihr, diesen entsetzlichen Schritt wagt?

Ach, beinah hätte ich es vergessen. Ich muss damals noch sehr klein gewesen sein, war noch stolzer Besitzer einer Kinderkarre. Es war Winter, sonnig und endlos weiß, so wie sie es heute keine mehr zu geben scheint. Es gab doch diesen Gutsteich, an der Straßengabelung, mit seinem steilen Ufer. Wie üblich war er zugefroren, aber an den Rändern tauten schon kleine Bereiche auf. Irgendwelche Kinder spielten dort am Ufer und warfen Steine durchs Eis. Ohne das ich die Zusammenhänge noch weiß, brachst Du plötzlich durchs Eis und gingst auch sogleich unter, ich sehe Dich noch das Ufer hinabrutschen ~ ich glaube, Du wurdest geschubst. Fast Zeitgleich war Thomas bei Dir und gemeinsam mit einem herbeigerufenen Mann zogen sie Dich aus dem Eiswasser.

~ Neulich jedoch musste ich mir sagen lassen, dass nicht Du in den Teich gefallen bist, sondern das die Kinder, mich samt Wagen hinabrollen ließen und ich gerettet werden musste. Doch da ich mir zu tausend Prozent sicher bin, *Dich* gesehen zu haben, habe ich hier wieder einmal einen »Beweis« für kindliche Telepathie. ~

Und Du Wiebke ~ hast Du gezögert? Bei Deiner »Kopie« seiner Todesart? Was hat Dich nur daran so fasziniert, es gibt doch Hunderte Arten sich das Leben zu nehmen und etliche humanere.

Was war das mit Euch beiden? War die Zartheit Eure Hände wirklich ein Zeichen, dass Ihr früh und durch eigene Hand sterben werdet? Ich mag das nicht glauben, wer soviel Mut für diesen Freitod aufbringen kann, der hat wohl auch genug Mut zum Leben, denn das ist, bei allen Hochs und Tiefs, immer noch leichter als sich auf eben diese Weise umzubringen.

Was bleibt mir noch? Vieles, zu vieles ist verloren gegangen in den langen Jahren. Was bleibt sind Bilder und Fetzen von Erinnerungen, zu blass und dünn um in Worte gekleidet zu werden.

So lange seit Ihr nun schon fort, dass ich eure Gesichter nicht mehr sehen kann, so fern seit Ihr nun schon, dass ich Eure Stimmen nicht mehr zuhören vermag.

Wo seit Ihr heute? Seit Ihr nur noch Erinnerung? Erinnerungen die verblassen, die vergehen und aufhören werden, wie auch Ihr aufgehört habt zu sein?

Könnt Ihr mich denn noch hören? Könnt Ihr mich noch sehen?

Warum habt Ihr uns im Stich gelassen? Haben wir Euch denn nicht genug geliebt?

Aber das haben wir doch und tun es immer noch! Was würde ich nicht alles Opfern, um Euch noch einmal zu sehen, Euch noch einmal in die Arme zu schließen. Ich werde Euch wiedersehen, doch werde ich dann ein alter Großvater sein und Ihr ~ ewig jung?

Ach Thomas, oh Wiebke, wie sehr werdet Ihr mir doch fehlen in all den kommenden Jahrzehnten, die noch vor mir liegen, wie auch in den vergangenen.

In Liebe und Trauer, euer kleiner, viel zu alt gewordener   Bruder Claudius~Marcus.

Goslar im Februar 2002

PS: Wisst Ihr noch, wie wir uns tagelang ausgemalt hatten, was aus uns im Jahre 2000 geworden sein könnte? Ich bin hier - im Niemandsland und ihr? Wo seid ihr? Könnt ihr mich noch hören?

BEGEGNUNG IM WINDMÜHLENTAL

Science Fiktion

1990/1996

Wie war das damals; nun eigentlich brauche ich mir da kaum irgend etwas zurecht zu legen. Man kennt das ja, da sucht man Worte um mitunter alte Bilder mitzuteilen, verhaspelt sich, irrt sich wohl auch öfter und weiß dann doch nicht recht anzufangen.

Doch eben so ergeht es mir eigentlich nicht. Ich erinnere mich noch allzu gut an diese Bemerkenswerte und doch auch unheimliche Begegnung. Obwohl ich gehalten bin zu schweigen. Ach was, den Mund verbieten wollten sie mir, sagten es nicht bloß, sondern drohten mir sogar. Mit Anwälten und Sanatorium, sollte ich jemals wieder von diesem Abend, dieser Nacht sprechen, ganz besonders dritten gegenüber.

Es war ein stürmischer Nachmittag, ich weiß noch, wie der Wind ging. Er drückte von unten, schlug gegen die Seiten, ständig von Luv nach Lee wechselnd. Wollte mich, schien's, vom Kurs fortwehen, versuchte jedenfalls alles, um uns den Flug, wenn schon nicht zu verderben, so doch zu vergraulen. Mit Pedal und Steuerknüppel glich ich das Schlingern, dieses Auf und Ab, aus, so gut der Hubschrauber es zuließ.

Nun begann es auch noch zu regnen, klatschte fordernd um Einlass drängelnd an die Scheiben, lies sich nur zögernd vom Rotorwind niederringen, kämpfte sich verbissen nach oben, das Wasser, drängte sich in mein Blickfeld und wurde endgültig erst von den Scheibenwischern abgewiesen. Böen warfen uns einige Meter nach links, mitten hinein in ein Luftloch, sie sind tückisch diese Löcher in der Luft, plötzliche Druckluftänderungen in aufsteigender Warmluft. Helmut, mein Copilot, nennt sie gern Thermiktöter, es ging tief hinab, fast zwanzig Meter fiel die Maschine, einem unbeherrschten Stein gleich, so sausten wir in die Tiefe.

»Mensch Jochen, pass doch auf.«

»Tschuldige.« Neben mir sitzend, bezog Helmut die unwillig hingeworfene Entschuldigung nicht auf sich; auf die Uhr schauend deutete er versteckt nach hinten auf die Rückbank. Dort saß verschreckt, ängstlich möchte ich mal sagen, also verschreckt und ausgesprochen bleich, ein übermäßig beleibter Mann. Blickte mit sichtbarem Anflug von Panik hinaus in den Regen und klammerte sich an den Handgriff über der Tür, hielt diesen Plastikbogen fest, als könne er ihm das Leben retten, und nur er. Lange hielt er es nicht aus, diesen Blick hinaus in den Regen, der nichts anderes sehen lässt als verschwommene, verwaschene Schlieren von grau und allmählich verlöschendem Tageslicht. Wie gehetzt huschten seine Augen vom Fenster, über unsere Hinterköpfe, wohl auch an meiner Schulter vorbei auf die Armaturen und hinüber zu dem anderen Fenster, hin und her. Zu beneiden war der Mann in seiner Angst nun wirklich nicht.

»Alles okay, Herr Minister?«

Lapidar und unhöflich war meine Frage, deren lässigen Ton ich mit einem schiefen Blick über die Schulter, in ihrer Gleichgültigkeit unterstrich, dieser Tage war mir nach Unhöflichkeiten. Er forderte es wohl auch heraus, in seiner Angst, die so gar nicht zu seiner beruflichen Überheblichkeit und Menschenverachtung passen wollte.

»Geht schon, geht schon;« kraftlos murmelte er das, schon fast besiegt von seiner Flugangst, würgte es hervor, dieser empfindsame Mensch, Landesminister für Soziales. »Dauert s noch lange?«

Ich hatte keine Lust, ihm zu Antworten. Ich gab vor, völlig im Führen der Maschine aufzugehen, wozu bei diesem Wetter nicht viel gehörte. Jedenfalls tat ich sehr beschäftigt, klopfte auf die Instrumente, schüttelte besorgt den Kopf angesichts der störrischen Zeiger und lies Helmut teilhaben an meiner heimlichen, gemeinen Freude über die Verschärfung der Angst, die wir förmlich auf dem Sitz hinter uns spürten, und überlies Helmut die Antwort. »Zehn Minuten,« hörte ich ihn sagen, »zehn Minuten, Herr Minister, wenn nichts dazwischen kommt;« darauf legte er viel Wert, der Mann, mehr noch als an Körpergewicht. Minister, das kannten wir nun schon, das war all sein Stolz, taugte wohl auch nicht zu besserem.

Nun wird es Zeit das ich den Hubschrauber sein Ziel erreichen, in heftigen Böen über der Markierung einschwenke, kurz schweben und erstaunlich sanft landen lasse. Das geht so, nicht jedem gelingt das so glatt. Nicht einmal einen unwilligen, hingeschmissenen Dank hatte dieser fette Mann für mich übrig. Stieg nur heftig aus, trat erleichtert, zutiefst erleichtert, auf den Boden, schaffte es sogar ein hartes, ich möchte sagen,

Besitzergreifendes Stampfen in diesen ersten Schritt zu legen und bewegte sich, wogend und viel zu viel Gewicht mit sich tragend, auf die wartenden Gastgeber zu.

Nichts hatte er für mich übrig, winkte nicht ein Mal, wollte wohl keine Zugeständnisse machen an die Zeugen seiner Schlappe, hier auf der Rückbank meines Helikopters.

»Gute Landung, Jochen, wirklich klasse Mann, bei dem Stiemwetter,« er sagte das schon im Hinausgehen, während er dem Mann hinterher blickte; »Arschloch.« - »Aber Helmut.« - »Dann eben Politiker.« - »Schon besser.«

»Ich geh dann, nech?« - »Jo, grüß man, junge.«

»Mach' ich; willst' nicht mit? Bei dem Sauwetter bleibst'e lieber hier.«

»Nee, lass man, ich werde erwartet.«

»Ach, is' sie zurück? Na, dann flieg man vorsichtig.«

Ein Nicken, dann hob ich ab, drehte die Schnauze zur Ostsee und gab Gas. Er wird die Nacht bei seiner Gabi verbringen, und er wird morgen wieder zu spät zum Dienst erscheinen, es wird Zeit das sie zu ihm zog, bald könnte das Ärger machen, diese immer wiederkehrende Verspätung, na, wat mut dat mut.

Graublau, wenngleich in diesem Licht das Grau vorherrschte, quollerte da die See aus schmutzigen, heftig regnenden Himmeln. Schlug wütend, aufschäumend an den Strand, tränkte den Sand, rollte Algen und dergleichen vergessend zurück, um von neuem über den Strand herzufallen. Draußen, zwischen Himmel und Meer, mehr am Himmel möchte ich meinen, die Farben verschwammen da zu plötzlich, wollten sich nicht festlegen lassen wohin sie denn nun gehörten, da draußen also, nur kurz im Blick, hingen die Lichter der STENALINE in schwerer Dünung, auf Fahrt nach Kiel, dorthin wo auch ich erwartet wurde. Durfte ich das sagen, konnte ich mir da so sicher sein, hatte sie nun ihr Kommen versprochen oder nur in Erwägung gezogen?

Na egal, ich wollte jetzt zurück, und wenn ich schnell genug da bin, wird auch sie endlich wieder zu Hause sein. Man kennt das ja, diese wenn-dann Spiele, obwohl ich doch nun wirklich zu alt dafür sein sollte.

Gegen den Wind, der mir die Richtung aufzwingen wollte, drehte ich die Schnauze nach Südosten, lies den Strand und die STENALINE allmählich zur Linken zurück und fuhr über die Wiesen und Felder hin zu den Windmühlen. Sie standen da, die Energieumwandler, zwanzig Stück, weitläufig verteilt in diesem lang gestreckten Tal.

Na, was heißt hier Tal, eine lange Senke, irgendetwas von wandernden Gletschern gefurchtet, sie beherrschten da gekonnt, überzeugend die Landschaft, nahmen den ganzen Horizont in Besitz und zerschnitten mit ihren Flügeln den Wind. Nun muss ich mich aber dichter heran kommen lassen, an diese futuristischen Mühlen, mit dem Wind, der wohl nich□ locker lassen konnte, mich nicht aufgeben wollte, und mich jetzt einweinig festzuhalten vermochte. Sich zu Sturmböen auswachsend packte er meine Maschine, schüttelte sie durch als wär das nix, scheuchte ein Gewitter von See her aufs Land und warf mich einfach zwischen die Windmühlen. Da kam ich nun wirklich in Bedrängnis; die Geschwindigkeit tief gedrosselt, suchte ich, mit schweißnassen Händen, einen Weg zwischen den Mühlen und den Böen. Blitze zuckten über mir, anfangs geräuschlos, und sowieso vom Rotorlärm überdeckt, entlud es sich da, schlug ein in den Wiesen, kam näher und näher. Schon fuhr einer in die nächste Mühle, sprang Funkensprühend über auf den Rotorkopf, fand da wohl gefallen und zuckte durch die Elektronik. Das war's, alles versagte, schnell stürzte der viel zu nahe Boden auf mich zu.

Scheiße. Die Scheibe riss bei dem Aufprall. Langsam, ja widerstrebend kippte der Hubschrauber seitlich über, die noch drehenden Rotoren schlugen nach einander auf den durchweichten Boden und brachen splitternd auseinander.

Das war's; na, wenigstens lebst'e noch. Alles erstarb, in den ersten Momenten wollte mich nicht einmal das Rauschen des Regens, oder das Donnergrollen erreichen, kurze Zeit herrschte eine angenehme, vollkommene Stille. Ich hockte da, schräg an die Tür gelehnt und schaute in den Regen, der nun wieder hörbar wurde in seinem, ich möchte sagen, freundlichen Rhythmus. Ich weiß nicht mehr wie lange ich da gesessen bin, 'ne viertel Stunde mochte es schon gewesen sein, vielleicht auch mehr. War ja auch nicht so wichtig, die Zeit die ich da vergessen habe, während langsam die Kühle der Nacht und die heftige Feuchtigkeit ins Cockpit kroch, mir in Schüben um die Beine strich und mich so ganz allgemein frösteln lies.

So, ohne Scheinwerfer war es wirklich dunkel da draußen, nur Schemenhaft schimmerte ein Mühlenmast durch den Regenvorhang, alles andere wurde von der Nacht verschluckt.

Da huschte es umher, lief flink durchs Gras, Zwerge und Kobolde wuselten da umher, Baumhohe Trolle schlugen mit wirbelnden Schwertern um sich; ich hörte das Sausen, das mitunter schrille Pfeifen ihrer schrecklichen Waffen. Ich wollte mir diese Phantasie nicht durch das grelle Licht der Taschenlampe zunichte machen, zumal ich das Licht später noch brauchen würde, da auf unbekannten Wegen über die Wiesen und Felder, durch noch nie durchstreifte Knicks, die da noch lagen zwischen mir und Kiel.

Vielleicht noch fünf, höchstens sieben Kilometer, die ich da zurück zu legen hatte, müde, durchnässt und ausgesprochen Verärgert, erzürnt über diesen vermasselten Abend, über die misslungene Versöhnung - sofern sie deshalb mich besuchen kam, gesprochen hatten wir darüber nicht, heute Mittag, am Telefon. Ich ahnte schon, noch bevor ich die Tür aufstieß, das mir jeder dieser Kilometer, ja womöglich jeder einzelne Tritt mit jedem Schritt länger, das Ziel ferner und mühsamer erreichbar erscheinen würde. Kurz nur leuchtete ich das Tal hinab, erhellte flüchtig den Weg, den zu nehmen ich gezwungen war und löschte das Licht wieder.

Ich hatte genug gesehen, was es da außer den sausenden Stromerzeugern gab, hatte ich gesehen und mir eingeprägt, das gelang mir also immer noch, dieses schnelle Einprägen, dieses Konservieren auf einen Blick. Dort links, das Gebüsch, ausufernd und niedrig gebückt, als kauere es sich flach auf den Boden, geduckt vor Regen und Sturm, sich vor den Schwertern der Trolle beugend, oder so. Dann die Windmühlen selber, nicht mehr als zwei wollten sich von dem Lichtkegel, durch den Regenschleier hindurch herauslocken lassen, irgendwo da zwischen hindurch musste ich nun.

Der Sturm, hier unten mit allerlei Laub und Grasbüschel Wirbel tanzend, trieb das Gewitter weiter ins Landesinnere und vergaß den Regen, der verweilte noch an der Küste und ergoss sich heftig rauschend, ja brausend und Sintflutartig, möchte ich mal sagen, über alles. Rann in den Kragen, durchdrängte Hemd und Hose, verbreitete eine schwüle Feuchte in den Schuhen und lies mich unaufhörlich frösteln, man kennt das ja. Durch das Geplattere, das mir neben Gehör auch die Sicht nahm, drang ein geflüstertes Brummen zu mir, die Transistoren an den Füssen der Windmühlen, die brummten da so vor sich hin. Mir schien, dass die Luft kribbelte, das es knisterte als ich so dicht davor stand, aber da mag ich mich auch täuschen. Nun war ich daran vorbei, die Senke lag hinter mir, fast jedenfalls. Vor mir erstreckte sich matschiges Brachland und feuchte Knicks trennten durchnässte Weizenfelder.

Na ja, erstrecken ist wohl einwenig übertrieben, das Licht der Lampe vermochte mir nur den Modder des vor mir liegenden Feldes zu zeigen, diese Knicks und Weizenfelder wusste ich noch vom Überflug, der lag ja erst einige Minuten zurück, doch mir schien das nun schon Stunden her. Noch verweilte ich, nicht weit von einer Mühle, zögerte den Hang hinab zusteigen, der am Süd ende das Tal begrenzte. Plötzlich fühlte ich mich unbehaglich, ich spürte eine Aufmerksamkeit, einen brennenden Blick zwischen den Schultern. Bei all der kühlen Nässe breitete sich ein heißer Fleck auf meinem Rücken aus. Verdammt da war doch jemand, er war fern, irgendwo über mir. Noch ehe ich mich zu rühren wagte, zischte es über mir und etwas Hartes, womöglich Großes, schlug matschspritzend hinter mir in die aufgeweichte Erde.

Da stand ich nun, starr vor Schreck, ach was Schreck, starr vor Angst, unfähig mich zu rühren, mich umzudrehen oder davon zu stürzen. Wenn ich schon einen Anstoß brauchte für den weiten Fußmarsch, na hier hatte ich doch einen, aber ~ nichts, ich stand nur da und lauschte. Etwas Großes war da eingeschlagen, na, wohl nicht so groß wie mein Copter, aber doch wohl größer als eine Möwe. Aber nein, kein Tier war das, und nichts von Menschenhand hatte sich dort in den Matsch gegraben, nicht so schnell, nicht so hart, nein, sicher nichts von dieser Welt.

Allen Mut, allen Willen nahm ich zusammen, holte ihn hervor aus den warmen Schlupfwinkeln und Ecken, in denen er sich die letzten Minuten verkrochen, feige zurückgezogen hatte, mein Wille. Packte, zur Bestätigung meines Entschlusses die Taschenlampe fester und drehte mich herum, mit einem Ruck, so richtig tatkräftig.

Nein, wollte mich herumdrehen, herumwerfen; da fühlte ich wieder diese Aufmerksamkeit, spürte wieder dieses heiße Beobachtetwerden, diesen brennenden Blick. Nahe jetzt, ganz nahe. Jetzt schon mit leisem Anflug von Panik, sprang ich herum, schleuderte mich um meine eigene Achse und musste kämpfen, um auf dem zermatschten Boden nicht stürzend das Gleichgewicht zu verlieren ~ Nichts.

Da war nichts, überhaupt nichts, der Lichtkegel der Lampe schnitt nur aufgewühlte, aufgerissene Erde aus der Dunkelheit, vielleicht mag da Schlammverkrustet etwas metallisch geschimmert haben, sicher bin ich mir da nicht. Vergessen war der Regen, der Absturz, Weg und Besuch, mit heftigen, um Beruhigung bittenden Zügen sog ich die Luft ein, atmete tief durch und bedeckte dieses, wie eine Schramme lang gezogene Loch im Erdboden, mit starr gehaltener Lampe. Ich stand abwartend da und blickte, fast blöde möchte ich sagen, zurück, denn ein Zurückblicken war es, das Andere hatte mich ja zuerst entdeckt, so blieb mir nur dieses vorsichtige, unsichere Zurückblicken.

Wie viele Minuten mögen da vergangen sein, vom Regen fortgespült, ich weiß es nicht, zehn, fünfzehn vielleicht, oder auch zwanzig, womöglich nur ein paar Sekunden. War ja nicht wichtig, die Zeit die da mit Vorsicht verplempert wurde. Immer noch lag die Stelle mit der aufgeworfenen, aufgewühlten Erde im Licht der Taschenlampe, wurde herausgeschnitten aus der verregneten Dunkelheit, lag da wie ein Ausschnitt der stillstehenden Wirklichkeit.

Nun wird es aber Zeit das ich mich langsam näher treten lasse. Ohne an eine Flucht denkend, ich mochte das erst gar nicht in Erwägung ziehen, das ich, warum auch immer, plötzlich Kehrt machen musste, das ich, sicherlich im Matsch wegrutschend, wohl auch lang hinschlagend, schnell das Weite suchen musste. Also blieb mir nur das Herangehen, mit unwirklich kurzen, übers nasse Gras schleifenden Schritten näherte ich mich. Langsam, noch langsamer, verharrte mitten im Schritt, lauschte zum Loch hin, ins Tal, in mich hinein. Da war das Brummen der Transistoren, das Pfeifen der Flügel im harten Wind, das Plattern des allmählich nachlassenden Regens.

Ich hörte all das wie zum ersten Mal, so als sei alles zuvor verstummt, als das Ding hinabsauste und nun wiederkehrte, sich sicher fühlte und mir ihren Beistand zubrummten, pfiffen und aus den Wolken aufs Haupt nieder prasseln ließen. Doch dann, schneller als ich vorhatte, stand ich vor der Narbe, die das Ding in die Erde gerissen hatte und blickte hinab. Da lag etwas von Erde und Gras halb zugedeckt, lag da und spiegelte das Licht der Lampe wider, warf es jedoch verschleiert, kraftlos zurück, als würde es das Licht einfangen, einlullen und aus großer Tiefe, so als sei es sein eigenes, zurückgeben.

Rasch, fast hektisch fegte ich mit dem Stiefel die Erde herunter und trat sogleich einige Schritte zurück. Das Ding dort unten war winzig, weitaus kleiner als eine Möwe, nur so groß wie ein Handball mag es gewesen sein, vielleicht noch kleiner, nachmessen konnte ich ja schlecht, und später ~ na, später war nicht mehr genug übrig um die ursprüngliche Größe festzustellen. Eine Birne, nein eher ein Tropfen, ja es glich einem überdimensionalen, lang gezogenem Wassertropfen. Glatt und makellos, die Oberfläche, selbst der Matsch hinterließ keine braunen Schlieren, wie er es sonst gewohnt war, als ich den Tropfen mit der Schuhspitze aus diesem Loch schubste. Nun, ich schubste ihn nicht gleich, wir beobachteten uns erst einmal eingehend, möchte ich sagen, und brauchten so unsere Zeit, uns mit dem Gedanken des Näherkommens vertraut zumachen, anzufreunden.

Er schien dann ja auch nichts dagegen zu haben, als ich ihn schubste und beinahe schon aus dem Loch hinaustrat. Nachdem der Tropfen gute fünf Minuten in dem nur noch nieselnden Regen gelegen hatte und keine Anstallten machte, mir Gefährlich zu werden, es wohl auch gar nicht wollte, oder konnte, hockte ich mich ins Gras, legte mich beinahe schon hin, um ihm sozusagen auf Augenhöhe begegnen zu können. Er spiegelte mich wider, verzehrt, so als wenn man in einen Löffel schaut. Aber nicht nur ich wurde da zurückgeworfen, irgendwie schimmerten tief in ihm blasse Sterne, schnell sah ich nach oben, aber die Wolken gaben noch keinen Blick auf die Sterne frei.

Und dann sah ich es, eine Stiefelspitze, nein, ein ganzer Stiefel zeigte sich auf der Oberfläche, drehte und wandt sich um sich selbst, knickte ein, als stehe er auf Zehenspitzen. Das es mein Stiefel war glaubte ich an dem schäbigen Kratzer am Schaft zu erkennen, doch da sackte er bereits nach unten weg, fiel tief hinein in den Tropfen, wurde kleiner und verschwand.

Jetzt musste ich einfach; ohne zu überlegen stupste ich es mit meiner Hand an, drehte es umher und wartete jedenfalls auf irgend etwas. Der Abdruck meiner Hand bildete sich dort, begann sogar zu leuchten, ganz schwach. Schnell machte ich die Lampe aus und lies wieder Kobolde und Trolle umher irren, aber das konnte warten, vor mir auf, in dem Tropfen, begann der Abdruck Gestallt anzunehmen, wurde plastisch, dreidimensional dieser Abdruck und war schon ganz als Hand erkennbar. Auch sie machte da Bewegungen, spielte sie durch, die Möglichkeiten der

Gelenke, ganz langsam, so als wäre es nichts und fing an dem Stiefel in die Tiefe zu folgen. Staunend, alle Vorsicht vergessend, griff ich nach diesem seltsamen Ding, hob es auf und legte es auf einen der brummenden Transistoren um es in bequemer Augenhöhe zu haben. Er hatte wohl gelernt, der Tropfen, etwas, das ich von mir an jenem Abend nicht behaupten konnte. Alles war da auf der Oberfläche abgebildet, meine Hände, der Oberkörper, alles, auch das vom Regen wirr an die Stirn geklatschte Haar. Schnell löste sich der Abdruck von der Oberfläche, glitt durch sie hindurch und breitete sich in dem Tropfen aus, füllte ihn ganz aus und begann sich aufzublähen. Stückchenweise wurde mein Bild da drinnen plastischer, lebendiger ja, und auch diese Kopie zuckte und wandte sich in merkwürdigsten Verrenkungen, bis sie ebenfalls in der Tiefe verschwand, ich glaube immer noch, das mich meine Augen dabei äußerst sehend angestarrt haben.

Wie ich da so stand, völlig versunken in der Betrachtung der seltsamen Vorgänge in dem durchsichtigen Ding, muss ich wohl überhört haben, wie die Windmühlen mich warnten und drohend, möchte ich sagen, mit den Flügeln schlugen. Hörte ich nicht, wie der Transistor lauter aufbrummte, ja aufheulte, als mehr Energie von ihm abverlangt wurde, als zu geben er bereit war. Aber womöglich war da auch gar nichts zu hören, wer weiß das schon, wer möchte das heute noch so genau wissen.

Doch etwas geschah da während meiner Versunkenheit. Von irgend woher, von weit Oben, aber auch aus dem Tropfen, eigentlich nur aus ihm, fiel ein Stiefel herab, dicht gefolgt von einer Hand. Der Stiefel zerbarst sogleich in tausend gläserner Teilchen, die umherwuselten und sich schließlich im Tropfen verliefen. Aber die Hand, deren Aufprall mich schockiert zurück taumeln lies, blieb ganz, sie lag da auf dem Handrücken, eklig lag sie da und zuckte und verkrampfte sich zur Faust ballend. Er muss schmerzhaft gewesen sein, dieser Krampf, die Äderchen traten hervor, Sehnen zeichneten sich weis durch die Haut ab, und ich seh□ noch die rot geflammte Narbe auf dem Handrücken. Einem Aufschrei gleich bohrten sich die Nägel in das Fleisch, fürchterlich klang es, als die Haut aufriss, und endlich, mich aus ekelhaftem Schrecken befreiend, platzte sie unter dem eigenen Druck. Diese Kopie meiner Hand platzte und zerfiel in winzige Tröpfen, die, nun wieder farblos, zittrig über das Dach des Transistors wuselten, um sich schließlich mit dem Tropfen zu vereinen, der reglos, und unschuldig vor mir lag. War er wirklich so unschuldig?

Was war das für ein Ding, dass da Kopien von mir anfertigte und sie auf mich niederprasseln ließ?

»Was bist du? Woher kommst du?«

Natürlich fragte ich das nur im Stillen, obwohl ich das heute nicht mehr sicher weiß, ob ich nicht doch laut gerufen habe. Doch es gab keine Antwort, oder vielmehr eine Antwort, die mehr als Worte hatte. Etwas großes, schweres stürzte von Oben herab und stieß mich heftig zu Boden. Hatte die Mühle etwa einen Flügel verloren? Da lag ich nun, mit dem Gesicht im Matsch und lauschte einem Geräusch, dass ich hier nicht erwartet hatte. Es war ein Stöhnen und verhaltenes Keuchen, so als hätte sich jemand überraschend wehgetan. Im Matsch schlitternd sprang ich auf, wer immer da auf dem Transistor aufgeschlagen war, ihm wollte ich keine Gelegenheit geben, vor mir auf den Beinen zu sein. Das Licht der Taschenlampe begann zu flackern. Das durfte doch nicht wahr sein, so etwas passiert doch nur in schlechten Filmen, das im entschiedenen Moment das Licht versagt. Hart schlug ich die Lampe gegen meinen Handballen. Das Flackern hörte auf und das Licht strahlte wieder ruhig. Aber was es da aus der Dunkelheit herausschnitt, lies mich entsetzt zurückweichen. Eine Gestalt lag da, in sich zusammen gesunken und in der Hüfte über den Transistor abgeknickt.

Der Mann hielt sich die Seite, dazu musste er seine Hand unter sich schieben, was sein Gleichgewicht störte und ihn schließlich vom Transistor in den Matsch gleiten lies.

Ich erkannte ihn sofort. Ich erkannte ihn an seiner Uniform und den ausgebleichten Stiefeln, die sich einfach nicht glänzend polieren lassen wollten. Ich erkannte ihn an seinen strubbelig nassen Harren, die uns beiden in die Stirn vielen. Ich erkannte mich an dem Ohrring, noch bevor ich sein, also mein Gesicht richtig im Schein der Lampe erhellt hatte. Er sah meine Angst, mein Entsetzen und versuchte ein freundliches Lächeln, das ihm noch nicht gelingen wollte. Aber er lernte schnell meine Mimik zu beherrschen, ich hätte nicht gedacht, das ich solch einen kreuzbraven, ja scheuen Eindruck machen konnte. Nach dem Tropfen greifend, der nun völlig eingelaufen war und in der hohlen Hand Platz finden konnte, richtete er sich zur Hälfte auf. Er zitterte, mein Gott, er hatte fürchterliche Angst vor mir! War ich Entsetzt über all die Vorgänge, die in dieser grotesken lebendigen Kopie mündeten, so verging er fast vor panischer Angst.

Ob ich ihm aufhelfen sollte? Er jedenfalls schien das stumm zu fordern. Wie sollte ich? Obwohl er sichtbar Angst hatte, war er hier der Eindringling, er hatte hier einfach nichts zu suchen. Schließlich zog er sich selbst am Transistor in die Höhe.

Was mochte er wollen, vor allem, was war er? Der Vorbote einer Invasion? Ein gefallener Engel? Ersteres wäre quatsch, dass andere interessant. Je länger ich seine Unsicherheit und Furcht beobachtete, um so sicherer fühlte ich mich selbst. Noch wartete ich ab, beobachtete, wie er sich umblickte, wie er eine Beziehung herzustellen versuchte, zwischen sich und seiner Umgebung. Sah, wie er meinem Blick noch nicht begegnen wollte. Heute frage ich mich, ob es nicht doch besser gewesen wäre, ihn mit zunehmen. Aber damals, in jener verregneten Nacht, sah ich nur meinen, das heißt seinen Leichnam auf irgendeinem wichtigen Seziertisch. Das wollte ich uns auf jeden Fall ersparen. Stumm begann er die Lippen zu bewegen, mahlte mit den Kiefern und verursachte mit der Zunge schnalzende und schmatzende Laute. Es brauchte seine Zeit, bis ich begriff, das er zu sprechen versuchte. Offenbar war diese erschreckende Kopie, dieser Klon aus dem Tropfen nahezu perfekt gelungen, noch bevor ich seinem Gestammel mit eigenen Worten zu Hilfe kommen konnte, hatte er den Gebrauch von Sprachzentrum, Kehlkopf und Zunge begriffen.

»Hilfe, ich brauche Hilfe.« Es gibt nichts fürchterliches, als meine eigene Stimme aus meinem eigenen Mund von einem fremden Wesen zu hören, das im meinem eigenen Körper steckt.

»Du brauchst Hilfe? Womit, wie soll ich dir denn helfen, ich selbst häng☐ hier im Dreck fest.«

Eigentlich wollte ich gar nicht so viel und so unfreundliches sagen, aber manchmal geht irgend etwas mit mir durch und ich kann einfach nicht meine Klappe halten. Ihn schien das nicht weiter zu berühren, wie auch - er war ja ich. Aber er kam nun näher, er glaubte wohl Bereitschaft in meinen Worten gefunden zu haben. Anscheinend fand er sich immer leichter mit dieser unwirklichen Situation ab, womöglich hatte er so etwas schon mal erlebt. Wenn ich nicht wüsste das mir so etwas nicht liegt, hätte ich vermutet, dass er mich jetzt gleich berühren wollte. Instinktiv wich ich einen Schritt zurück, aber er war schon stehen geblieben, hatte seine Zuneigung offenbarende Bewegung rechtzeitig abgebrochen. Nun neben mir stehend, blickte er in die Wolken, urplötzlich wusste ich wonach er Ausschau hielt. »Die Sterne, die liegen hinter den Wolken verborgen, das dauert noch ein bisschen.«

»Hm, egal, ich muss da hin. Du hast doch was zum fliegen.«

Das war keine Frage. »Ja, ich hatte, aber jetzt fliegt da nichts mehr.« Ich erzählte ihm von dem Gewitter und meinem riskanten, am Ende missglückten Manöver, doch er hörte gar nicht zu, unentwegt blickte er sich um. Er schaute lauschend zur See, die hinter dem Tal und den Feldern verborgen lag, überblickte das matschige Brachland vor uns, blickte, möchte ich mal sagen, in sämtliche Gegenden seiner Hilflosigkeit und dann zu dem Tropfen in seiner Hand.

Wortlos bedeutete er mir, ihm den Helikopter zu zeigen, völlig uninteressiert an den Schäden streifte er um das Wrack und strich immer wieder mit dem Tropfen über die Maschine. Was genau da vor meinen Augen geschah, weis ich beim besten Willen nicht, aber plötzlich begann seine Hand sanft zu leuchten, in einem blassgrünen Schimmer, ja.

Das grüne Licht wurde heller, breitete sich aus und begann den Helikopter wie eine Flüssigkeit zu umhüllen, tauchte meinen Hubschrauber in bald gleißend grünes Flimmern. Verstohlen streckte ich meine Hand nach diesem flüssigen Licht aus, aber der erschrocken warnende Blick meines Klons ließ mich zurückzucken. So funkelnd eingehüllt war von der Maschine nicht mehr viel zu sehen, aber als das grüne Blitzen nachließ und in den Tropfen zurückfloss, stand mein Drehflügler vollkommen unversehrt vor uns im Morast. Es kribbelte leicht beim Einsteigen, aber womöglich bildete ich mir das auch nur ein. Ohne zu überlegen ließ ich die Rotoren an, startete die Turbine und war im Grunde schon bereit anzuheben, als mir einfiel, dass ich gar nicht wusste, wohin er geflogen werden wollte. Er grinste schief, suchte den Himmel ab und meinte dann mit meinem laxen Tonfall:

»Fliech man dem Gewitter nach, so richtig rein, nech?«

Als ich nicht losflog, sah er zu mir hinüber; zu sagen brauchte ich nichts, er wusste, was ich von ihm wollte.

»Na, nu flieg schon, unterwegs werde ich reden, okay?«

Er kam also von weit her, sehr weit und er wollte Heim, wie wir alle irgendwie. Das Gewitter hatte ihn angelockt, er mochte diese Gewalten also genauso gern wie ich. Er kam zu dicht heran, die Energien nahmen ihn gefangen, rissen ihn hinaus aus seinem Verband und schleuderten ihn schließlich zu Boden. So kam er zu mir, oder ich zu ihm. Ganz aus versehen, kein geplanter Besuch, keine extrateristische Exkursion, schon gar keine Invasion. Was habt ihr den schon zu bieten, sagte mir sein frecher Blick, aus meinen Augen. Ob dieser Tropfen da seine eigentliche Form sei, fragte ich, doch er schüttelte nur ungeduldig den Kopf.

»Was heißt hier Form, Form ist Nebensache. Energie, aber das würdet ihr nicht verstehen.«

»He, was soll das, woher willst du wissen was ich, oder unsere Wissenschaftler verstehen?« Langsam wurde ich zornig über diese, meine unverschämte, überhebliche Art.

»Ich bin du, was stellst du nur für Fragen.«

Das ließ mich verstummen, und so, stumm und einwenig beleidigt, folgte ich seinen weiteren Worten, die eher beiläufig geäußert wurden, da er sich nun von der Aussicht gefangen nehmen lies. Er starrte fasziniert hinaus, in die unruhige Landschaft, wo Bäume und Gräser sich dem Diktat des Sturmes beugten. Da schlug es wellengleich umher und lies sich vom Regen ganz durchnässen.

»Es ist schön, nicht?«

Ja, mein eigenartiger Freund, es ist schön, das einfache Land, die Felder, die Knicks, wenn man es zum ersten Mal sah. Auch mir war, als sehe zum ersten Mal dieses Land in dunkler Nacht, mit neuen Augen. Vieles sah ich nachher mit neuen, fremden Augen, musste es wiederentdecken, für mich und den kosmischen Tropfen. Sie reisen durchs All, sozusagen mit dem Sonnenwind, sie reiten quasi auf der Druckwelle des Urknalls.

»Warum tut ihr das?«

»Blödmann, warum erforscht ihr die Sterne? Ihr beobachtet sie nur, wir hingegen besuchen sie.«

Mein Gott, das Hirn war mir wie zugenagelt, all die Jahre hoffen wir auf den Kontakt, und dann fällt mir nichts besseres ein, als mich mit ihm zu streiten? Was hätte ich nicht alles fragen können, fragen müssen. Was hätte ich nicht alles erfahren können, wie unsagbar groß muss sein Wissen gewesen sein. Doch ich fragte nichts, ich blieb stumm, weil alle

Fragen nebensächlich wurden bei seinem Eintreffen. Oder hätte ich ihn nicht doch mitnehmen sollen? Ihn verbergen, mit ihm Leben und alles lernen, was immer es da zu lernen gab? Aber nichts von alldem tat ich, statt dessen half ich ihm, mich und die Welt wieder zu verlassen, weil ich wusste, was er meinte, das wir nicht verstehen würden.

Schließlich hatten wir das Gewitter eingeholt, es war längst nicht mehr so heftig wie zuvor, aber für das, was er da vor hatte, würde es wohl noch reichen. Schmutziges Gelb paarte sich da mit heimlichen Grau, lies die Gefahr ahnen, die da in den Wolken spielte, sich hier und da schockartig entlud. Er wartete auf einen Blitz, eine mächtige Entladung, die ihm genügend Energie mitgeben könnte, um mich zu verlassen. Na, wenn er sich da mal nicht täuscht. Er müsste schon aussteigen und im Fallen auf einen Blitz hoffen, doch dürfte er lange vorher auf den Feldern aufschlagen.

»Lass mich man machen,« sagte er und stieß die Tür auf. Heftig pfiff da der Wind hinein, fuhr feuchtkalt unter die Kleider und lies die Säume unserer Hosen wild schlackern.

»Willst du etwa springen?«

Doch er antwortete nicht, hatte nichts mehr für mich übrig, hatte mich wohl schon längst wieder vergessen.

Und dann war er da, der Blitz, fuhr herab, oder auch von Links heran, wir waren ja mitten in dieser Gewitterwolke, kam also von allen Seiten und kompensierte sich in seinem hochgereckten Arm. Funkensprühend floss die Energie über seinen Arm, erfasste den ganzen Körper und lies ihn grell aufleuchten. Entladungen sprangen von ihm auf die Instrumente über, einige erwischten auch mich mit so heftigen Schlägen, dass ich fast die Kontrolle über den Hubschrauber verlor. Dann gewannen die vielen Millionen Volt die Oberhand, setzten meinen Gast in brand und fuhren brüllend hinaus in die Nacht.

Den schrecklichen Schrei, den er da noch ausstieß, werde ich wohl nie vergessen. Nichts blieb übrig, nicht einmal ein Brandfleck, selbst der erwartete Geruch von verkohltem Fleisch oder Ozon lies sich nicht bemerken. Schockiert und betroffen, vornehmlich jedoch zutiefst schockiert, drehte ich die Maschine aus dem Gewitter und flog nach Hause.

Verlassen lag da der kleine Flugplatz, niemand erwartete oder begrüßte mich. Nachdem auch das letzte Sausen der Rotoren verstummt war, saß ich immer noch da in meinem Drehflügler, der doch eigentlich zerstört im Tal der Windmühlen liegen sollte. Noch einmal glitt das Geschehene an mir vorüber, rollte nochmals ab, diese seltsame Geschichte, die so kurz, so flüchtig war und doch mein ganzes Leben verändern sollte.

Gedankenversunken öffnete ich die Tür, nahm etwas Schwung, um das Bein über den Steuerknüppel zu heben und erstarrte. Da lag etwas, unten zwischen den Fußpedalen des Copiloten, etwas kleines, unscheinbares, ein winziger Tropfen, ehr schon ein Splitter davon.

Ich habe ihn niemanden gezeigt und noch heute halte ich ihn verborgen, hole ihn nur selten hervor und nehme Teil an seiner endlosen Reise, tauche ein, in die Weiten der Polyversen, mit all seinen Antworten, in diesem Geschenk, in meinem kosmischen Tropfen aus dem Windmühlental.

ENDSTATION EICHHOF

Surreales?

1990/2000

Sie knallen Laut und quietschen frech, die Schuhe, als versuchen sie alles, um mich anzukündigen. Dabei möchte ich das gar nicht, am liebsten wäre ich nun ganz wo anders. Der Gang ist unpersönlich, tot und aseptisch wie ein Krankenhausflur, nur noch eine Spur trostloser.

Grün, dunkles blasses grün, zeigen die Bodenfließen, die Wände wirken grau, als sei das Weiß vor Kummer verblasst, wie die Gesichter neben und hinter mir. Gesichter in die ich nicht zu schauen vermag, höchstens heimlich und aus den Augenwinkeln. Links und rechts zweigen Türen in Räume ab, die niemand wirklich betreten möchte. Mehrere Schritte vor uns geht dieser stille, ernst blickende Mann, für den dies alles hier nur ein Geschäft ist. Endlich bleibt er vor einer jener Türen stehen, vor der einzig offenen. Entschlossen sucht er meinen Blick, als wenn ich hier ein Ansprechpartner wäre, vielleicht sucht er sich aber auch nur den einzigen Mann in der Gruppe heraus. Leise spricht er und ein wenig vorgebeugt: »Wir haben die Finger so gelegt, das man die Brandmale nicht sieht.«

Was soll ich mit dieser Information, sie weiterleiten? Dann hätte er ja gleich alle ansprechen können. Es für mich behalten? Dann hätte er schweigen sollen.

Dann ist die Tür da. Kühle Luft weht uns aus der kleinen Kammer dahinter entgegen. Noch drei ~ noch zwei Schritte ~ ich zögere, aber nur im Geiste, einer Marionette gleich schlurfe ich weiter. Ich will nicht sehen was dahinter lauert, aber ich muss. Er ist klein, der Raum, klein und vollkommen mit Fließen ausgekleidet, nur ein winziges Oberlicht lässt ein wenig Tageslicht hinein. In der Decke eine nackte Birne, links ein Gebinde aus getrocknetem Stroh, rechts, wie eine unverschämte Totenwache, der Sargdeckel. Und in der Mitte, klein und zierlich, eigentlich gar nicht da, in schrecklichem Leichenhemd mit lächerlichen Rüschen ~ *SIE*.

Braungebrannt, mit schiefen, Nikotingelben Zähnen und schrecklich dürr liegt sie dort, meine Schwester, besiegt und geschlagen. Sie, die überquoll vor Lebensfreude und scheinbaren Lebensmut. Sprachlos stehe ich da, an ihrer rechten Seite, hilflos blicke ich auf sie hinab. Wie aus einem Loch heraus sehe ich mit brennenden Augen wie Mutter ihre Hand streichelt, dann die Wange streift und ihr schließlich die Stirn küsst ~ wach auf kleines Mädchen, wach auf! Vergebens, alles vergebens! Wenn sie doch nur schlafen würde, wenn man sie doch nur Wachzuküssen vermochte. Vergebens, alles vergebens.

Dies ist das letzte Mal, dass du sie siehst, auf Ewig!

Dennoch bleibt alles unwirklich, das Schluchzen hinter mir, Mutter, die wieder und wieder ihr totes Kind liebkost, meine Tränen und meine Sprachlosigkeit. Plötzlich strebt alles zum Ausgang, dabei bin ich noch gar nicht fertig ~ womit auch immer. Dem *Abschiednehmen*, dem *Letzten* Betrachten und dennoch fliehe ich aus dem Raum, sobald sich die Möglichkeit ergibt.

Nur fort von hier, fort von der Leere, dem Unwirklichen, diesem einen unsinnigen Tod!

Kieler Woche, ein Ereignis versinkt in Bedeutungslosigkeit. Alles geht einfach so weiter, als wäre nichts geschehen. Am liebsten möchte ich meine Wut über die Gleichgültigkeit der Welt und das zum wiederholten Male klägliche Scheitern eines hochmütigen Gottes hinaus brüllen. Und meinen Schmerz. Immerhin regnet es, vielleicht ein Zeichen der Trauer?

Graublau, wenn auch an diesem Tag das Grau vorherrscht, so berennt die Ostsee heute den Strand. Niemand zeigt sich an der Küste, das Wetter ist kalt und stürmisch, heute ist es mein Meer.

Von irgendwo her wehen in Fetzen die Klänge eines im Üben gequälten Dudelsackes. Der Sand pickt in den Schuhen, ich hätte sie auszuziehen sollen, doch dann muss ich sie tragen und habe keine Hand mehr frei zum Steinespringenlassen. Gut möglich, das ich die Schuhe sogar selbst ins Wasser werfe.

Ein Wal soll sich hier her verirrt haben, nein ich glaube nicht, das ich ihn von hier aus sehen kann, aber ich weiß, warum er gekommen ist. Wenn ein gekreuzigter wiederauferstehen kann, dann wird dieser Wal zur Beerdigung meiner Schwester gekommen sein.

Der Stein, dieser *Schmeichelstein*, ein Hämatit von schwarzgrüner Farbe, den Gitta mir da aus dem Nachlass meiner Schwester gegeben hat, fühlt sich weich und seltsam zart an. Er soll beruhigend sein, doch da hatte er ja wohl versagt. Fort werfen sollte ich ihn, weit hinaus aufs Meer, ihn mit den anderen Steinen springen lassen, doch das traue ich mich nicht. Es ist nicht viel das mir von ihr bleibt, jedes Bisschen ist und kann auf seine Weise wertvoll werden.

Leichenfledderer, so fühle ich mich, wie ich hier mit Mutter die Sachen, vor allem Bücher, meiner Schwester durchgehe. Ja, es sind viele dabei, die mich zu lesen reizen würden, doch der Preis, auf diese Weise an sie zu gelangen ist mir zu hoch.

»Nimm sie als Andenken«, sagt jemand. Ich mag das so nicht akzeptieren, es bleibt Vorteilsnahme und ich brauche keine Bücher, oder sonst etwas, um mich daran zu erinnern, dass ich einstmals eine Schwester hatte.

Das furchtbare Loch in meinem Herzen und die Trauer ist Andenken und Erinnerung genug.

Laut, fast eilig, als habe ich etwas verbrochen, oder bin auf dem Wege zu etwas verbotenem, laut also hallen meine Absätze auf dem regennassen Asphalt. Es ist spät in der Nacht, ein oder zwei Uhr vielleicht.

Noch klingt mir das warme *ich liebe dich* im Ohr, das meine Freundin sanft in den Hörer gehaucht hat. Am Telefon kling sie immer hauchend. Die Worte dringen mir brennend durch Merk und Bein, auch ich liebe sie, doch was soll das heute? Ob sie es ernst meint, vermag ich nicht einzuschätzen, es gibt Dinge, die sagt man einfach so ~ passend zur Situation, wenn irgend möglich.

Die Forstbaumschule ist dunkel, die Straßenlichter reichen nicht bis unter die Bäume, Kiel ist so verlassen und tot in der Nacht wie sonst nur Dörfer. Ich weis nicht, was ich jetzt hier draußen will, doch irgend etwas scheint mich zum Wasser zu ziehen, zu locken, hinab zum Hindenburgufer, dass nun genauso verlassen und verödet daliegt wie alle Straßen.

Die Feuchtigkeit des Grases dringt allmählich durch die offenporigen Schuhe und lassen die glatte Gummisohle bei bald jedem Schritt rutschen. So rutschend und schlittern laufe ich die Treppen am Rand der Baumschule zur Uferstraße hinab. Orientieren muss ich mich nicht, das alles kenne ich aus früheren Jahren, mir ist, als wäre ich nie fort gezogen.

Nicht lange und ich erreiche den Fähranleger *Bellevue*. Die Bohlen sind rissig und an den Rändern aufgequollen, es wäre ein Leichtes auszurutschen oder zu stolpern. Endlich gehe ich langsamer, der Rhythmus der an die Poller schwappenden Wellen wirkt beruhigend.

Langsam steige ich die Stufen hinab, unten setze ich mich auf die feuchte Stufe und lasse die Beine keinen halben Meter über der sanften, flachen Dünung baumeln.

Übermorgen ist es soweit, das Krematorium wartet, um meine Schwester zu verschlingen, so wie es vor neun Jahren meinen Bruder verschlungen hat und wie es, oder ein ähnliches in einem anderen Ort, eines Tages auch mich verzehren wird.

Schritte, plötzlich sind da schritte hinter mir, jemand kommt den Anleger hinauf. Er hat es nicht eilig, der Ankömmling, er verharrt ein paar mal, lehnt sich wohl auch über die Brüstung, schaut hinab ins Nachtdunkle Wasser, zieht geräuschvoll die Nase hoch und geht weiter.

Ich erstarre, er, oder sie, muss mich doch gesehen haben, ein Fremder wird doch jetzt umkehren und ein Bekannter muss jetzt den Schritt beschleunigen. Doch wer immer es ist, der da mit Stiefeln die Bohlen dröhnen lässt, hat es wirklich nicht eilig.

Aber Angst habe ich keine, da nähert sich nichts gefährliches, keine Bedrohung holt mich ein, nicht heute Nacht. Jetzt sind die Stiefel hinter mir, aus den Augenwinkeln glaube ich ihr schwarzes Leder glänzen zu sehen. Ein Blick ruht auf mir, heiß spüre ich ihn zwischen den Schultern. Ich brauche mich bloß umzudrehen und die Anspannung der letzten Momente wird von mir abfallen, doch innerlich erstarrt, rühre ich mich nicht.

Polternd geht der Besucher die Stufen hinab, bis wir uns auf einer Höhe befinden, aber noch setzt er sich nicht. Vielleicht sollte ich aufstehen, aber ich war zuerst hier, soll er doch zu mir hinab kommen. Laut sammelt der Stiefellettenträger mit der engen Bluejeans Speichel und spuckt an mir vorbei in die Dünung, dann lässt er sich neben mir nieder.

»Tja.« ~ »Tja.« Mich schaudert, ich erkenne die Kleidung und die Stimme, deren Klang ich schon längst vergessen habe und sofort bin ich wieder der kleine Bruder. Ich hasse diese halb unterwürfige Passivität, die sich sogleich auf mich niedersinkt. Scheu werfe ich einen Blick zur Seite. Jung ist er, weis Gott jünger als ich, Jahre jünger, er war ja nur siebzehn, nicht wahr?

Schlank ist er, ich erschrecke ein wenig wie schlank, alle sind sie so viel dünner als ich, aber auch um vieles weniger Muskelbepackt. Das aschblonde Harr hängt ihm in unbändigen Locken ins Gesicht, doch es ist zu dunkel hier am Wasser, als das ich in diesem Gesicht viel sehen könnte.

»Hast du was zu rauchen?« Fragt er das wirklich?

»Ich rauche nicht, oder nur gelegentlich.«

»Aber ein Bier wäre jetzt nicht schlecht, oder?«

Ein Lachen, tatsächlich, mein toter Bruder lacht.

»Ja, du sagst es.«

Er lässt die Schultern hängen, ich kann es nicht glauben, aber er weint. Ganz leise weint er in sich hinein.

»Verdammt, ich habe versagt. Aber wo warst du?«

»Bitte? Ich begreife nicht, was du von mir willst Thomas.«

Trotzig schlägt er mir auf die Schulter.

»Wir beide hätten es verhindern müssen, du hier vor Ort und ich... von wo aus auch immer. Komisch, ich weis nichts von jenem Platz.«

Ich lebe hier nicht mehr, nichts hätte ich zu verhindern gewusst, doch das sage ich ihm nicht. Wiederspricht man einem Toten?

»Wie hättest du es denn verhindern wollen?«

»Als Beispiel, zum Beispiel.«

»Ja, du hast du wohl wirklich versagt. Hast du denn damals an uns gedacht? An die Folgen?«

»Ja, doch ich glaubte, ihr würdet es verstehen und mir verzeihen.«

»Was redest du da für einen Unsinn? Zu verzeihen gab es da nichts und verstehen? Vielleicht, ja vielleicht gelingt es uns in unerwünschten Augenblicken euch beide zu Verstehen. Doch ist das kein Ausweg für uns.«

»Wo ist Micha? Warum sind nicht alle hier?«

»Es ist mitten in der Nacht junge und wir beide, oder doch ich allein, sitzen hier am verlassenem Bellevueanleger, die anderen schlafen, oder versuchen es zu mindest.« Er schweigt und gemeinsam lauschen wir dem Klang der Wellen. Ein kalter Wind kommt auf und mich fröstelt, neben mir spüre ich auch ihn frieren, zu gern würde ich jetzt den Arm um ihn legen, ihn wärmen und festhalten, auf Ewig nicht mehr fortlassen.

Aber wünsche ich mir das wirklich? Mein Leben wäre gänzlich anders verlaufen, hätte er sich damals nicht aus seinem und unserem Leben davon geschlichen. Doch, ich wünsche es mir wirklich. Plötzlich überkommt mich das Bedürfnis einer Beichte, dummes Zeug zu reden macht jetzt keinen Sinn, dazu sind die lebenden da.

»Ich habe dich damals verleugnet, jedenfalls erscheint es mir so.«

»Verleugnet? Wie geht denn das?«

»Irgendwer glaubte mich mit den unüberlegten Worten trösten zu müssen, dass dein Tot akzeptabel sei, da du mir immer nur das Leben schwer gemacht hättest. Ich war vorübergehend blöde genug, dem zu zustimmen.«

»Na und? Wir beide wissen doch, dass das nicht wirklich stimmte.«

»Nein, natürlich nicht.« Doch was weiß ich denn schon mit Bestimmtheit? Außer das ich am Vormittag unseren Bruder mit einigen traurigen Worten begrüßt hatte. Mutter und ich erwarteten ihn bei Großmutter und als er dann endlich kam, wusste ich nichts besseres zu sagen, als das jeder von uns wohl lieber auf die Schwester, als auf den letzten verbleidenden Bruder gewartet hätte. Es mag Geschmacklos geklungen haben, aber ich weiß, dass er es genau so sieht.

»Und? Wie steht es jetzt zwischen euch?«

»Distanziert, äußerst distanziert, ich denke, er kann mit mir, aus welchem Grunde auch immer, nichts anfangen.«

»Urteile nicht so hart, das hat er nicht verdient. Er leidet unter weit mehr Gefühlen als er jemals zu zeigen bereit wäre.«

»Da ist er aber anders als wir zwei, nicht?«

»Oh ja, ganz anders.« Wieder versinkt er in Schweigen und auch ich mag jetzt nicht sprechen. Irgendwo erklingt eine Autohupe, ein Dampfer antwortet von fern und mein Blick schweift hinaus, von der Förde auf die Bucht. Er folgt meinem Blick und grinst plötzlich.

»Ha, weißt du noch, die Hochbrücke? Der Grill, die Schonung?«

»Hör auf, komm, lass es gut sein, Thomas. Natürlich weiß ich all das noch, fast als wäre es Gestern. Willst du mich jetzt mit Erinnerungen quälen, um mir zu sagen, das all das auf Ewig vergangen ist? Das meine Kindheit ein tragisches Ende nahm, ist akzeptabel, das mir meine Geschwister davonsterben und mit ihnen ein großer Teil jener Kindheit, nicht.« Es macht mich wütend, ich sitze hier, im Grunde untröstlich über diesen Verlust, den der Tot meiner Schwester bedeutet, kämpfe mit den

Tränen und glaube mich vor den Verlusten, die er mir jetzt bewusst macht, schützen zu müssen.

»Verfluchst du mich etwa?«

»Bei eurem Gott, nein!«

»Wie war das eben? *Bei eurem Gott*? Was hat denn das jetzt zu bedeuten?«

Er kommt in Rage, in seiner Religiosität, oder seinem Gottesverständnis war er immer sehr empfindlich, doch ich will keinen Streit, schon gar nicht bei dieser einzigartigen Gelegenheit.

»Ein Spaß, nichts weiter, nur eine Distanz zu dem Gott der Kirchen, zum dem, der in unsere Familie wohl nur böses anrichtet. Das ist nicht mein Gott und der deine womöglich auch nicht.«

»Mag sein, doch lass uns nicht jetzt darüber streiten.«

»Hast du wirklich nichts zu rauchen?« fügt er kurz darauf hinzu. Nun weiß ich schon nicht mehr, ob ich lachen oder weinen will. Doch plötzlich nimmt die Kälte des Windes zu und Thomas legt in einer ungewohnt beschützenden Geste den Arm um meine Schuler.

»Warst du noch einmal bei ihr?« flüstert er.

Unter Tränen gelingt mir nur ein stummes Nicken.

»Und, wie war es?«

Fragt er mich das jetzt im Ernst?

»Schrecklich. Ich für mein Teil mag keinen Toten mehr sehen. Alles war falsch an ihr, es war Wiebke, durch und durch und doch gab es sie da schon nicht mehr. Wenn ich vorher Zweifel hatte, ob wir eine Seele haben, so zweifle ich nun nicht mehr. Diese junge Frau dort war ein entseeltes Lebewesen, es war unser Schwesterchen, ohne Zweifel, aber so verdammt ~ so endgültig Tot. Und Abschiednehmen konnte ich nicht, es wird erst einen Abschied geben können, wenn ich selbst sterbe und wir uns wiedersehen.«

»Daran glaubst du also?«

»Ohne jeden Zweifel. Mehr habe ich dazu nicht zu sagen.«

Er lehnt sich kurz an mich, ich spüre sein Gewicht kaum, ich glaube, wenn ich ihn ins Wasser schupse, würde er glatt oben drauf liegen bleiben. Jetzt hat er eine Zigarette im Mund und der Gestank des Glimmstängels beißt mir in die Nase, woher hat er die so plötzlich?

Mir werden die Augen schwer, sie blinzeln träge und ich fühle mich, als hätte ich ein paar Biere zu viel getrunken.

»Es wird Zeit ~ großer Bruder.«

»Nein, bleib noch, bleib noch ein Weilchen, ein Jahr, ein Leben und hol Wiebke.«

»Es ist Zeit für dich zu Bett zugehen und Zeit für mich.«

»Bitte, noch nicht. Sehen wir uns wieder?«

»Natürlich, aber jetzt geh.«

»Nicht. Ich, ich hab euch doch noch so viel zu sagen.«

Doch das spreche ich schon ins Nichts, in die ruhige, brave Kieler Nacht hinein, über die träge dümpelnde Förde hinaus.

Die Nacht Auf Der Landstraße

Horror?

2004

a)

Er kommt allmählich außer Atem, er weiß nicht, wie lange er schon unterwegs ist und läuft und läuft und läuft. Das Blut an seinen aufgescheuerten Knöcheln ist schon lange getrocknet, aber noch brennen die Schürfwunden so herrlich, so lebendig. Ja, dass ist Leben, Laufen und Schmerzen. Er hat Hunger, aber das muss jetzt noch warten, obwohl er von Fern gelegentlich Essen sieht, darf er sich ihm noch nicht nähern. Sie werden ihn sonst finden und wieder einsperren. Sie verstehen ihn einfach nicht. Niemand versteht ihn. Außer Ihm, aber Er hängt jetzt still zwischen seinen Beinen. Er hat zur Zeit keinen Hunger, doch er wird kommen und dann werden beide genug zu fressen bekommen. Da vorn ist ein Wald, ein dunkler Ort, dicht gedrängt mit Tannen und Fichten, dort werden sie beide den Nachmittag verbringen, verborgen und auf Essen lauernd.

1

Gleich muss es kommen, sie fuhren jetzt schon seit fünf Minuten durch diesen eigentümlich dunklen Wald, die letzte Ortschaft lag gut sechs Kilometer zurück. Gleich muss es kommen, wiederholte er im Stillen, als er wieder durch eines der verborgenen Schlaglöcher krachte, dass lässt sie sich doch ganz bestimmt nicht entgehen. Da erklang auch schon ihre leicht rauchige, aber zarte Stimme aus dem Font, sie saß immer hinten neben dem Kindersitz, wenn die Kleine mitfuhr.

»Sag mal, bist du dir sicher, dass das hier die Abkürzung ist? Oder hast du dich mal wieder verfahren?«

Er brummte nur, eine Antwort seinerseits würde jetzt nur einen Streit hervorrufen.

»He, ich hab dich was gefragt.«

»Tschuldige Schatz, die Straße ist so beschissen, das ich nicht zuhören konnte.«

»Quatsch, kannst du nicht wenigstens einmal zugeben, wenn du Mist gemacht hast?« Sie schnaufte zornig durch die Nase.

»Du hast dich verfahren, du Troddel, wir hätten schon vor 'ner viertel Stunde am Hotel sein sollen.«

»Olaf hat gesagt, über die Alte Brücke sei es kürzer, statt drum herum.«

»Hör mir auf mit Olaf, der findet beim Pinkeln doch nicht einmal seinen Hosenstall.«

Jetzt musste er lachen, dass sie das noch wusste. Damals hatten sie sich auf der Abi-Fete kennengelernt, Olaf, sein Schulfreund seit der ersten Klasse, hatte sich so vollaufen lassen, das er beim Wasserlassen an einem Gartenzaun, seinen Reisverschluss nicht mehr rechtzeitig aufbekam.

Da sie alle hinreichend angetrunken waren, hatten sie sich köstlich amüsiert. An diesem ersten Abend hatte es heftig zwischen ihnen gefunkt, aber der Alkohol verhinderte, dass sie über einander herfallen konnten. Er konnte Frauen nicht leiden, die sich bereits am ersten Abend einer Zufallsbekanntschaft hingaben. Sein Blick fiel auf den Tankanzeiger, er stand kontinuierlich auf halbvoll, seit Wochen wollte er die Werkstatt deswegen aufsuchen, hatte sich aber bisher im Büro dafür nicht freimachen können. Stattdessen hatte er sich angewöhnt bei jedem Tankvorgang den Kilometerzähler auf Null zu stellen, um wenigstens ungefähr zu wissen, wann er wieder Tanken musste.

Allerdings hatte seine Frau ab und zu das Auto und sie hielt von seinem Tick überhaupt nichts. Und jetzt beobachtete sie ihn durch den Rückspiegel und bemerkte seinen skeptischen Blick, mit dem er den Kilometerstand betrachtete und schüttelte nun ihrerseits den Kopf.

»Wolltest du nicht schon längst in die Werkstatt? Irgendwann bleiben wir wegen dir noch einmal liegen.«

»Wegen mir? Wer stellt denn den Zähler beim Tanken nicht zurück? Außerdem habe ich keine Zeit dafür.«

»Ach ja, jetzt bin ich wieder schuld an deiner Bequemlichkeit? Bist du der Abteilungsleiter in deinem scheiß Büro oder bin ich das? Du kannst mir nicht erzählen, dass dein Chef dich nicht mal für ein-zwei Stunden entbehren kann.«

»Das nicht, aber wenn er merkt, dass er es wirklich könnte, rate mal wen er als erstes entlässt, wenn sich die Lage am Markt nicht bald bessert.«

»Oh Horst, hör bloß auf mir von drohender Entlassung zu reden, es geht hier nur um den blöden Tankanzeiger. Herrgott noch mal, lass endlich deine schwachsinnigen Ausreden, du bequemer Kotzbrocken.«

Er mochte es nicht, wenn sie ihn im Streit beim Namen nannte, dann war sie ernsthaft sauer. Er schwieg, das schien ihm im Augenblick die bessere

Strategie, wenn er im Anschluss an die Fahrt noch eine schöne halbe Stunde erleben wollte.

Draußen wichen die Bäume wieder von der Straße ab, und die Tannen wurden weniger. Laubbäume mischten sich dazwischen und ließen das blasse Mondlicht gelegentlich bis auf die Straße fallen. Der Zustand dieser Landstraße hatte sich allerdings nicht gebessert, immer noch reihte sich Schlagloch an Schlagloch und zwang ihn die Geschwindigkeit auf unter dreißig Km/h zu drosseln. Plötzlich änderte sich das Fahrgeräusch des Motors, er begann zu stottern, als sei die Zündung defekt, dann folgten drei leichte Stöße, wie ein unterdrückter Schluckauf und der Motor erstarb.

Sie rollten noch einige Dutzend Meter, dann blieb der Wagen endgültig stehen. »Oh verdammt. Elende Scheiße!«

Er schlug auf das Lenkrad ein und fluchte vor sich hin. Auf der Rückbank war es seltsam still. Normalerweise wäre das jetzt ein gefundenes Fressen für den beißenden Spott seiner Frau, aber sie schwieg. Allem Anschein nach hatte sie wohl eingesehen, dass sie einen Fehler gemacht hatte, als sie letzte Woche zwar getankt, aber vergessen hatte, den Zähler zurück zustellen und sich die Litermenge zu notieren. Er beruhigte sich wieder und lächelte schief in den Rückspiegel. »Na, dann werde ich mal loslatschen. In dem Kaff hinter uns, habe ich vorhin eine Tankstelle gesehen. Das sind ja höchsten sieben Kilometer, und bei dem was ich heute alles verdrückt habe, wird mir der Lauf gut tun.«

Er war schon ausgestiegen, als sie die Tür öffnete und sich zu ihm drehte. »Da weiß ich was Besseres.«

Sie hatte den Mantel aufgeschlagen und ihren Mini hochgezogen. Er mochte es nicht, wenn sie sich so nuttig gab, aber sie wusste zu gut, dass er ihr unter keinen Umständen widerstehen konnte. Zudem hatten sie schon früh entdeckt, dass Sex die beste Art war, sich Wortlos wieder zu versöhnen. Im Licht der Fahrzeuginnenbeleuchtung konnte er sehen, dass sie den durchsichtigen Seidenslip trug, den er einfach zu gern an ihr sah. Sie erlebten beide innerhalb weniger Augenblicke ihren Höhepunkt.

»Jetzt gehe ich aber. Verriegele die Türen und lass die Fenster oben, den Schlüssel lass ich dir hier. Bis nachher Liebling.«

Aus dem Kofferraum hatte er sich die Taschenlampe mitgenommen. Sie verfügte über eine erstaunliche Reichweite, aber dennoch war es ihm lieber, sie nicht anzuschalten. Im Mondlicht zeigte sich die Straße, selbst da wo sie den düsteren Nadelwald durchwanderte, wie ein schwach leuchtendes aschfahles Band und die Schatten unter den Bäumen waren einheitlich grau. Sobald die Taschenlampe seinen Weg erhellte, würden die Schatten sich zu schwarzen Mauern manifestieren, aus denen jederzeit sonst etwas hervorbrechen könnte. Außerhalb des Lichtkegels vermochte er nichts mehr zu sehen und ihm war, als würden gerade die Schatten in seinem Rücken näher und näher rücken.

Ich werde rennen, ganz einfach, der Wald ist zwar dunkel, aber die Straße ist breit genug. Ich renn da einfach durch, in einer dreiviertel Stunde müsste ich im Ort sein.

Er schämte sich ein bisschen. Ein gestandener Mann, Mitte dreißig und fürchtet sich noch vor dunklen, fremden Wäldern. -Wird man denn nie erwachsen?- Sollte er sich etwa noch als gebrechlicher Großvater im Dunkeln fürchten? Das wäre ja lächerlich. Seine Frau, dass wusste er, kannte keine Furcht vor der Finsternis, ihr mangelte es einfach an der nötigen, mit unter abartigen Phantasie.

Sie hätten auch zu dritt gehen können, aber dann hätte er die Kleine tragen müssen und bei sieben Kilometern wäre ihm das nun wirklich zu schwer. Außerdem trug seine Frau diese lächerlichen Pumps, mit denen sie eigentlich gar nicht laufen konnte. Die Kleine schlief jetzt schon über eine Stunde, sie war nicht einmal während ihres wilden Quickis aufgewacht, sie würde auch jetzt nicht aufwachen, um selbst zu laufen. Während er im leichten Dauerlauf die Schotterstraße trat sang er in Gedanken Lieder herunter, wie er es schon als Kind getan hatte, wenn eine langwährige, ungeliebte Beschäftigung vor ihm lag. Seine Gedanken wanderten einige hundert Meter zurück, zu dem Wagen, den er einfach mitten auf der Straße abgestellt hatte, so war er ein Hindernis, dass nicht ignoriert werden konnte. Man kann Hilfe ja auch erzwingen. Sie wird jetzt sicherlich neben dem Wagen stehen und eine ihrer lästigen Zigaretten rauchen, dann würde sie sich eine Decke aus dem Kofferraum nehmen und sich auf der Rückbank hinlegen.

»Hoffentlich schließt sie ab.« Und hoffentlich lässt sie das Licht aus. Radio hören schadet der Batterie ja nicht, aber das Abblendlicht könnte sie vielleicht entleeren. Mit solchen und ähnlichen Gedanken vertrieb er sich die Zeit.

Horst war jetzt mitten ihn der kleinen Tannenschonung, die Bäume rückten beängstigend dicht an die Fahrbahn. Mehrere Äste ragten fast bis über die Mittellinie hinaus, an ihrer Unterseite waren Nadeln und Zapfen von vorbeifahrenden Lastwagen abgerissen. Es war dermaßen dunkel zwischen den Fichten, dass nicht einmal die Stämme der in zweiter Reihe stehenden Bäume zu erkennen waren. ~Wenn da jetzt jemand hockt und ihn verfolgen würde, erst mit Blicken und dann mit leisen Schritten.~ Dieser unwillkommene Gedanke genügte, um ihn das Tempo deutlich erhöhen zu lassen. Seine Kehle brannte von der kalten Luft, sein Herz schlug ihm hart in der Brust und das Blut rauschte so laut in seinen Ohren, das er nicht einmal mehr seine eigene Schritte hören konnte. Als er schon daran zweifelte, je aus der Tannenschonung heraus zu kommen, als er bereits glauben wollte, sich irgendwie auf dieser verfluchten Landstraße verlaufen zu haben, sah er die ersten Lichter der Ortschaft durch die Fichten blinken.

b)

Da war etwas, er hatte etwas gespürt. Irgendwo musste eine Straße sein. Ein Auto war vorbei gefahren, langsam und mühselig und war dann ganz stehen geblieben. Nicht weit, nein gar nicht weit von seinem Versteck. Es ist dunkel, so dunkel das er seine Hand kaum vor Augen sieht, aber weder Augen noch Hand braucht er um die Beute zu entdecken. Er kann sie riechen, noch bevor er den heftig auf und ab tanzenden Lichtkegel einer Taschenlampe bemerkt. »Es hat gefickt, gerade eben erst.« Gierig zieht er den seltsamen Duft von Ejakulat und Vaginalflüssigkeit ein, den außer ihm wohl nur ein Tier an dem laufenden Mann bemerkt haben kann. Vor unterdrückter Spannung beginnt er in seinem Versteck zu zittern. Er muss leise sein, sehr leise, er darf sich nicht verraten. »Es ist groß, es ist stark. Muss warten, muss langsam machen, ja langsam aber schnell.« Er schwitzt stark und Sabber tropft von seinem unrasierten Kinn. Er beißt sich den Finger blutig, um nicht vor Wonne und Vorfreude aufzustöhnen. Leise schleicht er, uralten Instinkten vertrauend durch das Unterholz neben der Straße und lässt keinen Augenblick die Beute aus den Auge, die nur wenige Dutzend Meter vor ihm keuchend den Schotter breit stampft. Doch nun muss er zurück bleiben, denn es nähert sich einer kleinen Ortschaft und er hasst Ortschaften, denn sie sind voll Beute zum Fressen und Ficken, an die er nicht heran kann.

2

Es war kurz vor zehn Uhr, als er die Tankstelle erreichte. Der Tankwart blickte ihn skeptisch, ja schon fast feindselig an, dass Horst sich genötigt sah, dem Mann von seiner blöden Panne zu erzählen. Und um die Situation aufzulockern, kaufte er Mentholzigaretten für seine Frau, einen Lutscher für die Kleine und eine Tafel Schokolade für sich. Der Mann murmelte etwas in der Art, dass die Dummen wohl nie ausstarben und das er ohnehin um Zehn zu mache.

»Heißt das, Sie verkaufen mir nichts mehr?«

»Nein, nein, natürlich bekommen Sie Ihr Benzin und den Rest. Und wenn Sie sinnig fahren, reicht es sogar bis zur nächsten vierundzwanzig Stunden Tankstelle. Nur ...«

»Zum Braunen Hirschen, wo lang komme ich da hin?« Horst war ihm sogleich ins Wort gefallen und hatte das »Nur« gar nicht mehr vernommen. »Zum Braunen Hirschen? Na, da haben Sie die falsche Abzweigung erwischt. Sie hätten schon vor meiner Tankstelle, hier fünfzig Meter die Straße runter, nach links abbiegen müssen. Ich fürchte, da müssen Sie den ganzen Weg wieder zurück. Und beeilen Sie sich bloß, gerade heute ist es draußen nicht geheuer.«

Horst schmunzelte. »Vollmond?«

Das Dörfler mit unter hinterweltlerisch waren und voll irrwitzigstem Aberglauben steckten, mochte er sich gut vorstellen, doch das sich dieser Mann wirklich vor Vollmondnächten ängstigte, konnte er nicht glauben.

»Wie bitte? Ist schon wieder Vollmond? Bei Vollmond schlafe ich immer so schlecht.«

»Verstehe, geht mir ähnlich.«

»Haben Sie denn kein Radio gehört? Am frühen Nachmittag ist einer dieser perversen Kinderschänder aus der Anstalt im Nachbarort ausgebüxt. So ein ganz schlimmer. Die haben ja selber Schuld, das ganze Gerede von Therapie und diese lächerliche Entschuldigung für die Irren, dass sie eine schlimme Kindheit hatten. Ich hatte es auch nicht leicht, aber deswegen mache ich mich doch nicht über Kinder her. Die sollte man ganz aus dem Verkehr ziehen, Schwanz ab, Kopf ab, nicht war?«

Horst murmelte nur etwas Unbestimmtes. Nicht das ihm solche Monstren sympathisch wären, doch solche Leute gleich umzubringen schien ihm die falsche Antwort, man kann nicht Unrecht mit Unrecht bestrafen. Er brummte ein »Dankeschön« und ein »ich wird schon auf mich aufpassen«, zahlte seine Rechnung und machte sich auf den Rückweg.

Als er das Ende des Dorfes erreichte und die Tannen dunkel, fast drohend ihre Schatten voraus warfen, stellte er den unerwartet schweren Kanister ab und atmete mehrmals tief durch.

Was für ein Blödsinn, da hat der alte Kerl es doch geschafft mir Angst zu machen und das, wo ich hier allein durch den Wald muss. Doch sein Ärger darüber linderte seine Furcht nicht. Schwer und schwere wurde der Kanister und Horst musste immer schneller den tragenden Arm wechseln um das Brennen aus der Schulter zu bekommen. Die Straße lag nun ganz im Schatten der Bäume und der grelle Lichtkegel der Lampe schnitt tanzend seine Schneise. Wenigstens konnte er sich nicht verlaufen, er konnte nur hoffen unbehelligt das Auto zu erreichen und auch dort alles wohlbehalten vor zu finden. Irgendwo hinter ihm raschelte es im Unterholz und ein am Boden liegender Ast brach mit einem beinahe ohrenbetäubenden Krachen.

Der Strahl der Lampe fraß sich erbarmungslos durch die Dunkelheit und ließ die Schatten der Tannen bis hinauf in den Himmel wachsen, aber weder ein Tier noch ein Mensch kam zwischen den Stämmen ans Licht. Nun lies er bei jedem Schritt den Kanister schwungvoll vor und zurück sausen und stellte befriedigt fest, dass ein derart geschwungener Benzintank eine wirkungsvolle Waffe sein konnte. Und dazu hatte er die schwere Stablampe, deren Licht laut Aufdruck über tausend Meter reichen sollte. Wer immer den schwingenden Kanister zwischen die Beine und die Lampe auf den Kopf bekam, würde sicher nicht vor dem nächsten Morgen wieder auf den Beinen sein.

Die Dunkelheit unter den Bäumen wurde dennoch nicht weniger bedrohlich und so beschleunigte er seine Schritte, bis er schließlich keuchend im Laufschritt einen Fuß vor den anderen setzte. - Bleib stehen, zwei Minuten. Bloß zwei Minuten verschnaufen.- Erschöpft lies er sich auf den Kanister nieder und lies das Licht der Lampe rotieren.

Weit konnte es nun nicht mehr sein, eine Biegung wohl nur noch, eine kleine Steigung, ganz bestimmt nicht mehr weit. Ausspuckend erhob er sich wieder, da traf ihn etwas Hartes, Schnelles am Hinterkopf.

c)

*Er ist erfolgreich. Es ist herrlich diesen Ast, diesen schweren harzigen Ast auf
den Kopf knallen zu lassen. Wie wunderbar laut dieser dumpfe Schlag doch klingt, in
der klaren kalten Nachtluft. Das muss er einfach noch mal hören. Ach wie
wunderbar. Hastig durchwühlt er die Kleidung der Beute. Er richt das Blut und sein
Glied wird hart wie Stein, doch das muss warten, jetzt hat er erst einmal Hunger.
»Erst das Fressen, dann das Ficken, ja ja jaaa.« Hat er laut gesprochen? Er darf
nicht laut sprechen, Mutter hat es doch verboten. Fressen ja, fressen und dann zum
Auto. Hinter einer blutigen Hand versteckt er das aus ihm hervor brechende Lachen.*

3

Die Zigarette schmeckte ihr nicht besonders, aber sie half ihr sich,
nach diesem herrlichen Sex wieder zu beruhigen. Immer noch
durchfuhren sie wohlige Schauer bei dem Gedanken an die letzten
Minuten. Ungewöhnliche Orte und Gelegenheiten konnten tatsächlich
das Liebesleben enorm aufpeppen. Wenn nur nicht dieses widerliche
klebrige und stinkende Zeug zurückbliebe, das ihr jetzt immer noch in
den Slip tropfte.

Sie trat den Rest der Zigarette aus, nahm sich eine Decke aus dem
Kofferraum und legte sich auf der Rückbank zurecht, so weit es der
neben ihr angegurtete Kindersitz erlaubte. Sie überlegte, das Radio
einzuschalten, dachte dann jedoch an die Batterie, auch wenn sie nicht
glauben wollte, das sie sich entleeren könnte und lies es bleiben. Es
konnte ja nicht lange dauern, anderthalb Stunden höchstens, Horst war
ein recht passabler Freizeitsportler. Hin würde er nicht lange brauchen,
doch der Rückweg mochte beschwerlich werden, mit dem Benzinkanister
in der Hand. ~ Ich werde die Innenbeleuchtung anmachen, dann sieht er
uns wenigstens schon von weiter weg. ~ Dann wanderten ihre Gedanken
wieder zurück zu dem kurzen heftigen Augenblick.

Sie muss eingeschlafen sein, jedenfalls schrak sie zusammen und brauchte
Bruchteile von Sekunden, ehe ihr wieder einfiel wo sie war. Es war jetzt
kurz nach elf Uhr, ihre Tochter schlief noch und die Luft im Auto war
merklich abgekühlt. Ihr Mann sollte eigentlich schon zurück sein, oder
doch jeden Moment erscheinen.

Sie setzte sich auf und blickte die Straße hinunter, keine hundert Meter
hinter dem Wagen wurde die Fahrbahn und alles Licht von den dunklen

Tannen verschluckt. Nichts war da zu sehen, aber seine Taschenlampe würde sie sehen, so viele Kurven waren sie ja nicht gefahren, glaubte sie jedenfalls. Vorn sah sie, wie auch die Laubbäume immer mehr zurückwichen und das Wäldchen aufhörte, dahinter erstreckten sich Felder und Wiesen im bleichen Mondlicht. Aber keine Siedlung, kein Hotel, keine Schnellstraße.

»Der Mistkerl hat sich völlig verfahren.«

Sie wollte aussteigen um eine Zigarette anzustecken, aber es fuhr eine so kalte Luft hinein, dass sie lieber auf die Befriedigung ihrer Sucht verzichtete. Gerade zog sie die Tür möglichst leise zu, als sie in dem schwarzen Tunnel, den die Tannen neben der Straße bildeten, eine Bewegung wahrnahm.

Ob das Horst war? Aber die Bewegung folgte nicht der Straße, sondern überquerte sie, und eine Taschenlampe war auch nicht aufgeleuchtet. Ihr wurde mulmig, schnell überprüfte sie die Verriegelung der Türen und schloss alle Fenster, die sie für die Luftzufuhr offen gelassen hatte. Sie heilt den Atem an, ließ das dann aber gleich wieder bleiben und bemühte sich so leise wie möglich zu atmen um eventuell sich nähernde Schritte hören zu können. So vergingen ein paar Minuten, in denen sie ständig nach hinten und zu den Seiten, aus den Fenstern schaute. Bald schon taten ihr die Augen weh und begannen leicht zu tränen, die Dunkelheit strengte sie zusehends an.

Da klatschte etwas an die Beifahrerscheibe und rutschte, eine schmierig rote Spur hinterlassend an der Tür hinunter. Sie schrie erschrocken auf und erstarrte, als sich nach einigen Minuten nichts tat, lehnte sie sich über ihre schlafende Tochter und sah am Auto hinab. Etwas Matschiges lag da auf dem schäbigen Asphalt, es glänzte feucht im Mondschein und erinnerte sie an ein... ~ Großer Gott, es war ein Organ.

Ein menschliches Organ, obwohl sie das nicht mit Sicherheit bestimmen konnte, ein Herz, das muss ein menschliches Herz sein. Ihr wurde übel, jetzt bloß nicht übergeben, bloß nicht die Tür öffnen. Wieder klatschte etwas gegen das Fenster, diesmal auf der anderen Seite. Diesmal erkannte sie es sofort, eine Niere klebte kurz an der Scheibe, um dann hinab zufallen, Adern hingen noch daran und schienen im Wind leicht zu zucken. Sie zwängte sich nach vorn durch, schaltete die Zündung ein, blendete die Scheinwerfer auf und drückte unaufhörlich auf die Hupe.

Aus den Augenwinkeln glaubte sie eine Gestalt zwischen den Bäumen verschwinden zu sehen, aber sonst war dort draußen nichts zu erkennen. Die Isolierung des Wagens war so dicht, dass das ohrenbetäubende Hupen, überraschend leise zu ihr hereindrang. Die eingeschalteten Warnblinker erhellten im Sekundentakt die Umgebung wenigsten soweit, dass sie gute fünfundzwanzig Meter, von Dunkelheit unterbrochen, überblicken konnte. Sie ließ die Hupe los, bleib jedoch hinterm Lenkrad sitzen, immer bereit die Hupe zu drücken. Draußen blieb alles Ruhig, niemand schlich durch die Gelbdurchzuckte Dunkelheit, kein entsetzliches Organ flog durch die Luft, alles war wie es eigentlich sein sollte. Da bemerkte sie im Rückspiegel den Lichtkegel von Horst Taschenlampe über die Fahrbahn streichen. Sie wartete bis sie seine Silhouette hinter der Lampe zu erkennen glaubte, dann stieg sie aus und rief ihm zu:

»Beeil dich, hier schleicht ein Verrückter umher, bitte lauf zu!«

Horst hob die Lampe und den Benzinkanister, wackelte mit beidem und ging weiter, er machte nicht den Eindruck sich zu beeilen. Er kam näher, und seine Silhouette wurde kleiner, Horst ist viel größer und breiter, sagte sie sich. Er war jetzt nur noch fünfzig Meter weit weg, das konnte nicht ihr Mann sein, sie sprang zurück in den Wagen und schlug die Tür zu. Während sie wie besessen den Zündschlüssel drehte, verriegelte sie die Tür und drückte die Hupe tief in die Lenkradnabe. Nun verlosch die Lampe draußen und der Mann verschwand im Unterholz.

»Was ist denn Mami, warum weinst du denn? Wo ist Papa?«

Nein, nicht jetzt, wach doch jetzt nicht auf, ich kann doch gar nichts für dich tun! »Ich hab' nur Rauch ins Auge bekommen, kleines und Papi muss mal. Schlaf ruhig weiter, wir sind bald da.«

Sie löschte das Licht und ließ die Hupe wieder los, die Warnblinker lies sie weiter leuchten, sie verhielt sich ganz still, bis ihre Tochter wieder eingeschlafen war. Sie musste hier weg, irgendwie musste sie ihre Tochter schnappen und hier verschwinden, oder auf ihren Mann warten, falls er sich nicht diesen bitterbösen Scherz ausgedacht hatte.

Doch das glaubte sie nicht einen Moment, so etwas würde er niemals tun, aber wer hatte denn sonst dort hinten mit der Taschenlampe und dem Kanister gewunken? Ob ihm etwas zugestoßen war? Horst war ausgesprochen durchtrainiert, doch konnte man ihn sicherlich von hinten überrumpeln. Doch an so etwas wollte sie nicht denken, in dieser Richtung lauerte die Verzweiflung.

»Claudia!« der Ruf ließ sie so heftig zusammenfahren, dass sie sich die Zähne schmerzhaft aneinander schlug. Es klang fast wie Horst, aber nur fast.

Doch wer sollte hier draußen ihren Namen kennen? Sein Portemonnaie, natürlich, er hatte Fotos mit Namenzügen seiner Familie bei sich. Er hatte sogar ein ganz besonderes Bild von ihr dabei. Vor Jahren hatte sie ihm einmal den Gefallen getan, für seine vielen Geschäftsreisen ein erotisches, ach ein pornographisches Foto von sich zu machen. Und dieses Bild, wo sie mit gespreizten Schenkeln auf Horst wartet, hielt nun irgendein Widerling in seinen schmutzigen Händen. Ihr wurde übel bei dem Gedanken. Wie hatte sie sich nur dazu bereit finden können. Na ja, sie war jung und verliebt gewesen und bevor er fremdgeht, sagte sie sich damals, war ihr ein überdeutliches Foto von ihr selbst lieber.

»Claudia!« Der Rufer war jetzt auf der anderen Seite des Wagens. Er schien das Auto zu umschleichen. Oh Gott, bestimmt steckt er dort draußen und ejakuliert auf mein Foto, oh Gott, bloß nicht daran denken.

»Ich glaub ich muss kotzen.«

Diesen letzten Gedanken sprach sie vor schierem Entsetzen laut aus. Das Horst aus demselben Grund solch ein Foto wollte, hatte sie im Gegensatz hierzu immer erregt. Aber schließlich war das ja auch der Mann den sie liebte.

d)

Jetzt hat er sie, zwei Weibchen, ein erfahrenes und ein junges, schön enges, beide wird er ficken und dann essen, zumindest das Kleine. Sein Hunger war noch nicht gestillt, obwohl er die Leber und das Hirn des Mannes verzerrt hat. Angst, er konnte ihre Angst riechen. Gibt es einen schöneren Duft als der Geruch von Panik? Er zieht ihn tief ein, den Duft der Angst, ignorierte den Gestank der Zigaretten, der übermallem liegt. Hübsch ist das Weibchen, obwohl ihn Schönheit nicht berührt, die Knoten, die er aus ihren Eingeweiden winden wird, werden schöner sein. Noch fühlt er die Wärme und das sanfte Gleiten der Innereien des Mannes, den er eben erst ausgeweidet hat. Freude übermannt ihn und ein lautes Lachen entringt sich seiner Brust.

4

Etwas dunkles schwappte über die Windschutzscheibe und verklebte selbst die Seitenfenster, dann hörte sie das Klirren von Glas und wusste, das die Scheinwerfer eingeschlagen waren. Aber die Hupe ging noch und kreischte hell durch die Nacht. Die Scheibenwischer hatten Schwierigkeiten die dunkle Flüssigkeit fort zu wischen, doch als sie genügend Wasser durch die Düsen gesprüht hatte, gelang es ihr, die Scheiben wieder einigermaßen frei zu bekommen. Obwohl alle Fenster geschlossen und die Lüftung ausgeschaltet waren, drang ein süßlich warmer Duft ins Wageninnere, der ihre Übelkeit nochmals verstärkte. Das was ihr da vorübergehend die Sicht genommen hatte war literweise Blut gewesen.

»Claudia, ich bin hier!«

Jemand sprang auf die Motorhaube, im blassen Mondlicht sah sie schmutzige Stiefel und eine helle Hose. Dann fiel ein Foto herunter, und obwohl es mit der Rückseite auf die Windschutzscheibe fiel, erkannte sie es, es war genau jenes Bild, das sie Horst geschenkt hatte.

»Gleich bin ich fertig, dann hole ich mir deine Tochter.«

Mit diesen Worten spritzte etwas Weißes auf das Foto und die Scheibe, ohne sich Gedanken über die Fußmatte zu machen übergab sie sich in den Fußraum des Beifahrers. Der Wagen schaukelte, der Mann war herab gesprungen und schien nun um das Auto zu tanzen. Sie pumpte den gesamten Wasservorrat der Scheibenwaschanlage auf die Scheibe und ließ die Wischer in höchstem Tempo laufen, bis ein heftiger Schlag beide Wischer abriss.

»Du kannst mich nicht abwischen, du Schlampe.«

Der Mann bewegte sich so dicht um das Auto, das sie nur bis zu seiner Brust hinaufsehen konnte.

»Mami, Mami, was ist denn los. Wann kommt denn endlich Papi wieder, ich will hier weg!«

»Ja mein Schatz, wir fahren gleich, wir müssen nur noch auf Papi warten, er kümmert sich um den Mann dort draußen. Nein, lass das Fenster zu! Bitte, Papi schafft das schon.«

Nun begann der Mann mit irgendetwas über den Kotflügel zu kratzen, er lief ums Auto, immer wieder und wieder und schabte und kratzte über den Lack. Ihre Tochter brach in Tränen aus und rief laut flennend nach ihrem Papi. Claudia selbst war wie gelähmt, sie konnte weder ihre Tochter beruhigen, noch sich selbst. Immer wieder hämmerte sie auf die Hupe ein und drehte den Zündschlüssel um, bis die Batterie erstarb und keinen Funken mehr springen ließ.

Jetzt begann der Mann auf das Dach zu klopfen, er schlug mit etwas großem dumpfem auf das Dach. Dann neigte er sich plötzlich nach unten und starrte ihr ins Gesicht. Seine Augen blickten irr, das ganze Gesicht war rot bemalt und nicht zuerkennen, aber was er da zwischen den Zähnen hatte und genüsslich kaute, erkannte sie selbst in ihrem Schrecken.

Das Glied und der Hoden ihres Mannes baumelte dem Wahnsinnigen aus dem Mund. Er lachte irr und rieb sich behaglich den Magen. Dann schlug er wieder mit dem großen Gegenstand auf das Dach und gegen die Scheibe. Durch ihre Tränen, und der blutverschmierten Scheibe schimmerte immer mehr das deformierte, zu Brei geschlagene Haupt ihres Mannes. Mit Horst abgerissenen Kopf hämmerte er wieder und wieder gegen die Scheibe, bis diese zu brechen drohte. Dann war die Bestie plötzlich verschwunden, durch den Wald hinter ihr holperte ein grelles Scheinwerferpaar auf sie zu. Elendig langsam kam das Auto näher und schließlich hielt ein alter, klappriger Mercedes neben ihrem Wagen, ein bleicher, verwirrt blickender Mann lehnt sich über den Beifahrersitz und kurbelte das Fenster herunter.

»Kommen Sie da raus, ich bringe Sie hier weg. Bei mir können Sie auf Ihren Mann warten, den finde ich auch noch.«

Sie zitterte so stark, dass der fremde Mann aussteigen und den beiden beim Umsteigen behilflich sein musste, wobei er selbst einen sehr verängstigten Eindruck machte.

»Kommen Sie, kommen Sie doch endlich.«

»Schickt Sie Horst? Ich meine meinen Mann, hat er sie geschickt?«

»Ja, ja so ungefähr. Ihr Mann hat vor einer Stunde Benzin bei mir gekauft und das ausgerechnet heute Nacht, wo doch dieser Irre ausgebrochen ist. Und meine Hilde, das ist meine Frau, wissen Sie, hat mir keine Ruhe gelassen, ehe ich nicht hinter dreinfahre. Na und nun bin ich hier. Ich bring Sie erst einmal zu mir, meine Frau wird schon wissen, was zu tun ist. Das weiß die immer. Und Ihren Mann hole ich auch gleich.«

Claudia hörte gar nicht richtig zu, wieder und wieder suchte sie fieberhaft die Dunkelheit hinter den Scheinwerfern ab, die wie wild die Bäume bestrichen, während der Mann mit ungeschicktem vor- und zurückstoßen den schwerfälligen Wagen zu wenden versuchte. Endlich war es ihm gelungen und mit rutschenden, Kieselspritzenden Reifen fuhr das Fahrzeug langsam an, kurvte über die ganze Breite des Waldweges und pendelte sich schließlich in der Mitte der Fahrbahn ein. Sie waren noch keine fünfzig Meter gefahren, da stießen sie eine unvermutet aus dem Dunkeln wankende Gestallt in den Straßengraben, ruckartig trat der Mann das Bremspedal und der Wagen kam wie ein Schiff auf hoher See bockend zum stehen.

»Oh Gott, hoffentlich habe ich Ihren Mann nicht zu sehr verletzt.«

Schon machte er Anstallten auszusteigen als Claudia ihm mit einem Aufschrei zurückkriss.

»Nein, nein, nicht aussteigen, das ist nicht Horst, das ist nicht mein Mann, schnell fahren Sie weiter, schnell, schnell!«

Verwirrt lies der Mann sich zurückfallen und rollte weiter. Im Rückspiegel entdeckte sie eine gebückte Gestallt, die sich schnell dem Auto näherte, die Rückleuchten erhellten ein verzerrtes, entstelltes Gesicht, dass nur entfernt menschlich war.

»Oh Gott, nun fahren Sie doch los!«

Als der Wagen anfuhr, begann die Gestallt zu laufen und entwickelte mit jedem Schritt eine größere Geschwindigkeit, schon glaubte Claudia, das Monster würde sie einholen, doch endlich blieb der Wahnsinnige zurück und war schließlich in der Dunkelheit der Nacht nicht mehr zu sehen.

e)

Es war entkommen, fürs erste. Er lief, doch das Auto war zu schnell für ihn. Aber er hatte seinen Duft aufgenommen, den Duft das alten Mannes, der ihm seine Beute fortnahm. Er würde ihn wieder finden, oh ja, wieder finden und mit ihm würde er zu fressen haben. Jetzt, da er wusste, wie leicht sie zu überwältigen waren, würde er sich nicht mehr stoppen lassen. Er würde sich nehmen, was immer er wollte. Oh ja, er würde sie alle finden. Zum fressen, zum ficken. Oh ja, ja, ja!